Le cas singulier de Benjamin T.

CATHERINE ROLLAND

LE CAS SINGULIER DE BENJAMIN T.

Roman

Ce roman a été publié pour la première fois en février 2018, aux éditions "Les Escales", et a été finaliste de deux prix littéraires :

Prix Lettres frontière 2019

Prix Rosine Perrier 2019

© 2025 Catherine Rolland

Editeur : Catherine Rolland, Thurins, France
Impression : Libri Plureos GmbH, Friedensallee 273,
22763 Hamburg (Allemagne)
Illustration : K2K Design

ISBN : 978-2-9584595-1-2
Dépôt légal : février 2023

A la mémoire de Pierre Teillac
qui était un homme bon.
L'âme est éternelle, et la vôtre m'accompagne le long
du chemin.

Prologue

Le petit village de montagne était écrasé de soleil.

Les rues tortueuses, étroites, rappelaient le temps pas si lointain où aucune voie n'était goudronnée, et où seules les charrettes à bras montaient jusque-là. Les maisons en torchis, plus rarement en pierres, étaient groupées en cercle autour de l'église et de son clocher à bulbe, typique des paysages de Haute-Savoie.

À cette heure du milieu de l'après-midi, il n'y avait pas un bruit, tous les habitants terrés chez eux pour laisser passer le gros de la chaleur. En fin de journée, ils ouvriraient leurs portes, ils sortiraient à pas lents, de ce pas qu'ont les vieux dont la vie est derrière, et qui semblent ne se déplacer qu'à contrecœur, avec la conscience aiguë que rien ne les attend plus. Certains installeraient un fauteuil sur leur seuil, les femmes sortiraient leur ouvrage, les hommes le journal, le tabac et un verre. Ils deviseraient, d'un bout de la rue à l'autre, du temps qu'il fait et de celui qui passe, inéluctablement.

Chaque jour, si semblable au précédent. David en avait des frissons.

Il s'était garé sur la place minuscule, ombragée par un marronnier, unique et gigantesque. Les arbres, David n'y connaissait rien. Il faudrait qu'il demande à Thibault si cette espèce-là poussait vite ou bien pas, s'il était possible que cet arbre, sentinelle solitaire, ait été là du temps de la guerre, qu'il ait vu passer les soldats de l'un et l'autre camp.

Maintenant, il ne pouvait plus regarder un arbre sans se poser la question.

Est-ce qu'il était déjà là ? À combien d'êtres humains, morts depuis longtemps, avait-il fait de l'ombre, combien d'amants sur son tronc avaient-ils gravé leurs noms, sur lesquels l'écorce s'était peu à peu refermée pour en conserver le secret à tout jamais ?

David gardait les mains crispées sur le volant, les articulations blanchies par la tension. Il finit par s'en apercevoir, coupa le contact, ouvrit la portière.

Descendit.

La chaleur l'engloutit immédiatement, contrastant avec l'habitacle climatisé de la berline. Lentement, il retira son blouson léger, le jeta négligemment sur le siège avant, puis s'éloigna de quelques pas, sans fermer à clé.

Il n'avait aucune crainte à avoir. Ni des voleurs, ni d'autre chose. Il fallait qu'il se calme.

Avec un soupir, il fouilla la poche de sa chemise, sortit ses cigarettes. Il en alluma une, à l'abri du vent chaud qui se levait timidement. L'orage allait venir. Une telle fournaise, aussi humide et lourde, elle finirait forcément par craquer.

Les mouvements toujours mesurés, David pivota sur lui-même, examinant les lieux. La petite place lui semblait déjà familière alors qu'il n'y était venu qu'une fois, un an plus tôt, et n'était même pas descendu de voiture. Deux heures et demie de route, pour se garer quelque vingt mètres plus bas que l'endroit où il se tenait maintenant, et moteur tournant, ouvrir la vitre pour lire les noms sur le monument aux morts.

Ce jour-là, les rideaux avaient bougé derrière la fenêtre d'une maison jaune, juste en face. D'instinct, il regarda et aperçut, encore, la même silhouette immobile. Comme la première fois, il leva la main, l'agita légèrement, en guise de salut.

Parmi les noms des hommes que Saint-Calixte avait donnés pour libérer la France, une dizaine en tout, moyenne d'âge vingt ans, David n'avait pas lu celui qu'il redoutait.

Il n'y était pas, et bien que David sache que ça ne voulait absolument rien dire, tout seul derrière son volant, épié par le guetteur invisible derrière la fenêtre de la maison jaune, il avait versé quelques larmes de soulagement.

C'était absurde, incohérent. Ridicule, comme sa présence aujourd'hui. Il s'en voulait d'être là, il s'en voulait d'espérer il ne savait même plus quoi.

Les fantômes n'existaient pas plus que Dieu.

La sonnerie de son portable le fit sursauter, déchirant le silence. Il décrocha, les yeux rivés sur le bulbe vert du clocher.

— Oui, Thib ?
— Tu es arrivé ?
— Il y a dix minutes.
— Où es-tu ?
— Sur la place du village. Je fume, et je réfléchis.
— À haute dose, les deux activités ne peuvent que nuire.
— C'est indiscutable.
— Tu es allé à l'église ?
— Pas encore.
— Tu sais, reprit Thibault après un léger silence, tu n'es peut-être pas obligé... Quelquefois, il vaut mieux ne pas savoir...
— C'est ce que tu penses ?
— Je ne veux pas que tu souffres encore.
— J'ai besoin d'en avoir le cœur net, Thib. Il y a un an que je repousse ce moment. Je crois que ça suffit.
— S'il y a vraiment quelque chose, tu me le diras ?
— Bien sûr, que je te le dirai. Et puis tu pourras toujours prétendre que tu ne me crois pas.
— Je te rappellerai tout à l'heure. Tu veux bien ?
— De toute façon, même si je ne voulais pas...

D'un geste ample, il balança son mégot loin devant lui, jeta un regard, en direction du guetteur derrière le rideau.

— À plus tard, Thibault.

Sans se presser, il traversa la place, les mains dans les poches et le nez en l'air, observant les montagnes dont les falaises miroitaient au soleil. Il transpirait sous sa chemise. Toujours pas de pluie.

D'un dernier regard, alors qu'il se trouvait sur le parvis, il embrassa la place ensoleillée et le marronnier.

Ça ne devait pas pousser très vite, un arbre de ce gabarit-là... Bien sûr qu'à l'époque il était déjà là.

Un an plus tôt

1

J'avais fait une autre crise.

Comme toujours, je n'en gardais aucun souvenir hormis un mal au crâne épouvantable, un goût de sang dans la bouche et l'impression que mon cerveau peinait à se remettre en marche.

Je m'étais retrouvé allongé face contre terre dans le couloir, incapable de savoir combien de temps j'étais resté là. Je revenais des toilettes, vraisemblablement. Un motif de consolation : vessie vide, je ne m'étais pas pissé dessus.

C'était toujours ça.

Vaseux, je me redressai, à genoux, d'abord, le temps que l'environnement se stabilise, puis je me mis prudemment debout. En tombant, je m'étais esquinté la pommette droite, je sentais l'hématome enfler sous mes doigts. Retour à la salle de bains, coup d'œil dans le miroir pour confirmer l'évidence : dans quelques heures, j'aurais probablement un beau coquard. Impossible à dissimuler, je n'allais tout de même pas aller bosser avec des lunettes noires, et me faire porter pâle n'était pas envisageable non plus. Haetsler n'attendait que ce prétexte pour me virer de la boîte, et il était hors de question de faire ce plaisir à ce salaud.

Réprimant la bouffée de haine qui me saisissait chaque fois que je pensais au patron, je retournai dans la chambre. Depuis ma séparation d'avec Sylvie, j'avais emménagé dans ce deux pièces balcon, bien situé dans le troisième arrondissement de Lyon, au dernier étage d'un immeuble neuf. L'appartement avait tout pour plaire, une vue dégagée sur les toits de la ville, une cuisine américaine avec un bar qui tenait lieu de table pour, selon les dires de l'agent immobilier, une plus grande convivialité. Une baie vitrée ouvrait sur un large balcon, presque une terrasse, où Thibault, horticulteur à ses heures, m'avait planté des forêts de bambous en bacs pour m'isoler de ma voisine. Ma voisine, d'ailleurs, qui avait poussé jusqu'au palier le premier jour pour voir quelle tête j'avais, ne se montrait jamais et ne faisait aucun bruit. Quelquefois, je me disais qu'elle était peut-être morte, oubliée du monde entier, et qu'on finirait par la retrouver momifiée dans son lit, quand l'huissier viendrait frapper à la porte pour défaut de paiement. L'idée ne m'émouvait pas autant qu'elle aurait dû.

Cinq heures et demie. David serait là dans un quart d'heure, ce n'était pas la peine de me recoucher. Avec un soupir fatigué, je traversai ma chambre, qu'en quinze mois je n'avais pas cherché à meubler ou décorer davantage que le strict nécessaire. Le lit, une chaise, murs blancs, carrelage gris, et l'ampoule sur sa douille qui pendait du plafond. J'aurais pu me donner le prétexte que je ne faisais qu'y dormir, mais le reste de l'appartement était à peu près à l'avenant, lieu de passage impersonnel où, par endroits, s'entassaient les derniers cartons de déménagement que je n'avais pas eu le courage de défaire. La chambre de Pierrick était la seule pièce accueillante. Un canapé-lit recouvert d'une housse façon graffitis agressifs, comme les ados en raffolaient à en croire le vendeur de Confo, une chaîne Hifi dernier cri, des posters de l'OL au mur et un lustre en forme de soucoupe volante que David avait dégoté Dieu sait où, jurant que mon fils allait adorer.

En la découvrant, il n'avait fait aucun commentaire, ni en bien ni en mal. Lorsqu'il arrivait le vendredi soir, il s'y rendait directement, claquait la porte derrière lui et ne réémergeait brièvement qu'au moment des repas que nous partagions dans un silence presque complet. On dit que lors de la séparation de leurs parents, les gamins se sentent presque toujours obligés de prendre parti. Pierrick avait choisi son camp, et j'aurais probablement dû m'estimer heureux qu'il accepte encore de venir chez moi une semaine sur deux.

Toujours cotonneux, je me traînai jusqu'au placard, je pris dans la penderie ma tenue d'ambulancier en me demandant comme chaque fois pour combien de temps encore je serais autorisé à l'endosser.

Ma première crise d'épilepsie remontait à mes huit ans. En pleine classe, j'étais tombé de ma chaise et je m'étais mis à convulser, provoquant un joli vent de panique dans l'école. Par la suite, les neurologues avaient mis le temps, mais ils avaient fini par trouver un médicament efficace, et ma dernière crise remontait à mes dix ou onze ans. Ensuite, j'avais été tranquille pendant des années, au point que les médecins m'avaient jugé guéri et avaient même parlé d'arrêter le traitement.

J'avais refusé. Depuis tout petit, je rêvais de devenir ambulancier, et je savais pertinemment que la moindre récidive de mon épilepsie m'empêcherait d'obtenir mon permis de conduire. Bien sûr, j'avais menti à la visite médicale, par prudence, et je n'avais jamais rien dit de ma maladie à mon entourage. En dehors de Sylvie, ma femme, et de David mon meilleur ami, personne n'était au courant.

C'était du passé.

Le passé, donc, m'avait rattrapé en avril de l'année précédente, lorsqu'après une énième dispute Sylvie m'avait annoncé qu'elle me quittait pour cet abruti de Haetsler. Nous nous tenions, je m'en souvenais bien, dans la cuisine de la maison, moi près du frigo, elle assise très droite sur une chaise de la salle à manger.

— Tu ne croyais tout de même pas que j'allais passer le restant de mes jours avec un minable qui n'a même pas été foutu d'obtenir ne serait-ce qu'un diplôme d'infirmier, et qui passe ses journées à faire le taxi d'un hôpital à l'autre ? avait questionné la femme que j'aimais depuis mes dix-neuf ans.

Je m'étais adossé au frigo, K.O. debout. La pièce

commençait à tourner autour de moi, et ma main s'était mise à trembler dès la fin de sa phrase, mais je n'en avais pas vraiment eu conscience sur l'instant.

Dans ce genre de situation, on n'a pas conscience de grand chose.

Elle ne m'avait même pas laissé le temps de me reprendre pour trouver quoi répondre. Comme si je n'étais pas là, elle s'était levée posément, avait récupéré son manteau, son sac à main et ses clés, puis elle était partie.

J'étais resté un très long moment, adossé contre mon frigo. Quand j'avais fini par m'en détacher pour l'ouvrir, ma main tremblait tellement que j'avais eu du mal à prendre la bouteille, dans le bac du congélateur. Du Get 27, qu'on gardait pour les invités qui buvaient de l'alcool, ce qui n'était pas le cas de Sylvie ni le mien. La bouteille devait être entamée depuis deux ans, il y avait du givre sur les parois intérieures et le sucre avait collé le bouchon. J'avais bu au goulot, la moitié du liquide vert épais comme un sirop, dont le goût sucré masquait étonnamment celui de l'alcool.

Ensuite j'étais tombé, et je m'étais réveillé à l'hôpital, un David dévoré d'inquiétude posté à mon chevet.

Nous avions choisi de ne rien dire. L'alcool et le choc émotionnel expliquaient nécessairement ce qui ne serait qu'un très déplaisant événement isolé. C'était en tout cas ce que David et moi, conjuguant nos efforts, avions plaidé auprès de la neurologue. Elle nous connaissait et nous aimait bien. Régulièrement, nous lui trimballions des patients, et elle appréciait le fait que nous soyons le seul binôme d'ambulanciers que l'épilepsie ne faisait pas paniquer. Par affection, et beaucoup moins parce que nous l'avions convaincue, elle avait consenti à ne prévenir ni Haetsler ni le médecin du travail, à la condition que je ne prenne plus le volant.

J'avais promis, et je m'y étais tenu. David conduisait

désormais systématiquement tandis que je m'installais à l'arrière et m'occupais du malade.

Les crises avaient continué. En quinze mois, j'avais déjà essayé trois traitements différents, mais elles survenaient quatre ou cinq fois par semaine. Ce n'était encore jamais arrivé au travail, cependant je savais bien que je n'y échapperais pas éternellement. Nathalie Auberviliers, la neurologue, avait fini en désespoir de cause par me proposer de participer à un essai thérapeutique, pour tester une nouvelle molécule prometteuse sur les rats, même si, à ce qu'elle avait avoué d'un air contrit, elle en avait tout de même tué quelques-uns. Ils peinaient visiblement à trouver des volontaires, et j'avais été tenté d'accepter, mais David s'était mis dans une telle colère, quand il avait su, que je m'étais rétracté avant de signer. Non qu'il ait quoi que ce soit à m'interdire, mais j'avais trop peur qu'il se fâche pour de bon et m'abandonne. En dehors de lui, je n'avais plus personne.

Bien sûr, l'alcool n'aidait pas. Moi qui avais à peine avalé une coupe de champagne à mon propre mariage, l'échec de celui-ci m'avait semblait-il encouragé à rattraper les années perdues.

Le soir, après le boulot, je m'effondrais sur le canapé et je buvais tout ce qui me tombait sous la main, de la bière, du vin, des alcools forts que j'achetais au hasard au rayon spiritueux de l'épicerie du coin. Puis je m'endormais, semi-coma, et je me réveillais par terre, la langue esquintée et le pantalon puant l'urine.

Prévisible. Et minable, sur ce point, je ne pouvais pas donner tort à Sylvie.

— Il y a quelqu'un ?

David.

De la salle de bains, je l'entendis déverrouiller la porte, entrer. Il avait un double de mes clés depuis qu'étudiants, nous partagions la même turne sordide dans une barre au-dessus du périphérique. Sylvie n'avait jamais aimé ça, même s'il ne se permettait pas d'entrer aussi librement chez nous quand il pensait qu'elle pouvait y être. Sylvie, de toute façon, n'avait jamais aimé David. Il était, d'après elle, beaucoup trop envahissant, trop présent dans ma vie sans que je mesure son influence sur moi. En réalité, ce qu'elle détestait surtout chez David, c'étaient ses mœurs, même si elle se serait fait tuer plutôt que de l'admettre.

Depuis dix ans, il vivait avec Thibault, un professeur d'histoire qui avant de trouver l'amour dans les bras de mon meilleur ami s'était, comme il disait lui-même, fourvoyé dans ceux d'une femme, assez longtemps pour lui faire un enfant.

Charles, qui allait entrer au collège l'an prochain, ne semblait nullement perturbé de se retrouver affublé d'un père en plus et d'une mère en moins, l'ex de Thibault ne se rappelant qu'elle avait un fils que de façon très fugace, à Noël ou beaucoup plus rarement, pour son anniversaire.

Le mode de vie de David, parfaitement contraire à la bienséance, hérissait Sylvie qui n'avait jamais voulu que Thibault ou le gamin mettent les pieds chez nous. Quant à David, s'il ne s'était jamais adressé à ma femme autrement qu'avec un flegme poli, je savais qu'il se réjouissait qu'elle m'ait quitté. Il n'osait pas encore me le dire ouvertement, mais ça viendrait.

— Ben, tu es là ?

— Sous la douche ! hurlai-je, pour me faire entendre malgré le raffut de l'eau qui coulait sur moi en cataracte.

— Il te reste douze minutes. Je m'occupe du café.

Je le trouvai à sa place habituelle, juché sur le haut tabouret le plus proche de la fenêtre, observant la nuit en sirotant son café. David était un homme élégant, blond et pâle, avec une sorte de fragilité aristocratique à laquelle il ne fallait pas se fier. Au physique comme au mental, je pense qu'il était l'être le plus solide que je connaisse, jamais pris en défaut, jamais dérouté par aucune situation, traversant avec une nonchalance amusée toutes les vicissitudes de l'existence et ne sortant jamais de ses gonds. Sa seule présence avait un effet mystérieusement apaisant, qu'il utilisait à merveille auprès de nos patients angoissés.

De son perchoir, il me suivait de son bienveillant regard gris-vert, qui s'assombrit brusquement quand il repéra l'ecchymose qui ornait ma joue.

— Qu'est-ce qui t'est arrivé ? Ne me dis pas que tu t'es battu ?

J'eus une hésitation, infime, mais qui ne lui échappa pas.

— Ben ?

— Avec qui veux-tu que je me batte ? Je n'ai plus douze ans. Et puis, je ne suis fâché avec personne. À part toi, évidemment.

— Et Haetsler.

Je haussai les épaules. Depuis que Sylvie était partie avec notre patron, David semblait attendre un affrontement qui ne venait pas. En apparence au moins, le fait que Haetsler couche désormais avec ma femme et élève mon gosse n'avait pas modifié les rapports, froids et distants, que nous avions toujours entretenus. Tous les matins, nous nous retrouvions dans son bureau avec les autres équipes, pour recevoir nos ordres de mission. Le premier jour de mon retour au boulot, après la semaine d'arrêt maladie que la neurologue m'avait forcé à prendre, toute l'équipe, David en tête, avait semblé s'attendre à ce que je fonce directement sur Haetsler et que je lui mette mon poing dans la figure. Lui-même, d'ailleurs, n'avait l'air qu'à moitié rassuré en me tendant notre feuille de route. Ce n'était pas l'envie qui manquait. J'en crevais, de le démolir, de lui arracher les yeux et d'effacer à tout jamais la saleté de sourire suffisant qu'il arborait chaque fois qu'il m'adressait la parole. J'avais passé l'essentiel de mon repos à fantasmer sur les sévices les plus abominables, les tortures les plus abjectes, et pourtant je n'avais rien manifesté, en dehors d'une remarque navrante sur le fait que le tunnel était fermé pour travaux, et que ça allait décaler le planning. Le mépris dont son expression s'était chargée, alors, était pire que tous les mots.

Qu'est-ce que je pouvais faire, nom de Dieu ?

Sylvie était partie, et je la connaissais assez pour savoir que sa décision était irrévocable. Quant à moi, j'avais besoin de ce boulot, et si je ne voulais pas que son avocat m'assassine avec une pension qui m'endetterait pour quelques décennies, il valait mieux que je fasse profil bas.

Sans surprise, les gars m'avaient classé au rang des lâches et devaient considérer que je méritais mon malheur. David, sans l'exprimer à voix haute, attendait que je me réveille et que je donne enfin à Haetsler la correction qu'il méritait. Un soir que je dînais chez lui, il avait même courtoisement proposé de se charger lui-même de lui casser un bras, sans que je sache s'il était sérieux ou pas. Avec David, qui pratiquait brillamment l'art du second degré, on ne pouvait jamais trop savoir. Refoulant avec une frustration douloureuse ma folle envie de le prendre au mot, j'avais décliné l'offre, et il ne l'avait pas renouvelée. Avec un mélange inavouable d'anxiété et d'espoir, je m'attendais depuis à arriver un matin à la boîte pour trouver Haetsler le bras dans le plâtre, mais jusqu'ici ça ne s'était pas produit.

David me regardait toujours avec une insistance silencieuse.

— Je me suis cassé la gueule dans le couloir, dis-je finalement.

Je me sentais comme un gosse contraint d'avouer à son père qu'il avait fait le mur. Agacé, je contournai le bar, pris la tasse qu'il m'avait préparée, bus d'un trait le café déjà froid pour me donner une contenance.

— Cassé la gueule, répéta David, d'un ton presque rêveur.

Son regard incisif était pourtant toujours planté dans le mien, et je capitulai aussitôt. J'aurais fini par lui dire tôt ou tard, de toute façon.

— D'accord. J'ai eu une crise. N'en fais pas une montagne.

— Tu avais picolé ?

— Fous-moi la paix, David.

Je reposai la tasse dans la soucoupe, si brutalement que la porcelaine se fendit sous l'impact. Je restai figé, considérant le reste de café qui se répandait lentement sur le plan de travail, l'anse de la tasse cassée toujours serrée dans mes doigts.

Une bouffée de désespoir montait, violente, me donnant envie de balancer ce qui restait de la tasse dans la baie vitrée, et peut-être bien moi avec, aussi. Je fermai les yeux, résistant à la pulsion, m'obligeant au calme.

Je sentis les doigts de David qui frôlaient les miens, tandis qu'il réparait les dégâts et épongeait le plan de travail. Avec douceur, il m'ôta des mains ce qui restait de la tasse, jeta les morceaux à la poubelle.

Puis sans ajouter un mot, il traversa la pièce et sortit, laissant la porte ouverte.

2

J'aimais mon boulot.

Face à l'échec retentissant de ma vie personnelle, c'était la seule chose qui, pour l'instant, m'empêchait de m'effondrer.

J'avais toujours voulu faire ce métier. À six ans, j'avais reçu une ambulance-jouet, un véhicule basique dont les portières ne s'ouvraient pas et qu'il fallait pousser avec la main, de ces jouets à l'ancienne que les gosses de maintenant ne peuvent pas concevoir. Pendant des heures, je m'amusais à la faire rouler sur les murs de toute la maison, sirène enclenchée, fasciné par le clignotement du gyrophare sur le toit. Après quelques jours, la sirène n'avait plus marché, que les piles se soient déchargées à cause d'une utilisation trop intensive ou que mes parents, lassés, les aient retirées en cachette. Cela ne m'avait pas vraiment gêné. J'avais continué pendant des semaines à faire rouler mon véhicule sur des routes fictives, imitant moi-même le bruit du deux-tons, inventant toutes sortes de scénarios-catastrophe et roulant d'un accident à l'autre avec un plaisir jamais amoindri.

Contrairement à ce que prétendait Sylvie, mon choix n'avait jamais été celui du dépit, je ne voulais pas être infirmier, encore moins médecin. J'étais juste l'accompagnateur, celui qui tient la main et qui rassure avant de s'effacer, celui dont le malade ne saura jamais le nom mais retiendra, du moins je l'espère, le sourire et la compassion.

Dans mon ambulance, je transportais des gens merveilleux. Parfois, je savais que ce ne serait que le temps d'un trajet unique, le cas des bien-portants habituels accidentés, chute d'escalier, bagarre ou carambolage... Mais souvent nous avions, à l'instar des taxis, des « clients » réguliers, les malades chroniques, les patients graves, ceux que la médecine moderne a pris dans ses filets et retient, assez avancée pour les maintenir en vie, à défaut de les guérir tout à fait.

Ainsi, Jacob Silverman.

Nous l'avions, David et moi, pris en charge quelques jours seulement avant que Sylvie m'annonce qu'elle me rayait de sa vie. Silverman était un nonagénaire à la carrure impressionnante, frôlant les deux mètres, fait remarquable en soi, mais qui pour un homme de sa génération relevait de l'exception.

Nous étions allés le chercher chez lui, dans un appartement triste de banlieue. Il y vivait seul, avec un chat fou qui avait sauté à la gorge de David à la seconde où nous étions entrés dans son salon. De saisissement, David avait dévié la trajectoire de l'animal d'un coup de poing qui l'avait envoyé s'écraser sur le buffet.

— Il a ses têtes, avait sobrement commenté Silverman, tandis que David se confondait en excuses et que je ramassais l'animal proprement assommé.

Le vieil homme nous avait regardés tenter de réanimer maladroitement sa bestiole en buvant son thé. Une fois le chat réveillé, il nous en avait poliment proposé une tasse. Nous avions accepté, ce n'était pas le moment de le vexer, l'épisode du chat était de ceux qui pouvaient nous faire virer tous les deux dans la seconde si Haetsler l'apprenait. Jacob Silverman nous avait paisiblement expliqué qu'il avait un cancer généralisé, des métastases dans le foie, les os et les poumons. Il n'avait pas voulu froisser son médecin, dont il disait que c'était un crétin sans malice, en refusant une chimio de la dernière chance, mais il ne se voyait pas, raisonnablement, durer au-delà d'une année. Ce qui l'ennuyait le plus, c'était la question du chat, avait-il précisé, soudain songeur. David s'était imperceptiblement raidi, mais Silverman avait explosé d'un rire très gai.

— Ne vous méprenez pas, jeune homme, avait-il dit en regardant David avec un bon sourire. Cette bestiole imbécile est coriace, vous ne vous en débarrasserez pas aussi facilement. Non, c'est son devenir qui m'inquiète. Comble de l'ironie, je suis à peu près persuadé qu'elle va me survivre.

De fil en aiguille, j'avais fini par m'entendre promettre qu'après lui, j'adopterais le chat. David et Silverman avaient semblé aussi surpris que moi, mais cette proposition avait créé entre nous une connivence inattendue. Nous avions vidé la théière, puis une autre, avant de partir après avoir rempli la gamelle de mon futur animal domestique.

Inutile de dire que nous étions arrivés scandaleusement en retard à la chimio.

— Où en êtes-vous avec Sylvie, Benjamin ?

Lorsque Silverman attendait son tour, il aimait que l'un de nous deux, David ou moi, reste pour lui tenir compagnie. Dans le couloir triste du service d'oncologie, nous nous asseyions sur les chaises en plastique vert inconfortables, nous regardions le ballet des malades et des infirmières. Quelquefois, quand la nuit comme aujourd'hui avait été courte, il m'arrivait de somnoler un peu. Sa voix grave me fit sursauter. Je m'étirai, raccrochant le wagon de la conversation. Je ne m'étais pas endormi assez pour ne pas entendre la question.

— Nulle part, je crois bien.

Je lui avais tout raconté. Quand j'étais revenu de mon arrêt-maladie, il avait été le seul patient à se soucier de ce qui m'était arrivé. À ce que David m'avait dit, il n'avait cessé de poser des questions pendant mon absence, et il avait paru aussi soulagé de me voir réapparaître qu'on l'est en retrouvant un ami très cher qu'on croyait à jamais perdu.

En dehors de David, ne compter sur la planète entière que dans le cœur d'un ancien combattant de presque cent ans rongé par le crabe était probablement pathétique, mais c'était tout ce que j'avais, et sa sollicitude me faisait du bien.

— Vous l'aimez encore, dit Silverman, d'un ton compréhensif.

Je soupirai, suivant des yeux un homme glabre qui déambulait derrière son mât de perfusion, sans conscience que sa chemise d'hôpital, ouverte dans son dos, dévoilait ses fesses flasques. J'attendis qu'il se rapproche, me levai, puis aussi discrètement que possible je passai derrière lui et reboutonnai le bas du vêtement. Sitôt que je m'éloignai, il reprit sa marche sans but. Il n'avait pas l'air d'avoir compris ce que je lui voulais, ou bien il s'en foutait.

— Celui-là seul connaît l'amour qui aime sans espoir, déclamai-je à mi-voix.

Silverman parut interdit, et je me sentis obligé d'ajouter :

— Ce n'est pas de moi. Schiller, un poète allemand du XVIIIe.

Le vieil homme continuait de me dévisager, manifestement troublé. Il mit longtemps à répondre, dans un murmure :

— Je sais qui est Schiller. Le meilleur ami de Goethe. Mais je m'étonne que vous, vous le connaissiez.

— Même les ambulanciers lisent, de temps à autre, monsieur Silverman, remarquai-je, sans m'offusquer.

Il ne releva pas, rétorquant seulement après une ou deux minutes de silence :

— J'ai connu un homme, jadis, qui le citait souvent.

Son regard vert dérivait, loin, vers une mémoire et un passé auxquels je n'avais pas accès. Je hochai la tête, dérouté à mon tour, tandis que Silverman ajoutait, du même ton distant :

— Il vous ressemblait beaucoup. C'était un homme bon.

3

David avait insisté pour me garder à dîner.

Viviane, sa sœur, serait là aussi, et il prétendait qu'elle serait ravie de me voir. Je soupçonnais, sans en être absolument sûr, qu'il cherchait à me caser avec elle, perspective qui ne m'enthousiasmait que très moyennement. Aussi grande et blonde que son frère,

Viviane était son aînée de huit ans. Éternelle célibataire, exubérante et fantasque, elle alignait les conquêtes, terrassant ses nombreux amants les uns après les autres par son énergie inépuisable et, c'était du moins ce qu'elle disait, son insatiable appétit sexuel.

De la même façon qu'elle multipliait les partenaires, passant de l'un à l'autre sans s'attacher à aucun, Viviane avait exercé mille professions, toutes plus déconcertantes les unes que les autres. Successivement, elle avait été plombier, palefrenière, fleuriste, créatrice de chapeaux, rédactrice en chef d'un journal à scandales, promeneuse de chiens et chauffeur de taxi. Bien entendu, elle ne possédait aucun des diplômes permettant théoriquement d'accéder aux emplois qu'elle occupait, et la manière dont elle parvenait à se faire embaucher restait un mystère.

Promotion-canapé, prétendait David, sans animosité d'ailleurs car il aimait beaucoup sa sœur. Il avait probablement raison.

Depuis une poignée de mois, elle s'était improvisée « thérapeute de l'esprit ». Elle recevait des innocents dans un appartement qu'elle avait trouvé sur les pentes de la Croix Rousse. Elle saturait l'atmosphère d'huiles essentielles, passait en boucle des CD de musiques relaxantes, et ses victimes la payaient pour qu'elle pratique sur elles diverses expériences douteuses, allant du massage à la chiromancie en passant par l'hypnose ericksonienne.

Elle obtenait certains succès, d'après David.

Lui et son compagnon habitaient en pleine ville, Boulevard Pinel, à deux pas du lycée où Thibault donnait ses cours. Leur maison était affreuse, agencée sans logique, assombrie par des papiers peints à gros motifs géométriques comme on les adorait dans les années soixante. David et Thib, pas plus habiles l'un que l'autre de leurs mains, avaient tout au début envisagé un rajeunissement enthousiaste de leur intérieur, qui n'avait pas duré au-delà du mur sud du salon. Le papier arraché sur la moitié de la hauteur et le plâtre laissé nu rappelaient cette brève crise velléitaire, dont il était probable qu'elle ne se reproduirait jamais.

L'entrée se trouvait au sous-sol, et d'abord il fallait traverser le garage, fouillis indescriptible où s'accumulaient tous les cartons et le mobilier de l'ex-femme de Thibault. Elle avait jugé plus commode et surtout plus économique de les lui confier plutôt que de louer un garde-meuble. Comme David ne voulait pas les voir dans la maison et que Thibault ne voulait pas les jeter, ils étaient convenus de les laisser là, dans le no-man's land qui leur servait d'entrée. C'était un sujet de discorde, qu'il valait mieux éviter d'aborder. On passait vite au milieu du fatras, on grimpait une volée de marches en béton brut, agrémentée d'un fauteuil monte-escalier cassé qui avait appartenu au propriétaire d'avant, et dont aucun des deux hommes, depuis six ou sept ans qu'ils vivaient là, n'avait jugé utile de se débarrasser.

Le rez-de-chaussée était constitué de trois pièces en enfilade, la cuisine, la salle à manger-salon et l'unique salle de bains de la maison, plus étonnamment, alors que les chambres étaient au premier. Il y en avait trois, une pour les maîtres des lieux, une pour Charles et une troisième qui avait fini par être désignée officiellement comme la mienne, attendu que j'étais celui qui y dormait le plus souvent.

Comme un homme garde une étagère dans le placard de sa maîtresse, j'avais fini par y laisser un nécessaire de toilette, un pyjama et deux ou trois tenues, et malgré l'immonde papier peint violet qui ornait les murs, je m'y sentais finalement mieux que dans mon sinistre appartement de divorcé.

Après une longue douche, je rejoignis David et sa famille

dans le patio, où Thibault avait dressé la table.

Le jardin était le seul intérêt de cette propriété. La première fois que je l'avais vu, encore en friche et mal entretenu, j'avais déjà compris qu'il justifiait à lui seul le prix qu'ils y avaient mis, malgré le total inintérêt de la maison elle-même. Sept ans après, grâce aux soins quasiment amoureux de Thib, les extérieurs de leur petite maison de ville étaient devenus un véritable paradis. Une tonnelle où poussait une glycine dont le parfum embaumait l'air, dix ou quinze rosiers différents, des viornes, des lilas, des camélias et des cytises, des groseilliers à fleurs, des forsythias, il y avait ici de quoi réjouir les cinq sens quelle que soit la saison. Thibault, qui avait dessiné les plans du jardin lui-même, l'avait conçu comme un labyrinthe miniature, sillonné d'allées de gravillons qu'il désherbait inlassablement, agrémenté de fontaines et de petits bancs pour la méditation. Il y avait même, en bonne place près de la tonnelle, une sculpture moderne offerte par un artiste de renom à l'occasion de leur PACS, magma de tôle et de béton censé personnifier l'amour éternel, d'après ce que Thib m'avait expliqué. En somme, au détail de la sculpture près, le jardin de David et Thibault était un merveilleux havre de paix, isolé des bruits de la route et de la civilisation par la masse de la maison, et aux beaux jours ils y passaient tout leur temps.

Je m'affalai sur une chaise, saluant Charles que David, pendant que je me douchais, avait ramené du karaté. Viviane n'était visible nulle part, constatai-je avec un certain soulagement.

— Elle sera en retard. Un problème de chakra récalcitrant, à ce que j'ai compris, nous informa David, impassible.

Thibault leva les yeux au ciel et retourna tisonner ses braises, tandis que je me tournai vers le petit.

— Alors, Charles, la ceinture noire, c'est pour cette

année ?

Le gamin me regarda, avec ce sérieux totalement dénué d'humour qui caractérisait, quelquefois, les enfants de son âge quand ils se voulaient soucieux d'exactitude.

— On ne peut pas passer la ceinture noire à dix ans et demi.

J'opinai, concerné, suivant des yeux Thibault qui s'affairait autour du barbecue. Comme nous, il allait sur ses trente-cinq ans mais il paraissait plus vieux, peut-être à cause de ses petites lunettes rondes qui lui donnaient un air sévère, ou de sa barbe où les poils noirs, de plus en plus, se mêlaient de gris. Pour contrer une calvitie précoce, il s'était rasé le crâne depuis cinq ou six mois, plutôt que de tenter de discipliner les quelques cheveux en couronne qui lui restaient. Toujours tiré à quatre épingles, en costume même le week-end lorsqu'il restait chez lui, Thibault était dominant, intransigeant, même, et je m'étais toujours étonné que David, animal farouchement indépendant et susceptible, réussisse à s'en accommoder. De même que j'avais imposé David à Sylvie, Thibault me tolérait par amour pour lui, mais nous n'avions ni point commun, ni vraiment d'intérêt l'un pour l'autre.

Je tendis mon verre dans sa direction pour qu'il me verse à boire. Sans se faire prier, il sortit la bouteille de rosé du seau à glace, la déboucha et nous servit tous les trois.

Je levai mon verre, conscient du regard suraigu de David, braqué sur moi.

— Doucement, Ben.

— Ne commence pas, répliquai-je aussitôt, plus sèchement que je n'aurais voulu.

Il encaissa, me tournant ostensiblement le dos pour s'enquérir de la façon dont Charles avait occupé sa journée. Dans le quart d'heure suivant, nous écoutâmes le gamin raconter dans le détail le sujet abordé ce jour-là en classe d'histoire, sans surprise sa matière de prédilection, hérédité oblige.

J'écoutais distraitement, sans intervenir, frappé comme chaque fois par la complicité qui unissait les deux hommes au gamin. En dehors du fait qu'il disait « papa » à Thib alors qu'il appelait David par son prénom, Charles était aussi affectueux avec l'un que l'autre, et beaucoup plus en somme que Pierrick ne l'avait jamais été avec moi.

Pierrick... Penser à lui me faisait mal, et j'évitais de m'y laisser aller.

Lorsqu'il venait chez moi, nous n'échangions que de façon utilitaire, négociant essentiellement sur le menu du repas ou le programme télé du samedi soir. Comme n'importe quel ado, il passait son temps sur son ordinateur ou sur son téléphone portable, conversant frénétiquement avec des inconnus à qui il devait sûrement expliquer à quel point il aurait préféré être n'importe où ailleurs que chez son abruti de père. De temps à autre, je lui envoyais un texto, aussi bref que possible pour ne pas l'agacer. En général, il ne répondait pas.

Nous n'avions jamais été aussi proches qu'il l'était de sa mère, mais cette distance nouvelle me dévastait. Que lui disait Sylvie à mon sujet ? Avait-elle été jusqu'à répéter à mon fils que son père était un minable, un raté sans ambition ? Parlaient-ils de moi, le soir à table, évoquaient-ils le terrifiant manque de courage qui m'empêchait de démissionner, comme aurait logiquement dû le faire à ma place tout homme doté d'un minimum d'amour-propre et de fierté ?

Et dans le fond, pouvais-je vraiment leur donner tort ?
— Ben ? Ça va ?

Je sursautai, surpris par le regard de David de nouveau braqué sur moi.

Thibault et son fils discutaient toujours boutique, ils en étaient à la Seconde Guerre mondiale, et je me demandai, dans le vague, si j'avais jamais eu ce genre de discussion à bâtons rompus avec Pierrick.

Probablement pas.

Résolument, je me servis un deuxième verre.

— Pas de remarque, s'il te plaît.

— Je n'ai rien dit.

— Tu n'es pas ma mère, merde.

— Benjamin, je n'ai rien dit, répéta David, sans changer de ton, avant d'ajouter, doucement : Viviane est là. Elle se gare.

— Bonne nouvelle, me contentai-je de rétorquer, n'en pensant pas un mot.

Le regard qu'il me lança, dubitatif et inquiet, prouvait assez qu'il le savait.

— Me voilà ! clama la voix de stentor de Viviane, qui remontait l'allée d'un pas décidé.

Charles sauta aussitôt de sa chaise pour se précipiter à sa rencontre. Le gamin l'adorait, notamment parce qu'elle était toujours disposée à lui faire vivre les expériences les plus inadaptées à son âge. Dernier exploit en date, pour ses dix ans, elle l'avait emmené dans un club de strip-tease avec nu intégral. Thibault, qui bizarrement ne craignait rien tant que de voir Charles virer homo, avait failli s'étrangler quand elle le leur avait dit. Après ça, il ne lui avait plus parlé pendant trois mois, et à voir la froideur avec laquelle ils venaient de se saluer, les choses entre eux étaient loin d'être revenues à la normale.

Le gamin toujours sur ses talons, Viviane contourna la table, vint m'embrasser en me posant ses deux mains sur les épaules, ses lèvres déviant discrètement vers ma bouche au dernier moment.

— Alors, mon petit Ben, toujours cocu ? me demanda-t-elle avant d'éclater d'un rire tonitruant. Tu ne vas pas avoir la faiblesse de devenir gay toi aussi, j'espère ? J'ai les arguments pour te redonner foi en l'attrait de la femme, tu

sais !
   Un peu gêné, je coulai un regard vers mon meilleur ami et son concubin. David contemplait sa sœur avec la bienveillance de l'homme résigné. Quant à Thibault, il semblait se retenir de lui expédier une ou deux saucisses à la figure. Je me grattai la tête, m'obligeai à sourire.
   — J'en suis bien certain.
   Avec un soupir théâtral, Viviane tira une chaise et s'assit lourdement dans un envol de jupons. Pour coller à son nouveau rôle de thérapeute *ès*-arts divinatoires, elle ne portait plus que des robes à volants de couleurs vives et des caracos serrés aux frontières de l'étouffement sur sa poitrine généreuse. Plus que jamais, elle avait l'air d'une tour de guet plantée au milieu de la plaine, et me réadapter aux plaisirs charnels grâce à ses services me semblait illusoire.
   Elle n'était probablement pas sérieuse, du moins l'espérais-je.
   — Ah, mes enfants, quelle journée ! Désolée d'arriver si tard, mais j'ai terminé par une régression en âge proprement incroyable. Un type que l'envie de planter un couteau dans le ventre de sa femme obsédait depuis qu'il avait vu un de ces films sanglants comme Hollywood nous en sert régulièrement... Eh bien sous hypnose, figurez-vous que nous avons découvert que dans sa vie précédente, il était Jack l'éventreur !
   Thibault eut une moue ininterprétable, David haussa un sourcil. Charles, de son côté, dévisageait Viviane avec une sorte d'effroi fasciné.
   — Jack l'éventreur ? L'assassin londonien dont on n'a jamais su le vrai nom ? Tu aurais dû lui demander sa véritable identité, remarquai-je, un peu sarcastique.
   — Jamais, malheureux ! Aucune interférence sur les faits du passé, c'est la règle !
   Je voyais mal en quoi ce genre de question pouvait

interférer sur des événements survenus un siècle plus tôt, mais je choisis prudemment de ne pas polémiquer.

Viviane était lancée, et nous eûmes droit au détail de ses « consultations » du jour, toutes du même tonneau plus ou moins rocambolesque. Successivement, elle avait ramené à la vie, le temps d'une séance d'hypnose à laquelle j'aurais payé cher pour assister, des personnages aussi illustres que Molière, Robespierre et Offenbach.

— Très sympa, Offenbach. L'esprit un peu mal tourné, le fripon, mais quelle rigolade !

Des oiseaux pépiaient à tout va au-dessus de nos têtes, quelque part dans l'épais feuillage de la glycine. Dans le voisinage, étouffée, une radio jouait du Brahms, une valse lente sur laquelle, à un mariage, Sylvie et moi avions dansé.

Le manque d'elle et de ma vie d'avant, soudainement, me semblait insupportable. Je me levai, étouffant un peu, fis quelques pas pour aller me camper devant le chef d'œuvre d'art moderne qui trônait dans l'allée. Du bout des doigts, j'effleurai le métal chauffé par le soleil, songeant tristement que cette horreur survivrait bien mieux aux affres du temps qu'un Van Gogh ou un Matisse. Dans quelques siècles, nos descendants n'auraient plus en héritage que des cubes de matière compressée pour se figurer ce que l'Art, à notre époque, avait été.

Désolante pensée.

Sylvie, au contraire de moi, avait toujours eu un faible pour l'art contemporain. À chaque passage à Paris elle me traînait au Centre Pompidou, me forçant à m'extasier sur les toiles noires de Soulages ou les rayures schizophrènes de Buren pour lui être agréable. Elle jugeait les impressionnistes fadasses, Klimt clinquant, haïssait les obsessions de Degas pour les tutus, de Gauguin pour les Tahitiennes, et estimait que Renoir, dans son amour des femmes très en chair, faisait preuve d'un insupportable mauvais goût.

Bien qu'elle ne soit jamais venue dans le jardin de David et de Thibault, je pouvais assez imaginer à quel point leur immonde sculpture lui aurait plu.

Je soupirai de nouveau, jetant un œil par-dessus mon épaule pour m'assurer que personne ne s'occupait de moi, puis je dégainai mon téléphone portable.

— Allô ? fit Sylvie à la cinquième sonnerie.

Je me demandai si elle était avec Haetsler, puis m'empressai de chasser l'idée.

— Salut. C'est moi, dis-je, faussement nonchalant.

Seigneur, j'étais absolument pathétique.

— Benjamin ? Qu'est-ce que tu veux ?

Sa froideur, à laquelle j'aurais pourtant dû m'attendre, me déstabilisa, et je bafouillai en réponse un :

— Je me demandais comment tu allais.

Pitoyable, décidément. Atterré de moi-même, je m'assis dans l'allée, les yeux levés vers l'amas de tôle comme à la recherche d'un improbable soutien.

— Vraiment ? Eh bien je vais très bien, je te remercie. Et puisque je t'ai au bout du fil, je voulais te dire...

Mes doigts se crispèrent sur le téléphone. Je n'allais pas aimer ce qui suivrait, j'en étais persuadé. Qu'est-ce qui m'avait pris de l'appeler ?

— Je ne pense pas que Pierrick pourra passer le mois de juillet avec toi.

J'accusai le coup, gardant le silence. Au moment du divorce, nous nous étions entendus sur la garde et la pension, mais aussi sur l'alternance des congés. J'avais posé tous les jours qui me restaient pour accueillir mon fils, Sylvie était bien placée pour le savoir. J'avais décidé de l'emmener camper en Bretagne, le mobile-home était loué depuis des semaines, un emplacement les pieds dans le sable que je n'avais même pas encore fini de payer.

— Ça ne m'arrange pas, tu sais, finis-je par répliquer,

m'obligeant au calme. J'ai déjà planifié le séjour, et je ne sais pas si je pourrai échanger avec le mois d'août...
— Tu ne comprends pas, Ben. Il ne s'agit pas d'août ou de juillet. Pierrick ne va pas venir du tout.
— ... Du tout ? répétai-je stupidement, avec un temps de retard, assommé par la nouvelle.
— Je suis désolée, trancha Sylvie.
Au son de sa voix, il était clair qu'elle n'en pensait pas un mot.
— J'aimerais assez en discuter avec lui.
— Je lui dirai de t'appeler.
— Je peux le faire aussi. J'ai quand même le droit de lui téléphoner, merde, c'est moi qui lui ai offert son portable !
— Et voilà !
— Et voilà quoi ?
— Tu ne peux pas t'en empêcher, hein ? Il faut toujours que tu ramènes tout à toi ! Tu ne peux pas comprendre que tu l'étouffes, ce gamin ? Il ne veut plus te voir, Ben, c'est plus clair, dit comme ça ?
— C'est lui qui ne veut plus me voir, ou c'est toi qui préfères que notre fils passe ses vacances avec le patron de la boîte plutôt qu'avec son minable petit employé ?
Je n'avais pu m'empêcher de le dire. La rancœur et l'accablement que je traînais depuis des mois ne pouvaient s'exprimer autrement que sous le coup de la colère. Pourtant, je la regrettais déjà. Jusqu'ici nous avions réussi, Sylvie et moi, à maintenir un semblant de relations sinon amicales, tout au moins cordiales. Nous nous téléphonions assez régulièrement, et nous prenions un verre ensemble une ou deux fois par mois. David, qui craignait par-dessus tout de nous voir renouer, trouvait nos rapports ambigus et malsains.

J'allais pouvoir le rassurer. À l'évidence, mon dernier échange civilisé avec Sylvie était en train de s'achever. Elle poussa un soupir excédé puis lâcha, le ton assourdi, dangereux :

— Mon pauvre Benjamin, tu es vraiment trop con !

Puis elle raccrocha.

Je restai un certain temps, désemparé, assis en équilibre sur la bordure du l'allée. La tristesse et la honte me broyaient le cœur, mais heureusement personne ne faisait assez cas de moi pour s'en aviser. Je finis par me reprendre, puis rejoignis ma chaise comme un automate et m'y laissai lourdement tomber.

Charles et son père avaient repris leur conversation, et je m'obligeai à m'y intéresser pour ne pas avoir à penser. Thibault était intarissable et passionné, comme à son habitude lorsqu'il s'agissait d'évoquer les grandeurs et les décadences des siècles passés :

— ... La neige compliquait terriblement la mission des maquisards. Le parachutage prévu au mois de février sur le plateau des Glières avait été repoussé à cause de la météo épouvantable. Mais le moral des combattants n'était pas entamé. Ils affluaient vers les Glières depuis tous les maquis de France, à l'appel de Londres et du Général de Gaulle. Un jeune officier de l'Armée Secrète était à leur tête...

— Tom Morel, coupai-je sans réfléchir.

Un profond silence suivit mon intervention. Tous les quatre me contemplaient, décontenancés.

— Tu connais Tom Morel, toi ? finit par demander Thibault.

Après Jacob Silverman, c'était la seconde fois de la journée que quelqu'un s'étonnait que je fasse montre d'un semblant de culture, et je grimaçai, vexé. Pourtant, contrairement au dramaturge allemand, pour lequel je m'étais pris de passion à l'adolescence et dont j'avais lu toute l'œuvre dans le texte original, je ne m'expliquais pas de quel méandre lointain de ma mémoire le nom de Morel pouvait bien provenir.

Je fronçai les sourcils.

— Pas vraiment. Le nom m'est venu tout seul. Il existe vraiment ?

— S'il existe ? s'exclama Thibault, quasiment indigné. Le héros des Glières, le symbole de la résistance en Haute-Savoie ?

Il continua quelques minutes, me vantant les faits d'armes de Morel avec la même fougue que s'il y avait lui-même participé. Je l'écoutai, avec une impression de familiarité étrange, tandis qu'en esprit je visualisais des étendues couvertes de neige, des hommes en armes, patrouillant autour de tentes de fortune qu'encerclaient, majestueuses, des montagnes immaculées. Au centre du plateau, j'imaginai un mât, démesuré, en haut duquel flottait un drapeau bleu-blanc-rouge rehaussé de la croix de Lorraine. À son pied se tenait un groupe de trois hommes, dont l'un portait une soutane et faisait de grands signes dans ma direction.

J'avais dû voir un documentaire là-dessus, des images d'époque.

— Très possible, approuva Thibault, après réflexion. Il y avait effectivement un mât, planté au milieu du plateau. C'était Morel qui l'avait fait dresser là, ils levaient le drapeau chaque début de semaine, à la manière militaire.

— On a conservé des films, de cette période ? demandai-je, un peu étourdiment.

Thibault m'accorda une œillade mi-indulgente, mi-moqueuse.

— Des caméras, en 1944, au milieu du maquis ? Bien sûr que non. Les seules vidéos que l'INA possède sont celles que tout le monde connaît, du débarquement de Normandie et de Provence, ou des images officielles comme celle de Leclerc entrant dans Paris. J'ai des DVD, je les diffuse aux élèves en fin d'année... Je te ferai une copie, si tu veux.

J'acquiesçai, troublé. Le fonctionnement de l'esprit, décidément, était une chose mystérieuse, qui avait fabriqué à partir d'une image sans doute entrevue des années plus tôt, dans un manuel d'histoire, celle d'un moine-soldat qui semblait s'adresser à moi.

Je haussai les épaules, renonçant à comprendre ce message trouble de mon inconscient. J'avais trop bu, j'avais mal à la tête et une légère nausée. Malgré mes efforts pour éviter de songer au coup de fil de Sylvie, mes pensées ne cessaient d'y revenir. Il aurait fallu que je téléphone à Pierrick, mais je n'osais pas. Pas avant d'avoir digéré, de m'être assez calmé pour espérer trouver les mots pour le convaincre de me suivre en Bretagne, même si, tout au fond de moi, je sentais bien que la partie était déjà jouée.

Thibault venait juste de mettre le barbecue en chauffe, il s'en faudrait d'une grosse demi-heure avant que nous passions à table. Viviane avait repris son bavardage incessant, David et Charles jouaient aux cartes en faisant semblant de l'écouter. Invoquant un brusque coup de fatigue, je quittai l'ombre de la tonnelle, leur demandant de venir me tirer du canapé lorsque les saucisses seraient à point.

4

Je rêvais.

Je marchais dans la neige, sur une pente raide à flanc de montagne, en lisière de forêt. Je cheminais dans les pas d'hommes et de femmes vêtus légèrement, dont les dents s'entrechoquaient de froid. Dans leur sillage, allait une enfant de six ou sept ans, trop épuisée pour marcher droit.

Il faisait nuit mais dans la plaine, loin dessous, des lumières vacillantes marquaient l'emplacement des habitations. Plusieurs villages minuscules se succédaient, ovale grossier autour d'une forme plus sombre, qui devait être un lac. La lueur de la lune, pleine au quart, perçait difficilement l'épaisse couche de nuages, et nous avancions quasiment en aveugle.

De loin en loin, l'éclaireur qui allait une dizaine de mètres en avant revenait sur ses pas, et nous faisions halte. Alors que le plus souvent il ne m'adressait pas la parole, à son dernier passage il avait dépassé la famille grelottante pour venir se camper devant moi, dans une position déférente qui n'était pas loin du garde à vous. J'avais vu ses lèvres bouger, dire quelque chose que je n'avais pas compris, ainsi sont les rêves, brouillant parfois les informations comme une censure de l'inconscient. Ce que j'avais répliqué avait semblé le contrarier. D'autres hommes étaient apparus, un noir énorme dont, de nuit, on ne voyait que le blanc des yeux et les dents, luisant dans la pénombre, et un autre, qui portait une soutane et devait être prêtre. Je n'avais pas non plus compris la discussion qui avait suivi, en dehors de cette phrase de l'homme d'église, prononcée d'une voix éraillée où filtrait l'inquiétude : « Qu'est-ce qui se passe, Benjamin ? »

Je n'aurais pas su dire ce que j'avais répondu. Nous avions fini par repartir, et lors des arrêts suivants, cinq en tout, plus jamais l'éclaireur n'avait cherché à s'adresser à moi.

Nous crevions de froid. La sensation était très palpable, étonnamment pour un rêve, et de même je sentais avec une acuité parfaite une brûlure lancinante, au côté droit. La marche dans la neige épaisse était harassante. Nous nous arrêtions souvent pour reprendre notre souffle et étirer nos muscles perclus de crampes.

À la pause suivante, je m'éloignai de quelques pas le long de la sente, gagnant le couvert des arbres tandis que je fouillais ma poche à la recherche de mes cigarettes. Je les trouvai tout de suite, ainsi qu'un briquet-tempête, de ceux que l'armée distribuait à ses hommes, et dont la flamme était conçue pour brûler quelles que soient les conditions météo.

J'eus à peine le temps de l'allumer qu'un coup violent s'abattit sur mon poignet. Je lâchai le briquet, dont la flamme s'éteignit dans la neige en grésillant. Je levai les yeux vers le prêtre furieux campé devant moi, sans comprendre sa colère, sentant qu'il se contenait, à deux doigts de me frapper.

Seulement à ce moment-là, je remarquai qu'il était armé d'un fusil, dont la bandoulière s'emmêlait au cordon de la croix qu'il portait autour du cou. La vision était dérangeante, presque sacrilège, et je reculai d'instinct, rencontrant aussitôt un corps dans mon dos. C'était l'homme qui fermait la marche, et sa main gigantesque s'abattit sur mon épaule comme la serre d'un oiseau de proie.

— Tu es cinglé ! Tu veux leur montrer où nous sommes, aux Fritz, ou quoi ? Tu sais pourtant que de nuit, on distingue une cigarette à des kilomètres ! explosa le prêtre en sourdine.

— Je... Je suis désolé, bafouillai-je, désemparé.

— Reprends-toi, Benjamin, répliqua-t-il avant d'ajouter, tandis qu'il se remettait en marche : si père n'avait pas été tué au combat, ce sont ses cigarettes qui auraient eu raison de lui. À la fin, il crachait du sang même en parlant. Je ne veux pas que tu finisses comme lui. Je veux que tu arrêtes de fumer.

Son ton était définitif, comme s'il ne doutait ni de son autorité sur moi, ni de sa légitimité à me dicter ma conduite.

De quoi se mêlait-il, ce curé ? Et en quoi la foutue manière dont son père était mort me concernait-elle en quoi que ce soit ?

J'avais dû parler à voix haute, car le géant noir souffla

d'un ton un peu sévère, comme il me dépassait à son tour :

— Ne dis pas du mal de Cyrille, mon lieutenant. Il donnerait sa vie pour toi, et tu le sais.

Il avait dit « mon lieutenant », et il me fallut une ou deux secondes pour comprendre qu'il s'adressait bien à moi. Quant à ses propos, non, je n'avais pas la moindre idée de ce dont il parlait. Qu'un homme d'église, même imaginaire, puisse se sacrifier pour moi qui n'avais plus mis les pieds dans un lieu saint depuis des années me semblait parfaitement incongru.

Je haussai les épaules, me remis en marche, songeant en pleine conscience que ce rêve était décidément absurde et que je le détestais.

Puis le temps se tordit et sauta plus loin, comme c'est le cas dans les songes où les lois de l'univers ne tiennent pas.

Nous marchions à nouveau.

La neige s'était remise à tomber, presque à l'horizontale sous le blizzard violent qui nous harcelait sans relâche. À deux reprises, la petite fille avait trébuché et s'était affalée de tout son long dans la poudreuse, relevée par son père. Mais lorsqu'épuisée elle chuta à nouveau lourdement, ses parents ne s'en aperçurent pas, continuant leur montée hésitante vers les hauteurs du col.

Je m'arrêtai aux côtés de la petite forme allongée dans la neige, tremblante et misérable, puis je me penchai et la ramenai contre moi. Elle était légère, mais je vacillai légèrement sous le coup d'une douleur soudaine, au creux du flanc droit. Un peu de bile me monta aux lèvres, que je ravalai en grimaçant. La petite fille se cramponnait à ma veste comme un animal perdu.

— Mon lieutenant, dit le géant noir, tu ne vas pas réussir à la porter. Passe-la moi.

— Ça va, rétorquai-je, un peu sèchement.

Il n'insista pas.

Les autres allaient toujours, presque masqués par les

flocons compacts et l'ombre, alors qu'ils n'étaient pas à plus de dix mètres de moi. Aucun des trois ne semblait s'être aperçu que leur petite fille ne marchait plus, ou alors ils étaient trop fourbus pour manifester quoi que ce soit.

Dans mes bras, l'enfant ne bougeait plus. Soit endormie, soit évanouie, mais elle n'était pas morte, je sentais le battement régulier de son cœur contre ma poitrine et seule cette vibration, régulière et sourde, me raccrochait encore à la réalité.

De toute ma vie, je n'avais jamais eu aussi froid.

L'éclaireur vint encore deux fois faire son rapport. Il s'adressait surtout au curé et à Augustin, le prénom de notre immense compagnon, un des seuls mots que j'aie compris de leur conversation à voix basse. Je restai debout, mes bras verrouillés sur le corps chétif de l'enfant, les pensées figées, profitant de ce pauvre répit pour reprendre mon souffle. Je n'aurais su dire depuis combien d'heures nous marchions, le temps rythmé par les arrêts et les rapports, autant que par les battements du cœur de la fillette.

Un peu plus haut, le petit groupe que nous escortions attendait en silence. Ils s'étaient serrés les uns contre les autres pour se préserver un peu du froid.

— ... Elle ne va pas tenir, dit l'éclaireur, son ton soudain plus fort le rendant audible.

Je tournai la tête, saisis le regard expectatif qu'Augustin jetait dans ma direction. Qu'étais-je donc, pour eux ? Une sorte de chef, un commandant ? J'étais loin pourtant d'en avoir l'envergure, et l'idée me faisait presque sourire. De ma vie, je n'avais jamais donné un seul ordre auquel on obéisse, même pas à mon fils qui n'avait de respect craintif que pour sa mère. Je me pliais toujours avec naturel aux volontés des autres, Haetsler, Sylvie et même David. Même s'il n'existait que dans mon imagination, que cet Augustin semble quêter mon approbation était un phénomène inédit et déstabilisant.

L'enfant toujours serrée dans mes bras, je m'approchai d'eux.

— Marcel pense qu'elle est entrée en travail, mon lieutenant, m'informa Augustin. Elle ne pourra guère aller plus loin, et pas jusqu'au col, c'est certain. Qu'est-ce qu'on fait ?

— Je savais bien qu'elle ne pourrait pas supporter le trajet ! coupa Marcel, le ton excédé. On n'aurait jamais dû l'emmener, même en passant par les Coux ! ajouta-t-il, me lançant un regard assassin dont la signification m'échappait.

— Si on ne l'avait pas emmenée, Stévenin n'aurait pas voulu venir non plus, et tu sais combien il est important pour nous qu'il rejoigne Londres, répliqua posément le curé. Refaire l'histoire ne sert à rien, de toute manière. Benjamin, est-ce que... ?

Il s'était tourné vers moi, mais je ne compris pas sa question et brusquement nous fûmes ailleurs, transportés comme par magie dans une cabane en bois d'une saleté innommable, mais où grâce à un feu de brindilles allumé dans une cheminée d'angle, il faisait presque chaud.

Sur une paillasse, une femme était étendue dans la position de l'enfantement. Son ventre était mou et vide, comme un ballon crevé. Une mare de sang séchait sur le plancher. De part et d'autre, un homme et une femme étaient agenouillés et lui tenaient la main. La femme pleurait, caressant doucement la tête du nouveau-né posé sur la poitrine de sa mère, parfaitement immobile et qui ne respirait pas.

La petite fille que j'avais portée tout au long du chemin enneigé était roulée en boule, tétant son pouce, endormie à même le sol devant la cheminée.

Debout, dos à l'âtre et le visage dissimulé dans l'ombre, le prêtre priait à voix haute, en latin. Près de la porte, la main sur la crosse de leurs fusils, Augustin et Marcel observaient de loin.

Régnaient dans l'air l'odeur de la mort et une tristesse infinie.

— C'était la volonté de Dieu..., fit l'homme agenouillé avec un très fort accent israélite, quand le prêtre eut achevé la litanie des derniers sacrements.

Il regarda dans ma direction, alors, et j'eus l'étrange impression de le reconnaître. Je détournai les yeux, sentant qu'ils s'embuaient.

Avec lenteur, Augustin sortit un paquet de cigarettes de sa poche, puis tour à tour en proposa aux hommes présents dans la pièce. À l'exception du prêtre, nous acceptâmes tous avec la même gratitude le tabac, unique moyen que nous ayons, ici, de combattre la peine et l'impuissance.

Cet enfant était mort aussi, comme Quentin, et à nouveau je n'avais rien pu faire.

5

— Benjamin... Ben... !
— Tu ne crois pas qu'il faudrait appeler les pompiers ?
— Pour que Haetsler soit mis au courant dès demain matin ? Oublie, Thib. D'ailleurs il émerge, ça y est.

Le son était revenu, avant l'image. Vaseux, j'entrouvris les yeux, les refermai brusquement, gêné par la lumière. À tâtons, je me redressai, réalisant seulement à ce moment-là que je n'étais plus sur le canapé, mais par terre, un goût de cuivre familier dans la bouche.

David et Thib se tenaient accroupis devant moi, le visage anxieux. Viviane avait dû rester dehors, avec Charles. La main de David, crispée sur mon épaule, me rappela très vaguement quelque chose, une sensation vécue en songe et que je n'arrivais pas à fixer. Puis Thibault parla de nouveau, et le souvenir m'échappa tout à fait. Ne restait, assourdie, que l'angoisse sans objet de ce qui était sans doute un cauchemar.

— Je n'avais jamais vu de convulsions en vrai. Je comprends mieux pourquoi, à l'époque médiévale, les épileptiques finissaient sur le bûcher.

— Thib, tes saucisses sont en train de cramer. Fous-moi le camp.

— Avec plaisir. Je n'ai aucune intention de manger froid, répliqua Thibault, un reste d'agacement dans le ton.

Du dos de la main, j'essuyai l'angle de mes lèvres où un filet de sang avait coulé, puis je me relevai, négligeant la main secourable que David tendait vers moi.

L'environnement était stable.

— Nous commençons à avoir un sérieux problème, attaqua David.

Sa voix était aussi calme que d'habitude, mais un pli soucieux barrait son front. Apparemment, il avait eu peur et me le confirma aussitôt :

— La crise a duré très longtemps. Au moins trois ou quatre minutes. C'est trop. À ce train-là, tu vas finir par te griller les neurones.

— Déjà que je n'en ai pas tellement en stock...

— Je ne plaisante pas, Ben. Il faut en parler à la neurologue.

— Hors de question. Auberviliers le dirait à Haetsler.

— Tu ne crois pas qu'il le sait, Haetsler ? Il couche avec Sylvie, je te rappelle !

— Sans rire ? Merci de me rafraîchir la mémoire, répliquai-je, le ton glacé.

Il ne s'émut pas, s'efforçant manifestement de ne pas se mettre en colère aussi.

— Ce que je veux dire, c'est que je suis à peu près sûr qu'elle lui en a parlé. Tant que tu ne fais pas de crise au boulot, il continuera de fermer les yeux, mais...

— Ridicule. L'épilepsie, pour quelqu'un dont le métier est de conduire une voiture l'essentiel du temps, c'est un motif formel de licenciement, tu sais comme moi qu'il n'attend que ça.

— Pas avec les indemnités qu'il va devoir te verser. Le budget est ric-rac, il n'a pas la trésorerie pour te virer, sinon tu peux être sûr qu'il l'aurait fait depuis avril.

Je tiquai, malgré moi. Son explication se tenait.

— Tu es bien sûr de toi. À croire que tu en as discuté avec Haetsler derrière mon dos...

— Ne dis pas n'importe quoi, imbécile. J'ai parlé au comptable. Ta lettre de licenciement est prête, il n'a plus qu'à la poster.

— C'est censé me remonter le moral, ça ?

— C'est censé te faire comprendre que mettre ta santé en danger pour garder ton job n'a pas de sens. Tu l'as déjà perdu.

— Je vois que cette constatation te bouleverse.

— Le problème n'est pas là, bon sang !

— Si vous avez fini de vous engueuler, on peut passer à table ? Les saucisses refroidissent.

Thibault, les pinces du barbecue à la main, nous dévisageait tour à tour par la fenêtre du salon.

— On ne s'engueule pas, rétorqua David.

L'intervention de son compagnon, contre toute attente, avait fait baisser la tension d'un cran.

— On discute, ajoutai-je, pour marquer ma bonne volonté. Commencez, on arrive.

D'un même mouvement, David et moi nous assîmes sur le canapé. Le geste rôdé par l'habitude, il sortit ses cigarettes de sa poche de chemise, m'en proposa une.

— Je croyais que Thibault détestait qu'on fume dans son salon.

— C'est aussi le mien, rétorqua-t-il.

La tête renversée en arrière, il crachait des ronds de

fumée vers le plafond, nonchalant. L'envie de retourner dehors pour goûter les saucisses de Thibault n'avait pas l'air de le tourmenter. Je me calai dans les coussins dépareillés qui envahissaient le canapé trop profond, allongeai mes jambes, imitant sans le vouloir la posture alanguie de David.

— Ne parle pas à Haetsler, s'il te plaît.
— Si tu vois la neurologue. Autrement, je ne te couvre plus.

Il avait recouvré son flegme habituel. Les yeux à demi-fermés, il semblait n'accorder que très peu d'importance à ma présence comme à ce que je pouvais penser. Paresseusement, j'examinai la pièce, aussi familière que l'avait été ma maison, avant que Sylvie ne m'en chasse. David et cette baraque rocambolesque, avec son papier peint arraché, ses bibelots, innombrables souvenirs des voyages de Thibault lorsqu'il était étudiant, ses vilaines reproductions de gravures anciennes dans l'escalier, ses bouquins empilés dans chaque espace disponible et son aimable et effrayant capharnaüm, c'était, désormais, tout ce qui me restait.

— Il faudra tout de même songer à détapisser cette pièce, dis-je, après un long moment.

Dans le jardin, nous entendions Viviane et Charles rire aux éclats, et il me semblait que Thibault n'était pas en reste, la hache de guerre enterrée contre toute attente. Ils avaient visiblement renoncé à nous appeler, et avaient l'air de se passer de nous sans difficulté.

David alluma une nouvelle cigarette au mégot de la précédente, me la tendit, puis renouvela l'opération pour lui-même avant d'écraser son filtre fumant dans le cendrier posé entre nous.

— Quoique je ne déteste pas. Le papier peint arraché se marie bien avec la sculpture de Brazillier, dehors, répliqua-t-il, impassible.

Je souris dans le vide. Une coccinelle courait sur mon avant-bras, et j'attendis patiemment qu'elle s'envole, avant de parler.

Les porte-bonheurs, par les temps qui couraient, ce n'était pas à négliger.

— Tu as gagné. J'irai voir la neurologue.

Il hocha la tête, somnolent, les yeux maintenant tout à fait fermés, et je songeai que Thibault allait se retrouver avec une sacrée quantité de saucisses carbonisées.

— Bien sûr, que tu iras, souffla David.

6

Les cancérologues avaient gardé M. Silverman.

Haetsler nous l'annonça avec son indifférence habituelle, le matin suivant, au moment de nous confier notre ordre de mission du jour.

J'avais mal dormi, ma nuit peuplée de rêves indistincts, mais je n'avais pas eu de nouvelle crise. J'espérais qu'au matin, David aurait oublié son ultimatum de la veille, mais ce ne fut pas le cas et à neuf heures, l'hospitalisation imprévue de M. Silverman nous laissant une plage de disponibilité dans le planning, je rentrai dans le petit bureau où Nathalie Auberviliers, la neurologue du CHU, donnait ses consultations. C'était une pièce sinistre, peinte en vert pisseux, minuscule fenêtre vue parking, des blouses blanches pendues à une patère qui constituait le seul élément de décoration murale, un moniteur d'électroencéphalogramme dans un coin, à côté d'une table d'examen pliante, comme en ont les kinésithérapeutes à domicile. Sur le bureau, un ordinateur portable, un marteau à réflexe et un diapason, deux ou trois stylos et un bloc d'ordonnances. C'était tout, et je songeai qu'Auberviliers aurait beaucoup mieux fait de prendre la fuite pour aller travailler dans le privé.

David était là, évidemment, collé à mes basques et l'air de celui qui n'a aucune intention de s'en laisser conter. À peine assis il prit la parole, comme un père parlerait pour son gamin trop timide ou trop jeune pour expliquer lui-même ses symptômes. Je les écoutai dialoguer avec l'impression de déranger, puis la neurologue pivota sur son fauteuil et me fixa. Elle arborait un air de concupiscence qui n'augurait rien de très bon.

— Il semble, à ce que votre ami m'explique, que nous soyons au bout de l'efficacité de votre traitement. Vous le prenez avec la régularité qui convient, n'est-ce pas ?

J'eus à peine le temps d'ouvrir la bouche que David demanda :

— Est-ce qu'une consommation excessive d'alcool peut expliquer l'augmentation de fréquence des crises ?

Je me sentis rougir jusqu'aux oreilles. Moi qui ne fumais que très peu, et beaucoup moins que David, j'aurais volontiers tué pour une cigarette. Auberviliers s'était tournée vers son ordinateur et tapait à toute vitesse sur son clavier. C'était une assez jolie femme, blonde, soignée, toujours maquillée avec soin et les ongles faits. Dans les semaines qui avaient suivi la séparation, je l'avais vue presque tous les jours pour adapter le traitement, et très régulièrement ensuite. J'avais un temps fantasmé sur elle, essentiellement par nécessité de me rassurer sur ma virilité et mon pouvoir de séduction, réaction classique de l'homme bafoué. Un soir, je l'avais invitée à prendre un verre, elle avait accepté un café à la cafétéria de l'hôpital et j'avais réalisé, au fil de la conversation, qu'elle était depuis le début persuadée que David et moi étions amants. Découragé, je n'avais même pas essayé de la détromper.

Elle pianotait toujours. Placé comme je l'étais, je n'avais aucune chance de voir ce qu'elle notait sur mon dossier, mais à l'expression de son visage, son rapport ne devait rien avoir de positif.

Lorsque nous serions sortis d'ici, David allait m'entendre.

— Vous avez un problème avec l'alcool, Benjamin ? finit par questionner Auberviliers, prenant soin de ne pas me regarder.

— Je n'ai pas de problème, rétorquai-je, nettement. J'ai juste besoin... J'ai besoin de décompresser, de temps à autre. Ça n'a rien de répréhensible.

— Dans votre cas, ça se discute.

— Écoutez, Docteur...

— Cette fois, je vais devoir vous mettre en arrêt-maladie. Le temps de trouver une alternative thérapeutique acceptable.

— Vous ne pouvez pas faire ça !

Je m'étais levé d'un bond. Auberviliers abandonna son écran, me dévisagea d'un œil neutre et plutôt froid. David tendit la main vers mon poignet, en geste d'apaisement, mais je le repoussai violemment.

— Asseyez-vous, Benjamin. Inutile de s'énerver.

— Vous ne comprenez pas.

— Je comprends très bien, au contraire. Votre dernier électroencéphalogramme est désastreux, les séquences alpha normales se comptent sur les doigts d'une main, les bouffées-pointes-ondes...

Elle s'interrompit, s'avisant brusquement que bien qu'habillés de blanc tous les deux, David et moi ne comprenions pas un mot de sa digression technique.

— Bref, ce que je veux dire, Benjamin, c'est que j'estime avoir assez longtemps joué le jeu. Nous ne pouvons aller nulle part si vous ne respectez pas votre part de contrat. L'alcool est totalement...

Je me rassis, puis sans attendre la fin de sa phrase :

— Et si j'acceptais de vous servir de cobaye ?

Elle s'interrompit aussitôt et me fixa, interloquée. À ma gauche, David avait vivement tourné la tête et je sentais son regard me transpercer. Je m'étonnais qu'il n'intervienne pas.

— Vous seriez d'accord ?

— Il me reste des jours de congé à poser. Vous n'auriez pas à m'arrêter, et Haetsler n'en saurait rien. En échange, je veux bien tester votre médicament-miracle.

— Ben...

— C'est moi qui décide, David, lâchai-je sèchement.

Du coin de l'œil, je le vis se rencogner dans son siège, lèvres serrées. Auberviliers ne me lâchait pas des yeux. Elle s'efforçait à la neutralité, mais la même lueur de convoitise qu'elle avait eue, au début de la consultation, était revenue éclairer son regard.

— Il faudrait vous engager à arrêter totalement l'alcool.

— Ce n'est pas un problème.

— C'est ce que disent tous les alcooliques.

Je soutins son regard, impassible. L'affrontement silencieux dura quelques secondes, puis elle ouvrit un tiroir de son bureau, sortit un dossier vert sur lequel était simplement inscrit, au marqueur noir, « Étude Tornade ».

— Combien de temps faut-il pour que vos congés soient acceptés et que vous soyez disponible ?

— D'ici le début de semaine prochaine. L'activité n'est pas énorme, en ce moment, et personne n'est en vacances. Haetsler ne devrait pas me faire de difficultés, tu ne crois pas, David ? ajoutai-je, en tournant pour la première fois la tête vers lui.

Il avait les yeux rivés sur le dossier ouvert sur le bureau. Il mit longtemps à le lâcher, pour me fixer d'un regard soigneusement inexpressif. Puis il se leva, avec souplesse.

— Je t'attends dehors, laissa-t-il tomber.

Il salua brièvement Auberviliers, puis sortit, sans ajouter un mot.

La neurologue attendit qu'il ait fermé la porte pour reporter son attention sur moi :

— Il est en colère.
— Oui.
— Vous auriez peut-être dû lui demander ce qu'il en pensait. Ça le concerne aussi.

Il y avait, dans sa dernière remarque, une question implicite et curieuse qui tranchait bizarrement avec sa réserve habituelle. Je me demandai si le fait que j'accepte de participer à son étude y était pour quelque chose, si nos rapports allaient dans le futur s'en trouver modifiés, et je m'aperçus aussitôt que ça ne m'intéressait pas. Auberviliers ne m'attirait plus, pas plus que je ne me souciais de ce qu'elle pouvait s'imaginer à propos de ma sexualité.

Je haussai les épaules, puis je répliquai, le ton las :
— Nous savons vous et moi ce qu'il en pense. Et il n'a pas son mot à dire.
— Très bien. C'est vous qui voyez.

Elle marqua une courte pause, puis reprit son ton distant et professionnel pour me résumer une nouvelle fois l'étude, tandis qu'elle poussait vers moi deux liasses épaisses de feuillets. Fastidieusement, je datai et signai tous les endroits qu'elle m'indiquait. J'avais le sentiment de me trouver chez un notaire, en train de m'engager pour vingt-cinq ans et de faire taire le doute que je concluais là une très mauvaise affaire.

Peu importait. S'il y avait une chance, même minime, que ce traitement soit efficace, je devais la saisir. Dans le fond, c'était exactement la raison pour laquelle David m'avait amené ici, songeai-je avec presque de l'amusement.

— Je vous avais déjà expliqué les grandes lignes de l'essai, vous trouverez le synopsis précis de l'étude dans ce dossier, reprit Auberviliers. Les essais thérapeutiques chez l'animal ont été concluants.

— Abstraction faite des rats crevés, ne pus-je

m'empêcher de remarquer.

— Comme je vous l'ai dit, nous avons tout lieu de penser qu'il s'agit d'une particularité d'espèce. Aucune chance que cela se produise chez l'homme, contra-t-elle, du ton doucereux d'un politicien attaqué par un journaliste zélé. Si vous avez la moindre question, n'hésitez pas à m'appeler, le numéro de ma ligne directe figure en dernière page.

Je hochai la tête, songeant qu'elle ne m'avait jamais proposé cette alternative lorsque je n'étais qu'un simple malade.

— Vous disposez d'un délai de rétractation de sept jours, conformément à la loi. Ensuite, bien entendu, vous resterez libre de quitter l'étude à tout moment si vous le souhaitez.

Elle m'adressa un sourire qui me semblait forcé. De nouveau, je hochai la tête.

— Vous avez des questions, Benjamin ?

— Je pense que non.

— Parfait. Dans ce cas, je vous attendrai mercredi prochain dans le service, pour la première administration.

Elle se leva, toujours affable, marquant la fin de l'entretien. Lorsqu'elle me serra la main, j'eus l'impression désagréable que je venais de sceller un pacte avec le diable.

7

David n'était pas dans le couloir.

Je le retrouvai au rez-de-chaussée, installé à une table de la cafétéria avec une jeune fille en uniforme blanc que je ne connaissais pas. Volubile, il faisait de grands gestes et parlait un ton trop fort, racontant avec un enthousiasme très artificiel une de ses héroïques interventions ambulancières inventée de toutes pièces.

La gamine buvait ses paroles.

Soupirant, je passai par le comptoir pour commander un café, observant son numéro de séduction avec un amusement las. Depuis toutes ces années de travail en commun, je le connaissais par cœur, mais l'effet qu'il produisait sur ses victimes ne laissait jamais de m'étonner. Celle du jour portait une couette un peu enfantine, la montre traditionnelle de l'infirmière clipsée au revers de sa blouse et un badge indiquant simplement « Stagiaire » sur la poche. Elle dévisageait David comme elle aurait fait d'un Dieu.

D'aussi loin que je me souvienne, je ne l'avais vu servir son numéro de charme qu'à des femmes pour lesquelles, résolument, il n'avait aucune attirance. À la fin, le plus souvent, il récoltait un numéro de téléphone, griffonné au dos d'une ordonnance ou sur une serviette en papier, qu'il abandonnait sans vergogne sur la table dès qu'elles étaient parties. Pour lui, ce n'était rien d'autre qu'un jeu, dont il n'avait pas conscience qu'il était cruel.

Je décidai d'interrompre la séance et vins m'asseoir entre eux. David se rembrunit, me présenta de mauvaise grâce. La demoiselle, douloureusement frustrée, prit congé dans les secondes qui suivirent et s'en fut, courant presque.

— C'était très malvenu, dit David, avalant d'un trait la fin de son café, les yeux rivés sur l'endroit où sa proie avait disparu.

— De t'interrompre avant que tu lui brises tout à fait le cœur ?

Il haussa les épaules, sans relever, puis pivota sur sa chaise et me fit face, la fille immédiatement sortie de ses pensées.

— Tu as toujours été le premier à dire que ceux qui participent à des essais thérapeutiques sont fous à lier.

— J'ai confiance en Auberviliers. Et n'oublie pas que c'est toi qui m'as ordonné d'aller la voir.

— Ne me mets pas la responsabilité de tes conneries sur le dos, je te prie, répliqua-t-il, sans hausser le ton.

Puis il ajouta :

— Finis ton café et partons d'ici. J'ai besoin d'une cigarette.

Il s'était déjà levé et commençait à traverser le hall. En hâte, je vidai ma tasse en me brûlant la langue, puis adressai un au-revoir de la main à la serveuse qui me salua en retour. David passait les portes pivotantes de l'hôpital.

Au moment où j'arrivais, une grande femme surgit du secteur de pédiatrie, un bébé dans les bras et deux autres enfants en bas âge dans son sillage. Elle portait le voile intégral, tissu sombre qui la couvrait des pieds à la tête. Je m'effaçai devant le tourniquet de sortie pour la laisser passer, puis m'engageai à sa suite. Les yeux soigneusement baissés, elle évitait mon regard, et je m'efforçai de mon côté de ne pas tourner la tête vers elle pour ne pas la mettre mal à l'aise, songeant avec retard que j'aurais dû attendre plutôt que de me glisser dans le même compartiment du tourniquet qu'elle. La petite fille, étonnamment blonde, avait touché la porte et le mouvement automatique s'enraya avant de repartir, quelques secondes plus tard, prolongeant notre cohabitation forcée. Stupidement, je fis une remarque sur la chaleur ambiante, qui je m'en rendis compte aussitôt, pouvait passer pour une critique masquée de sa tenue, ce qui n'était pas mon intention. Elle se troubla imperceptiblement, et dès que les portes tournantes s'ouvrirent sur l'extérieur elle s'éloigna aussi rapidement qu'elle pouvait, tandis que je maudissais ma maladresse.

Je suivis du regard sa silhouette noire qui s'éloignait vers le parking, et brusquement, les abords de l'hôpital disparurent, remplacés par un paysage de neige où des montagnes aux pics aigus se détachaient sur un ciel obscur. Les enfants comme les bâtiments s'étaient volatilisés, seule demeurait la femme dont la robe couleur d'encre flottait dans le vent, se détachant dans la blancheur de la neige.

Un feu d'artifice explosait, dans le lointain. Je me demandai, d'une manière soudain très floue, quelle fête on pouvait bien célébrer à cette période de l'hiver.

— À vos armes ! hurla une voix.

J'entendis, sans réussir à voir les tireurs, le bruit des fusils qu'on armait.

Mon regard, alors, se reporta vers la silhouette sombre, en même temps que je comprenais enfin à quoi j'assistais.

Ce que j'avais pris pour un voile islamique était une soutane, et celui qui la portait était attaché à un poteau d'exécution.

— En joue !

Je me redressai d'un coup, bondis en avant, affolé d'horreur.

— Cyrille ! Non !

J'eus l'impression, ma vision brouillée par les larmes, que le condamné à mort tournait la tête dans ma direction. Dans un tonnerre, les armes se mirent à crépiter, au moment où un poids énorme s'abattait dans mon dos.

En réflexe, je tendis les mains en avant et je fermai les yeux, m'attendant à sentir le froid de la neige pénétrer ma peau.

Il n'y eut que le contact brutal et rugueux du revêtement goudronneux du parking.

— Ben, tu m'entends ?

La voix de David était paniquée.

Maladroitement, je me retournai sur le dos, regardai autour de moi le petit attroupement qui était en train de se former. Instinctivement, je fouillai le parking des yeux, cherchant la robe noire, mais elle avait disparu.

David avait passé une main sous mon aisselle, il me

relevait, sans douceur.

— Tu tiens sur tes jambes ?

— Oui. Ça va. Qu'est-ce que... Qu'est-ce qui s'est passé, exactement ?

— C'est plutôt à moi de poser la question. Tu me suivais, et puis tu t'es effondré.

Il marqua un temps, puis, hésitant :

— Tu n'as pas convulsé.

— Non, je... Ce n'était pas une crise. J'étais conscient, mais...

— Mais quoi ? demanda David, avant de s'interrompre, comme il se rendait compte qu'un des vigiles de l'hôpital se dirigeait vers nous.

D'un signe, il lui montra que tout allait bien, puis me tira en avant en direction de notre ambulance :

— Viens, foutons le camp d'ici avant d'ameuter tout l'hôpital.

Il conduisit beaucoup plus vite que nécessaire, enclenchant le gyrophare au mépris de tous les règlements, qui n'autorisaient les véhicules de secours à activer la sirène que lorsqu'ils étaient en intervention. La tête dans les mains, je me tenais prostré sur le siège passager, indifférent à ce qui m'entourait.

Qu'est-ce qui m'arrivait, bon sang ? Non content d'avoir des crises quotidiennes, j'allais en plus me mettre à avoir des hallucinations ? Qu'est-ce que c'était que ce paysage d'hiver, et puis cet homme en soutane qui revenait sans cesse hanter mes pensées, comme la veille chez Thibault ? J'avais même, j'en aurais juré, rêvé de lui et de cette montagne inconnue. Se pouvait-il qu'une simple photo, dont je n'avais même pas un souvenir conscient, puisse m'obséder à ce point ?

L'image de son exécution était si réelle que mes mains en tremblaient encore.

Je n'avais jamais porté d'intérêt à l'histoire, pas plus à

la Seconde Guerre mondiale qu'à aucune autre période du passé. Je faisais partie de ces hommes cartésiens pour qui seul le présent comptait. Passer mon existence, comme Thibault, à ressasser les erreurs ou les actes glorieux de mes aïeux en oubliant de vivre dépassait mon entendement, mais j'avais pourtant su citer sans hésitation, comme d'un fait connu de toujours, le nom de Tom Morel, héros d'une bataille dont il me semblait n'avoir jamais entendu parler.

David avait fini par ralentir. Tendu, il obliqua sur la bretelle d'accès d'un petit centre commercial, traversa le parking pour aller se garer à l'opposé des magasins. Sans me regarder, il se pencha pour récupérer ses cigarettes dans la boîte à gants, puis il sortit de la voiture, en alluma une et alla s'asseoir sur le capot.

J'inclinai mon siège, presque à l'horizontale, je croisai les bras sur mon ventre et je m'efforçai de me concentrer sur ma respiration. Le sang battait à mes tempes, trop vite, j'avais furieusement envie d'un verre. Je chassai l'idée, et je fermai les yeux.

Mon portable tinta dans ma poche, annonçant l'arrivée d'un texto, me tirant brusquement de ma somnolence. Je me redressai immédiatement, un peu désorienté, ne me rendant compte qu'à ce moment-là que j'avais dû m'assoupir une minute ou deux.

David n'avait pas changé de place, toujours assis en tailleur sur le capot de l'ambulance.

Le message était de Pierrick.

Je ne viendrai pas ce WE. dsl.

Son laconisme, aggravé par le détestable langage SMS, m'arracha un borborygme de contrariété. Je réfléchis quelques instants à une réponse qui ne soit ni lâche, ni provocante, et optai finalement pour un prudent :

Tu n'as pas de problème ?

La réponse ne tarda pas.

Non. Pas envie, C tout. Bye.
Pas-envie-C-tout-bye.

Avec lenteur, j'ouvris la portière et sortis de la voiture. Tous les muscles me faisaient mal, j'avais l'impression d'avoir cent ans. J'aurais donné cher pour un dernier verre, puisqu'il semblait qu'une fois inclus dans cette foutue étude, je n'y aurais formellement plus droit.

Je me hissai sur le capot, à droite de David. Il me jeta un bref coup d'œil, avant de reporter son attention sur l'horizon de caddies qui s'alignaient devant l'hypermarché. L'heure était à la transition, les retraités présents à l'ouverture cédant la place aux chômeurs et aux femmes au foyer. Le magasin avait installé des haut-parleurs sur la façade extérieure, et les annonces vantant les promotions sur le rayon boucherie et les biscuits apéritifs agressaient nos oreilles.

J'avais mal à la tête.

— Ça va ? demanda David.
— Pierrick me pose un lapin ce week-end.
— Il a donné une raison ?
— Pas envie.
— Pas envie de te donner une raison ?
— C'est sa raison.
— ... Je vois.

Il tira sur sa cigarette, observant les yeux mi-clos un couple d'Asiatiques qui remplissaient le coffre d'une antique Peugeot 405 d'une quantité faramineuse de paquets de riz.

— De quoi ferions-nous le plein, si nous étions expatriés au beau milieu de la Chine, nous, pour lutter contre le mal du pays ? souffla-t-il, songeur.

Ce n'était probablement pas une vraie question, et de fait il enchaîna, de la même voix lointaine :

— Qu'est-ce qui s'est passé, tout à l'heure ?

Il commençait à faire chaud, mais une petite brise

soufflait, arrivant de l'est. La fumée de la cigarette de David me venait dans la figure, et je devais me retenir pour ne pas tousser.

Je considérai, l'espace d'une seconde, la possibilité de lui parler de ces montagnes enneigées, un moment substituées au parking de l'hôpital tandis qu'un homme allait passer au peloton d'exécution, puis renonçai aussitôt.

J'étais à cran. J'avais besoin de repos, et au fond quelques jours de congés ne me feraient aucun mal, même s'il ne s'agissait pas de vraies vacances.

Je battis l'air de la main, et me fabriquai un sourire rassurant.

— Sans doute la chaleur, ne t'en fais pas. C'est passé, maintenant. On devrait y aller, tu ne crois pas ? À quelle heure est le patient suivant ?

Il fronça le nez, me lança un regard appuyé, pour bien me signifier qu'il n'était pas dupe, mais David savait quand il ne servait à rien d'insister. D'un mouvement souple, il glissa au bas du capot, regardant sa montre.

— Tu as raison. La suivante, c'est Mme de Saint Amboise, pour son écho de contrôle.

Suzanne de Saint Amboise, à quarante ans, en était à sa huitième grossesse. Des sept précédentes, elle n'avait obtenu qu'un seul enfant, et encore, atteint d'une malformation cardiaque qui réduisait considérablement ses chances de survivre au-delà de trente ou trente-cinq ans. Les messages de la Nature étaient pour le moins limpides, parfois, mais Mme de Saint Amboise et son mari vivaient dans un siècle et dans un pays où la médecine pouvait tout, pourvu qu'on y mette le temps, et aussi le prix.

M. de Saint Amboise, qui avait fait fortune dans les accessoires de salle de bains, s'était incliné six mois plus tôt devant l'impérieux désir de maternité de sa femme.

Contre l'avis des médecins, elle était tombée enceinte une nouvelle fois, l'approche de la quarantaine aggravant encore le risque de perdre le bébé avant la fin du premier trimestre, comme lors des six fausse-couches précédentes.

Bizarrement, ça n'avait pas été le cas. L'enfant s'accrochait, et il semblait, sans qu'on puisse en être tout à fait sûr, qu'il soit en outre en parfaite santé. Il n'en fallait pas plus pour que le couple mette tout en œuvre pour mener cette grossesse à son terme. Les déplacements en ambulance à chaque visite de routine chez le gynécologue en faisaient partie.

Ce type de course, qui tenait beaucoup plus du convoyage en taxi que d'un transfert sanitaire, était normalement de ceux que les ambulanciers apprécient, mais j'angoissais toujours d'un bout à l'autre du trajet, avec elle comme avec toutes les femmes enceintes que nous étions amenés à transporter.

Nul besoin d'être un génie pour comprendre d'où me venait l'appréhension.

Quatre ans plus tôt, nous avions été envoyés au domicile d'une femme qui arrivait à terme de sa grossesse. D'après la régulation, l'accouchement était loin d'être imminent et nous avions largement le temps de l'amener à la maternité, mais rien n'était allé comme prévu. Entre la valise qui n'était pas prête, le mari qu'elle voulait attendre avant de prendre la route mais dont le train avait eu du retard et qui n'en finissait pas d'arriver, puis les bouchons sur le boulevard de ceinture, les choses s'étaient emballées jusqu'à ce que finalement, elle ait envie de pousser au beau milieu de l'autoroute.

Nous avions rappelé le Samu en catastrophe, ils n'avaient pas d'équipe médicale disponible et les pompiers du coin étaient tous mobilisés sur un feu d'immeuble, au sud de Vénissieux.

On nous avait dit de foncer, en espérant que la dame se

retienne d'accoucher jusqu'à l'arrivée. David avait roulé comme un fou, empruntant les bandes d'arrêt d'urgence puis les sens interdits avec d'enclenchés tout ce que le véhicule comptait comme avertisseurs sonores et lumineux, mais ça n'avait pas empêché la patiente d'accoucher dans l'ambulance, à deux kilomètres de l'hôpital.

Quentin était né bleu, le cordon ombilical serré autour du cou. J'avais fait ce que je pouvais, coupant le cordon qui l'étouffait puis essayant de le réanimer, mais il n'avait pas repris vie, ni avec moi, ni avec les pédiatres qui sur le parking même de l'hôpital avaient enfin pris le relais.

Dire que cette intervention m'avait traumatisé était un faible mot. J'en avais été malade, et sans le soutien de David, et de Sylvie je devais le reconnaître, je crois bien que j'aurais cessé de faire ce métier.

Par la suite, j'avais insisté auprès de Haetsler pour pouvoir suivre une formation poussée sur l'accouchement à domicile et la réanimation du nouveau-né, normalement destinée aux seuls pompiers et membres du Samu. Dans le domaine, j'étais probablement le plus compétent de la boîte, mais quatre ans après, transporter une femme enceinte, même si la grossesse datait de deux semaines, me donnait toujours les mêmes sueurs froides.

Ce n'était vraiment pas le jour.

— Ça va aller ? me demanda David, s'efforçant de masquer son inquiétude.

Je m'obligeai à lui sourire, un peu crânement, répondis que oui et m'engouffrai à l'arrière du véhicule pour couper court à la discussion.

Je n'en descendis que pour accueillir Mme de Saint Amboise, dont le ventre s'était nettement arrondi depuis la dernière fois. Je réussis même, en mode automatique, à lui faire la conversation à l'aller puis au retour et à m'extasier devant ses clichés d'échographie, où je ne voyais rien d'autre qu'un magma grisâtre, mais je ne recommençai à respirer vraiment librement qu'après l'avoir déposée à la porte de sa maison.

Sans un mot, je regagnai l'ambulance et repris place à côté de David, qui avait allumé la radio et fumait, signant la fin de la journée. À quinze heures, le véhicule devait passer au contrôle technique et Haetsler, avec une générosité qui n'était pas coutumière, nous avait autorisés à rentrer chez nous.

Je volai une cigarette à David et nous roulâmes en silence, à travers la ville encombrée par les embouteillages. Respectueux du règlement pour une fois, il n'avait pas enclenché la sirène, et dans une file interminable où les voitures avançaient au pas je dus m'endormir de nouveau. L'instant d'après David me secouait doucement le bras, et je me rendis compte que nous étions garés au bas de mon immeuble.

Sans un mot, je récupérai mon sac à dos, ouvris la portière.

Il me saisit le poignet au moment où j'allais sortir du véhicule.

— Je t'appelle ce soir.

— Je suis crevé. Je vais me coucher tôt, je n'entendrai probablement pas le téléphone.

— Mets-le sur ton chevet. Si tu ne réponds pas, je viendrai vérifier que tout va bien, de toute façon, alors simplifie-nous les choses.

— C'est ridicule.

— Je serais plus tranquille si tu venais t'installer à la maison quelques jours, répliqua-t-il, sans relever.

— C'est gentil, mais je n'ai pas envie d'autre chose que de me reposer. Ça ira très bien, ajoutai-je avec un sourire conciliant, touché dans le fond par sa proposition.

— Je t'appelle ce soir, répéta David, un peu mécaniquement.

Je hochai la tête, renonçant à débattre.
— À ce soir, dis-je simplement, puis je quittai le véhicule.

8

Je téléphonai à Haetsler, décidant de me débarrasser de cette nécessité désagréable le plus tôt possible. L'échange fut bref, très froid de ma part et bizarrement mielleux de la sienne. Il ne fit aucune difficulté pour m'accorder mes congés, et me souhaita même de bonnes vacances.

Au moment où j'allais raccrocher, il ajouta que Pierrick ne pourrait pas venir le week-end du 24 juin comme prévu.

« Nous sommes de mariage. Des amis de Sylvie. » expliqua-t-il, doucereux.

Dans la même phrase, il me privait une nouvelle fois de ma femme, de mon fils et de ma place dans leur vie, jusqu'à me jeter à la tête cette noce dont je n'étais même pas au courant. Huit mois, et Sylvie avait déjà de nouvelles relations, des gens dont elle était assez proche pour qu'ils l'invitent à leur mariage ? Des inconnus qui ne savaient même pas que j'existais, pour qui le mari de ma femme était, d'évidence, cette ordure de Haetsler...

Je réussis à garder un ton égal, à lui répondre que ça ne posait pas de problème, alors que je crevais d'envie de l'envoyer au diable, de lui hurler que ce n'était pas à lui de régler la question de la garde de mon fils, qu'il n'en avait pas le droit, pas plus que de me voler ma vie et de faire chaque soir l'amour à ma femme.

Je ne dis rien. Pas un mot, je crois même que je lui souhaitai une bonne journée. J'attendis qu'il raccroche, je lâchai le téléphone et je me précipitai aux toilettes pour vomir.

Je pris une douche glacée, puis entièrement nu, je sortis deux bouteilles de rosé du frigo. Je traversai l'appartement

comme un somnambule, je fermai tous les volets et je me laissai choir sur le canapé, la première bouteille à la main.
J'avais oublié le verre. Tant pis. Je bus au goulot.
Mon portable était posé sur la table basse. Pour le prendre et appeler soit Sylvie, soit Pierrick, il me suffisait de tendre le bras, mais même après la fin de la première bouteille je ne trouvai pas le courage.
Pendant des heures, je dérivai dans une semi-léthargie, dont David me tira en frappant à la porte, vers vingt et une heure.
Je l'engueulai sur le palier, en lui reprochant de ne pas s'être contenté de téléphoner. Comme il ne réagissait pas, je continuai avec une verve décuplée par mon alcoolémie. Mille griefs suivirent, tous plus ridicules les uns que les autres, depuis sa manie de me souffler sa fumée de cigarette à la figure jusqu'à l'habitude qu'il avait, avec l'ambulance, de griller systématiquement les feux même quand nous n'étions pas en intervention. David subit l'avalanche de reproches avec stoïcisme, et je soupçonne que d'une manière ou d'une autre, il avait compris que ce n'était pas vraiment contre lui, que ma rancœur et ma haine se déversaient avec cette violence inusitée.
Il profita d'un court moment où je reprenais mon souffle pour me faire remarquer que j'étais nu comme un ver sur mon pas de porte, et que les voisins allaient finir par s'alarmer.
Je me calmai instantanément et je filai dans ma chambre pour passer un caleçon pendant qu'il entrait et installait le couvert pour deux.
Il avait même pensé à me prendre un supplément anchois sur ma pizza. Je n'avais pas de meilleur ami. Je le lui dis, un peu larmoyant, et il rétorqua en allumant une cigarette que c'était indiscutable, et que j'étais vraiment fin saoul.
Il avait foutrement raison.

En repartant à minuit passé, il me tendit un paquet de la part de Thibault, qui contenait sa collection de DVD historiques de la Seconde Guerre.

— Je te parie que tu n'iras pas au-delà de la première demi-heure, ce genre de documentaire sur fond de photos noir et blanc, c'est chiant à mourir, prédit David en me laissant.

Aussitôt après son départ, je glissai le premier disque dans le lecteur en me disant que j'allais simplement en regarder dix minutes avant d'aller me coucher. À cinq heures j'étais encore devant, étrangement fasciné.

Hitler envahissant la Pologne, la montée en puissance des hostilités, la mobilisation générale, le départ des troupes, la fleur au fusil, pour une guerre dont tout le monde croyait qu'elle serait courte, avec la même candeur que leurs pères vingt ans avant eux.

La voix off du commentateur était monocorde et hypnotisante. Elle me berça jusqu'à ce que je m'endorme, à l'aube, la tête tordue sur l'accoudoir du canapé et ma tasse de café froid en équilibre sur mon ventre.

Malgré la quantité effrayante d'alcool que j'avais ingurgitée, je n'eus pas de crise pendant mon sommeil, ce jour-là.

Le lendemain, je me réveillai au milieu de l'après-midi, complètement déphasé. Je m'accordai une douche, une cigarette fumée sur le balcon avec un café serré et une part de la pizza froide de la veille, puis je me remis devant la télé. Je n'avais pas arrêté le DVD, il passait en boucle depuis la nuit précédente et je le repris en route, comme on monte en marche sur un manège plutôt que d'attendre qu'il cesse enfin de tourner.

1939, 1940, 1941... Les années noires défilèrent, les unes après les autres, en même temps que défilaient mes journées. Photos et rares vidéos d'époque, interviews d'anciens combattants, de maquisards, de rescapés des camps, commentaires plus ou moins éclairés d'historiens, il y avait, en tout, presque soixante heures d'enregistrement que j'absorbai pendant cinq jours, quasi continûment.

J'avais fermé les volets et les rideaux, transformant l'appartement en une salle de cinéma permanent, la lumière bleutée de l'écran comme seule source d'éclairage. Je me nourrissais de pizzas que je faisais livrer, double avantage de ne pas avoir à sortir faire les courses et de pouvoir manger à n'importe quelle heure, au seul gré de ma faim. Toujours la même recette, quatre saisons, supplément anchois. Le livreur, dès le cinquième passage, m'avait appelé par mon prénom.

Je ne pensais plus à rien, rien d'autre que le fascinant déroulement de ce conflit proche et lointain à la fois. Oublié, Haetsler, oubliés aussi, Sylvie et Pierrick, plus rien n'avait d'importance, rien ne pouvait m'atteindre, et je resterais là, vautré sur mon canapé, jusqu'à la fin des temps.

Le lundi matin, le facteur m'apporta le recommandé me signifiant que j'étais viré. Dans le courrier, Haetsler faisait état de « dissimulation d'un état de santé incompatible avec la conduite automobile et déclarations mensongères ». J'étais licencié pour faute grave, et sous condition que j'accepte ma mise à pied immédiate, sans la moindre indemnité ni droit au chômage, l'employeur consentait à ne pas me poursuivre en justice pour mise en danger de la vie d'autrui.

Je repliai la lettre, je la balançai sur le tas de factures impayées qui s'accumulaient sur le buffet, puis je repris la lecture du DVD.

Comme d'un livre qu'on aime tellement qu'on répugne à le finir, vers 1942 je commençai à revenir en arrière, à visionner plusieurs fois certains passages, récits de combats, témoignages, à seule fin de faire durer le plaisir.

L'immersion dans le passé, pour le moment, était ma seule façon de supporter assez mon présent pour m'empêcher d'ouvrir le gaz en plein avant de me coller la tête dans le four. Je n'avais plus de travail ni de ressources, ma femme m'avait quitté, mon fils me tournait le dos. Haetsler allait passer le mot à toutes les compagnies d'ambulances du coin pour qu'aucune ne m'embauche, et sans autre qualification en poche qu'un permis de conduire professionnel que la médecine m'interdisait d'utiliser, mes perspectives d'avenir me semblaient plutôt réduites.

J'eus deux nouvelles crises, très rapprochées, peut-être à cause du rayonnement de la télé dans la pénombre, qui à la longue devait affoler mes neurones. Je n'éteignis pas pour autant le poste, pas plus que je n'ouvris les rideaux pour laisser entrer la lumière du jour. J'avais besoin de cet isolement, de cette perte de repères totale.

Quand David appelait pour prendre des nouvelles, je lui disais que tout allait bien. J'étais sincère. Contre toute attente, je me sentais bizarrement serein. Mon seul problème, dont je savais qu'il finirait par se résoudre, était d'éliminer Hitler et de rendre la patrie aux Français.

Viviane me téléphona. C'était assez inhabituel, et je mis quelques secondes à la reconnaître. Elle me demanda comment j'allais, meubla par quelques banalités d'usage puis me demanda finalement si je n'aurais pas voulu passer à son cabinet, un de ces prochains jours.

À son cabinet, bon sang, alors qu'elle ne connaissait de la médecine que ce qu'elle pouvait en lire dans *Santé Magazine*... Je levai les yeux au ciel, réprimant l'envie de lui demander si c'était David qui lui avait demandé de m'appeler, tant la réponse était évidente. Je déclinai, bien sûr, aussi gentiment que possible. Me faire analyser le cerveau par une neurologue, passe encore, mais par une nymphomane qui concoctait elle-même ses potions avec les herbes de son jardin, non merci. Quant à ces fadaises de régression en âge et de vie antérieure, je n'y croyais tout simplement pas.

En août 1943, on frappa à la porte. L'ennemi venait de franchir la ligne de démarcation et de s'emparer de la zone libre, les Forces Françaises de l'Intérieur se repliaient sous la double menace de la milice et de l'Occupation, j'étais tendu à l'extrême, je sautai en l'air et laissai tomber ma tasse de café sur le carrelage, où elle explosa avec fracas.

— Tu as une tête épouvantable, dit David.

— Merci. Moi aussi, ça me fait plaisir de te voir.

Avec une grimace, il pénétra dans l'appartement, avisa d'un regard global les boîtes de pizzas empilées sur la table, les rideaux fermés, mes vêtements sales répandus un peu partout sur le sol du salon, et enfin la télévision où une harangue du Général, via Radio Londres, encourageait les Français à refuser le Service du Travail Obligatoire et à prendre le maquis.

David leva un sourcil.

— Tu es toujours là-dessus ? Pour quelqu'un qui se dit objecteur de conscience et n'a jamais voulu acheter à son fils ne serait-ce qu'un lance-pierre, c'est étonnant, remarqua-t-il.

Comme souvent, je ne relevai pas le persiflage, qui chez lui était presque la manière normale de s'exprimer.

— C'est passionnant. Tu savais que c'était en Haute-Savoie que l'essentiel de la Résistance avait pris corps ?

— Non, et je m'en passe. Depuis combien de temps est-ce que tu n'as pas aéré ? répliqua David, tandis qu'il enjambait mon linge sale pour aller écarter les rideaux et ouvrir les fenêtres.

Le soleil éclatant me fit cligner des yeux.

Il se retourna, me contempla quelques secondes en secouant la tête, avant de regarder sa montre.

— Si tu ne veux pas être en retard, tu ferais mieux

d'activer. Force sur le gel douche et rase-toi, tu sens l'ours et tu en as l'allure.
— Je peux savoir ce qui...
— On est mercredi, au cas où tu aurais oublié. Auberviliers t'attend dans une heure.
L'étude. Bon sang.
— Tu avais oublié, donc, constata David, l'air mi-amusé, mi-déconcerté.
Je filai vers la salle de bains, ramassant au passage mes tee-shirts et mes sous-vêtements éparpillés.
— Pas du tout. J'en ai pour dix minutes. Fais-toi un café.
— Tu t'es nourri d'autre chose que de pizzas et de café, depuis cinq jours ? fit la voix de David, tandis que j'arrachais littéralement mon pyjama avant de me jeter sous la douche.
Je ne pris pas la peine de lui répondre.

9

Le service de médecine de l'hôpital Lyon Sud réservait deux salles aux essais thérapeutiques.
Nous étions des volontaires, et non pas des patients, nous avait expliqué Auberviliers dans le petit discours de bienvenue qu'elle nous avait incongrûment préparé, telle la directrice d'un club de vacances accueillant ses hôtes. Du fait de ce statut particulier, nous serions tous logés dans la même pièce, une salle dortoir contenant huit lits, séparés par de simples paravents. Cela permettait de faciliter le travail du médecin et des deux infirmiers attachés à notre seule surveillance, et qui se relayaient par équipes dans la pièce à côté. Un moniteur cardiaque, divers appareils de mesure étaient disposés autour de chaque lit, ainsi qu'une caméra de surveillance braquée sur nos têtes, pour analyser la moindre de nos

expressions. Pendant les quatre jours que durerait notre séjour, nous subirions une trentaine de prises de sang et presque autant d'échantillons d'urine, deux électro-encéphalogrammes quotidiens et au moins deux IRM, sans parler des examens cliniques répétés, toutes les heures au début, puis plus espacés, avait promis Auberviliers, comme pour nous rassurer.

Un des volontaires, un type à l'accent marseillais qui avait l'air d'avoir à peine dix-huit ans, avait demandé si le tabac était autorisé. Auberviliers avait répondu qu'il y aurait des pause-cigarettes, encadrées par un infirmier, et le type avait ricané en disant que c'était le même règlement qu'en prison. La réflexion sentait le vécu.

J'avais choisi le lit le plus éloigné de la porte, sous une fenêtre, je m'étais installé, casant comme je pouvais sur la minuscule table de chevet mon ordinateur et la dizaine de magazines que David m'avait achetés au kiosque de l'hôpital. Les autres volontaires se présentaient, échangeaient quelques mots, faisaient connaissance en somme, rien que de très naturel puisque nous allions passer quatre jours de cohabitation forcée. Je n'avais pas pris part à la conversation, attendant qu'on m'interpelle, au moins pour me demander mon nom, mais rien n'était venu.

Ils parlaient entre eux, d'un lit à l'autre, évitant de regarder dans ma direction. Était-ce la différence d'âge qui les intimidait ? Aucun n'avait plus de vingt ans, j'allais sur trente-cinq et malheureusement je les faisais. Sans amertume particulière, je m'étais allongé sur mon matelas en attendant qu'on m'appelle pour l'IRM, j'avais mis mon casque sur les oreilles, balancé la musique et pris le premier magazine sur la pile.

Histoire. 1944-2014. Anniversaire du débar-quement, numéro spécial.

Brave David.

Je parcourus une dizaine de pages, m'apercevant que grâce au visionnage intensif des DVD de Thibault, j'en savais visiblement beaucoup plus que le journaliste sur les faits qu'il relatait, puis on vint me chercher pour me conduire à l'IRM.

J'eus, comme je suivais le manipulateur radio dans la salle d'examen, une première sensation d'oppression, fugace et désagréable, qui me fit légèrement chanceler. L'opérateur, qui tirait le lit d'examen hors de l'appareil, ne remarqua rien. L'étourdissement passa, aussi vite qu'il était venu, et je m'avançai vers le tube familier, faisant taire la petite réticence que j'avais toujours, quand je devais subir cet examen. L'IRM, un scanner amélioré, ressemblait à un sarcophage dans lequel on crevait de chaud et où le bruit de marteau-piqueur, pendant les vingt minutes que durait la séance, n'était pas vraiment atténué par la musique diffusée par le casque d'isolation.

On deviendrait claustrophobe à moins, je suppose. J'avais signalé mon appréhension à l'infirmier, et il m'avait simplement répondu qu'Auberviliers l'avait mentionné dans mon dossier. Seulement, compte-tenu de l'étude et pour ne pas risquer d'interagir avec le médicament, ils ne pouvaient pas me donner d'anxiolytiques avant l'examen.

— Vous avez déjà passé une IRM ? me demanda l'opérateur, un homme aux cheveux grisonnants et à l'accent portugais.

— Bien sûr. Je suis épileptique depuis l'enfance.

— Vous n'avez pas de pace-maker ou de prothèses ? Pas de corps étranger métallique ?

— Pas que je sache.

— Pas de claustrophobie ?

— Un peu. Mais ça ira, le rassurai-je aussitôt, voyant qu'il s'était rembruni.

Hochant la tête d'un air moyennement convaincu, il me montra le bouton d'alarme, à l'intérieur de l'appareil.

— En cas de problème, vous appuyez là-dessus.
— Oui. Je sais.
— Ça fait beaucoup de bruit. Je vous mets le casque pour vous protéger, dit-il encore, joignant le geste à la parole tandis que je m'allongeais.

Pouce en l'air, haussement de sourcils interrogateur, je lui répondis par gestes que j'étais prêt. Aussitôt après, l'hymne à la joie de Beethoven explosa dans mes écouteurs. Depuis des années que je passais régulièrement des IRM dans cet hôpital, je ne me souvenais pas qu'ils aient jamais changé l'accompagnement sonore.

Je m'efforçai de me concentrer exclusivement sur la musique, et je fermai les yeux.

10

— Benjamin ? Est-ce que tu m'entends ?

La voix, chuchotée, n'était pas celle de l'opérateur, ni de David, même si elle me semblait familière. J'étais toujours allongé sur le brancard trop dur de l'IRM. Engourdi, j'entendais des claquements répétitifs, explosant violemment à mes oreilles.

— Benjamin ? insista la voix, puis, au moment où je réalisais que mon casque n'était plus sur ma tête, une gifle s'abattit sur ma joue gauche, me tirant brutalement de ma torpeur.

J'ouvris les yeux, avec brusquerie.

— Pour ton blasphème de tout à l'heure, reprit la voix, dans un murmure sévère. Dieu est patient, n'en abuse pas.

Désorienté, je plissai les yeux, m'efforçant de percer l'obscurité.

Il n'y avait rien à voir. L'instant d'avant, je pouvais contempler l'intérieur du tube et mon reflet, dans la vitre qui abritait la caméra. Elle était censée repérer les premiers mouvements de panique du patient, et permettre aux opérateurs d'intervenir et de le libérer avant que dans ses efforts pour sortir il endommage à coups de poing et de pied le matériel sophistiqué. Si l'idée que des inconnus examinent et commentent les moindres mimiques de mon visage était désagréable, l'incompréhension qui m'étreignit aussitôt l'était encore plus.

Devant moi, la nuit.

J'eus un geste incontrôlé, pliai les jambes, la flexion de mes genoux presque aussitôt bloquée par quelque chose de dur, vingt centimètres à peine au-dessus de moi.

Mon cœur accéléra.

Je levai la main, et trouvai immédiatement le contact rugueux de la planche de bois sous laquelle j'étais couché.

Un cercueil. J'étais dans un cercueil, Nom de Dieu. On m'avait enterré vivant, et j'entendais les voix des démons surgis des enfers, pour m'y entraîner avec eux ! Immédiatement, les images d'un lointain reportage sur le sujet me revinrent en mémoire. Les inhumations par erreur avaient été assez courantes jusqu'à la fin du XVIIIe siècle, quand la médecine n'avait pas la même performance et ne différenciait pas toujours les états comateux du décès. L'horreur sans nom qu'avaient dû éprouver les malheureux en reprenant conscience m'avait déjà bouleversé à l'époque, et je me rappelais nettement l'image en gros plan des griffures d'ongles traçant sur le revêtement intérieur de la bière des sillons de désespoir et d'agonie.

J'ouvrais la bouche pour hurler lorsqu'une main se plaqua sur mes lèvres, étouffant mon cri.

Quelqu'un était donc bien couché à côté de moi, et la gifle, comme cette explication incom-préhensible au sujet d'un blasphème étaient réels aussi. Je ne tirai pourtant pas le moindre soulagement de cette déduction. Dans le mouvement qu'il avait fait pour me bâillonner, son corps s'était collé au mien, tandis que l'inconnu passait un bras par-dessus ma poitrine pour me contenir. Ce qui était, sans doute, une tentative d'apaisement eut sans surprise l'effet inverse, et je ruai des deux jambes, heurtant violemment le plafond bas de notre prison. Une brûlure fulgurante, née de mon côté droit, me traversa le ventre, je sentis un liquide tiède couler sur mon flanc. À demi étouffé par sa poigne, je hoquetai de douleur.

Les lèvres de l'inconnu vinrent se presser contre mon oreille, au contact de ma peau, je sentis son souffle chaud au moment où il chuchotait, à peine audible :

— Tu saignes. Pour l'amour de Dieu, arrête de bouger. S'ils nous trouvent, on est tous morts, toi, moi et les Ferrant avec.

Je connaissais cette voix, ce timbre particulier, cette légère fêlure et cette façon de traîner sur les fins de mots. Ce n'était pas suffisant pour enrayer la panique.

J'étouffais. Je levai les mains, me cramponnai au poignet de l'inconnu qui, à moitié couché sur moi, me parlait toujours à voix basse.

Je ne comprenais pas ce qu'il disait.

Le martèlement que j'avais pris au début pour le vacarme de l'IRM en fonctionnement n'avait pas cessé, et je compris brutalement que c'étaient des pas que j'entendais, le raffut de dizaines de talons claquant sur le sol, juste au-dessus de nous. Des voix fusaient, nombreuses, virulentes. Des ordres étaient donnés, dans une langue étrangère.

De l'allemand.

Une terreur muette, inexplicable, fondit sur moi immédiatement. Avec lenteur, je relâchai la crispation de mes doigts sur le poignet de l'inconnu, et en réponse je sentis le poids de son bras, écrasant mon torse, s'alléger un peu. Sa main était toujours posée sur ma bouche, comme oubliée là, et je ne cherchai pas à me dégager, totalement tétanisé par ce qui se passait au-dessus de nous, oubliant presque la douleur qui me labourait le flanc.

La voix de Ferrant retentit, impatiente, s'adressant à l'officier en mauvais allemand. Pas tout à fait consciemment, je visualisai l'homme, la cinquantaine, les mains toujours noires de cambouis, éternellement vêtu de son bleu de garagiste et de sa casquette à carreaux, portée très en arrière. Un obus, pendant la Première Guerre, avait explosé tout près de sa tranchée et l'avait rendu presque sourd, il ne savait parler qu'en gueulant et il terrifiait tous les mômes du village. Il nous avait effrayés longtemps, mon frère Cyrille et moi, presque jusqu'à l'âge adulte, et encore maintenant nous n'avions, comme tous ceux de Saint-Calixte, que très peu de contacts avec lui...

Sursaut d'angoisse. Qu'est-ce qui m'arrivait, bon sang ? Qu'est-ce que c'étaient que ces souvenirs fictifs, ces références à un passé et à des hommes que j'étais bien certain de ne pas connaître ?

Mes pensées se brouillaient, entre affolement et hébétude. Je voulais sortir d'ici, de ce trou noir et de ce cauchemar dépourvu de sens, je ne connaissais aucun Ferrant, aucun Cyrille, j'étais fils unique et je voulais que ça s'arrête.

Dans le coton, je sentis le bras toujours posé en travers de mon torse se décaler vers le bas, puis une main s'écrasa sur mon flanc, où la douleur se décupla aussitôt.

Le cœur me monta à la gorge, et je perdis conscience.

11

— Monsieur Teillac, calmez-vous !
— Benjamin, regardez-moi !
— Il faut le sédater !

— Non. C'est la phase post-critique, il va reprendre pied. Benjamin, vous me reconnaissez ?

Avec effort, je scrutai les deux visages penchés au-dessus du mien, un barbu aux yeux bleus que je n'avais jamais vu, et une femme dont les traits me semblaient plus familiers. C'était elle qui venait de parler, et qui me fixait maintenant d'un air d'expectative.

Hagard, je la lâchai des yeux pour examiner l'endroit où nous nous trouvions, dérouté de reconnaître la salle d'examen de la radiologie. Ils m'avaient sorti de l'IRM, mais j'étais encore allongé sur le brancard. Comme j'amorçais un mouvement imprécis pour me redresser, je réalisai que mes poignets et mes chevilles étaient sanglés au lit d'examen, et je dus refréner un nouvel accès de panique.

— Vous m'avez... attaché ?

— Vous avez fait une crise très violente. Nous voulions surtout vous protéger de vous-même. Vous êtes avec nous, maintenant ?

— Détachez-moi, s'il vous plaît, docteur.

Dubitative, Auberviliers leva sa main gauche, déploya l'index et le majeur à hauteur de mes yeux.

— Combien de doigts voyez-vous ?

— Huit. Si vous ne m'enlevez pas immédiatement ces putains de sangles, je vous plante là avec votre foutue étude, c'est clair ? lâchai-je en retour, le ton très bas.

Elle referma le poing avec une lenteur excessive, puis sans me quitter des yeux elle ordonna au barbu de me libérer.

Je m'assis aussitôt, massant mes poignets machinalement. Tous mes muscles étaient douloureux, signe qui ne trompait pas et traduisait, en effet, une crise convulsive spécialement intense. En réflexe, je portai la main à la poitrine, où le souvenir du bras de Cyrille bloquant mes mouvements était encore très net. Mes doigts glissèrent vers le flanc, et je les levai ensuite devant

moi, presque étonné de ne pas les trouver maculés de sang.
— Benjamin... ?
— Je... Ça va. J'ai fait un rêve bizarre...
— Un rêve ? répéta Auberviliers, décontenancée. C'est impossible. Le cerveau déconnecte pendant la crise, le malade n'en garde aucun souvenir, vous le savez bien.

Elle était sévère, comme mécontente que j'ose remettre en question les bases fondamentales d'une science qu'elle estimait maîtriser mieux que moi.

Les maladies appartenaient aux médecins, jamais aux patients.

Je me sentais totalement brumeux. Je me mis debout, vacillant sur mes jambes.

— On a dû vous injecter trois doses de Valium, expliqua Auberviliers, tandis qu'en réflexe elle passait son bras sous le mien pour me stabiliser.

Son contact, comme la familiarité dont elle faisait preuve me firent tressaillir. Elle m'adressa un gentil sourire.

— Bien sûr, ce qui vient de se passer risque de compliquer votre participation à l'étude, j'imagine que vous le comprenez ?

Nous avions quitté la radiologie, nous cheminions dans le couloir, bras dessus bras dessous, presque comme un couple amoureux si ce n'était la chemise d'hôpital dont j'étais affublé, tue-l'amour parfait par-dessus mon pantalon de jogging, et le stéthoscope autour de son cou. Je me figeai sur place.

— Comment ça, compliquer ma participation ?
— Eh bien, rétorqua-t-elle, embarrassée, le protocole précise que les sujets ne doivent avoir subi aucun état de mal depuis...
— Ce n'était pas un état de mal.
— Trois fois la dose de Valium habituelle, Benjamin, rappela la neurologue.

— Je suis sur mes pieds, et pas en Réa. Ce n'était pas un état de mal. S'il vous plaît, Nathalie...

C'était la première fois que je me permettais de l'appeler par son prénom, et je perçus sa contrariété, à la façon dont ses lèvres se pinçaient. Presque brutalement, elle retira son bras et s'éloigna d'un pas.

— C'est une étude scientifique. Nous nous devons d'être rigoureux.

Elle se remit en marche, les bras croisés sur sa poitrine et l'air sévère. Je lui emboîtai le pas. Je me faisais l'effet d'un chien cherchant à rentrer dans les bonnes grâces du maître qui l'aurait vilipendé.

Le couloir était désert. Aux murs, on avait accroché des affiches encadrées représentant des paysages apaisants dans des coloris uniformes, bleue la mer, blanche la montagne et verte la forêt. Je songeai sans raison que personne ne devait vraiment prendre le temps de les regarder. J'aurais assez aimé me trouver ailleurs qu'ici, mais d'une certaine façon, je n'avais nulle part où aller.

— Docteur Auberviliers, l'interpellai-je, renonçant au prénom, comprenez-moi. J'ai besoin de ce traitement.

— Parlez-moi de ce rêve, rétorqua-t-elle, sans ralentir le pas.

J'eus un instant d'hésitation. Nous étions revenus à hauteur de la chambre-dortoir réservée aux participants de l'étude Tornade mais elle l'avait dépassée, sans même tourner la tête. Trottinant derrière elle, je la suivis jusqu'à son bureau, tout au bout du couloir, y entrai tête basse.

J'allais me faire virer. Je n'étais même pas à la hauteur de mon statut de malade, j'allais devoir renoncer au traitement avant même d'en avoir absorbé le premier milligramme.

Je me laissai tomber sur la chaise inconfortable, défait. Je suivis Auberviliers des yeux comme elle faisait le tour du bureau puis s'asseyait à son tour, prenant soin de ne pas me regarder en face.

— Parlez-moi de ce rêve, Benjamin, répéta-t-elle, comme quelques instants plus tôt dans le couloir.

Je fronçai les sourcils, dérouté, tandis que d'un mouvement sec de souris elle réveillait l'ordinateur, puis se mettait à pianoter sur le clavier.

— Ce n'était... Ça n'avait pas tellement de sens, vous savez.

— Dites quand même.

— J'ai dû être influencé par ma tendance claustrophobe. Déjà avant de rentrer dans l'IRM j'étais mal à l'aise.

— Mais cela a été le cas toutes les autres fois, n'est-ce pas ?

— Oui, convins-je. Mais les autres fois, vous m'aviez donné un anxiolytique.

— En effet. De quoi vous souvenez-vous ?

— Ce n'est pas très clair. Je me souviens du début de l'examen, de Beethoven dans mes écouteurs. Je me suis focalisé sur la musique, j'ai fermé les yeux, et puis... Et puis quand je les ai rouverts j'étais là-bas.

— Là-bas, Benjamin ?

— Je ne sais pas. J'étais couché dans une sorte de... de cachette, sous un plancher. Des gens marchaient au-dessus de nos têtes...

— Nos ? Qui était avec vous ?

— Cyrille.

J'avais répondu sans la moindre hésitation, et Auberviliers me considéra, l'air indéfinissable, avant de demander finalement :

— Qui est Cyrille ?

— Je... Je ne pense pas que... Enfin, docteur, ce n'était qu'un rêve stupide !

Elle hocha la tête, tapa autre chose sur son clavier, indifférente en apparence à ma tension. Je me renfonçai dans mon siège, m'obligeant au calme, tandis que malgré moi je m'efforçais de me remémorer les détails de la scène. Ils me revenaient par bribes, qu'après quelques secondes je m'entendis lui raconter.

L'obscurité, la terreur de me réveiller dans ce que j'avais cru être un cercueil, le sang sur mon ventre, la voix de Cyrille puis celle du garagiste répondant en allemand...

— Qui étaient ces gens ? À qui s'adressait cet homme, ce Ferrant ?

— Comment voulez-vous que je le sache, nom de Dieu ? Qu'est-ce que ça peut faire, de toute manière ?

— Il n'est pas utile de jurer, Benjamin.

— Pourquoi ? C'est interdit par le protocole de l'étude ? Je me demande bien ce que ça change, puisque vous allez m'exclure ! ajoutai-je, dissimulant mal mon amertume.

— Je n'ai pas dit ça.

Je la dévisageai, déconcerté.

— Mais vous affirmiez que...

— Mettons que j'ai changé d'avis.

— Parce que je vous ai raconté mon rêve ? finis-je par demander, stupidement.

— Vous avez commencé à convulser huit secondes après le début de l'IRM. Ce n'était pas un rêve.

Elle se leva. Je la dévisageai, incertain.

— Je ne comprends pas ce que vous essayez de me dire, docteur.

— Rien de plus que ce que je vous ai déjà expliqué. Le cerveau n'est pas en état de rêver lors d'une crise convulsive. Je pense qu'il est temps que vous retourniez auprès des autres volontaires, pour vous préparer à la première administration.

12

Je n'aurais jamais imaginé que tester de nouveaux médicaments soit aussi réglementé.

Tout était chronométré, organisé à la milliseconde selon un décompte qui devait ressembler aux minutes précédant le décollage des fusées, à Cap Canaveral.

Allongé dans mon lit comme un pantin docile à l'instar des autres volontaires, j'étais bardé d'électrodes fixées sur ma tête et mon torse, enregistrant en permanence mes paramètres vitaux. Immobile, j'observais le ballet enfiévré des blouses blanches, rythmé par les ordres qu'Auberviliers scandait d'une voix inhabituellement grave. Progressivement, la tension nous avait tous gagnés, et c'est assez inquiet que j'absorbai, à 11h36 précisément, la première dose de Xylophenolate, le médicament expérimental censé révolutionner le traitement de l'épilepsie.

À 11h37, j'étais toujours en vie, le soulagement apparent de l'équipe médicale me laissant supposer que dans le fond, ils n'étaient pas absolument convaincus que ce serait le cas.

Avec un sentiment mitigé d'inéluctable, je subis dans les heures qui suivirent d'innombrables contrôles, des prises de sang en pagaille et des mesures obscures de mon activité cérébrale, qu'Auberviliers recueillait avec la convoitise d'une gamine gourmande devant un étalage de bonbons.

À l'excitation des premières minutes avait succédé l'ennui blasé de ce qui allait être notre quotidien, dans les jours qui suivraient. À l'infini, nous répétions les examens neurologiques, des marionnettes aux mouvements oscillants des yeux, de la vérification des réflexes à la recherche de tremblements anormaux.

Nous n'étions plus autorisés à sortir de la chambre-dortoir, pas plus qu'à y recevoir des visites. Pour ne pas interférer avec les appareils électroniques qui nous surveillaient en permanence, on nous avait confisqué nos téléphones portables, et ce secteur de l'hôpital n'avait pas de réseau internet. En somme, à part lire, écouter de la musique et dormir, il n'y avait pas grand-chose à faire.

Auberviliers passait plusieurs fois par jour. Elle s'arrêtait au chevet de chacun, contrôlait l'évolution de nos paramètres sur un panneau au pied du lit, à la manière des anciennes feuilles de température dans les hospices. Elle restait plus longtemps auprès de moi que des autres, me réservant la dernière place de sa tournée comme on garde le dessert préféré pour la fin.

Elle n'avait pas reparlé du rêve qui quelques jours plus tôt, avait tant eu l'air de la fasciner. De toute façon, j'avais eu largement le temps de l'oublier.

David appelait tous les jours. À défaut de portable, on nous avait alloué une ligne directe pour nos proches, dont j'avais eu la faiblesse de lui donner le numéro. Non que je n'apprécie pas sa sollicitude, mais son anxiété devenait communicative, et les jours passant, à mesure que les doses administrées augmentaient, je finis par me trouver dans un tel état de nervosité que l'équipe le remarqua.

À l'issue de la seconde IRM, qui malgré mon appréhension partagée par les radiologues s'était déroulée sans encombre, je me retrouvai à nouveau dans le bureau d'Auberviliers.

Même décor spartiate, patère toujours encombrée de blouses entassées, livres de médecine empilés sur le sol, sur lesquels la neurologue avait négligemment abandonné son sac à main, comme sur un guéridon. Les stores étaient baissés, la pièce sombre. Il flottait dans l'air alourdi d'humidité un parfum de jasmin qui devait être le sien.

Jusqu'à présent, je n'avais pas remarqué qu'elle en portait.

— Vous n'avez pas fait de nouvelle crise, attaqua Auberviliers.

Contre toute logique, il y avait dans son ton un certain degré de reproche.

— C'était le but recherché, non ?
— En effet. Vous réagissez extrêmement bien. J'avoue que ce n'était pas vraiment sur vous que j'aurais parié au départ, au moins sur ce plan.
— ... Qu'est-ce que vous voulez dire par « au moins sur ce plan », docteur ?
— Vous allez rentrer chez vous aujourd'hui, Benjamin, reprit-elle, négligeant de me répondre. Je souhaite que vous ne restiez pas seul.

J'acquiesçai de nouveau, sans manifester d'étonnement. Ce point était évoqué à plusieurs reprises dans le protocole de l'étude, l'effet retard du médicament étant par définition incertain. Auberviliers ne tenait pas à ce que ses volontaires se retrouvent en proie à un état de mal incontrôlé une fois regagnée la solitude de leur appartement et décèdent au milieu de leur salon.

C'était entendable.

— Aucun problème. J'ai prévu de passer quelques jours chez David.

— Parfait.

Elle hocha la tête de nouveau, pour elle-même. Comme à son habitude, elle était soigneusement maquillée, ses cheveux retenus par un chignon sophistiqué. Le revers de sa blouse laissait apparaître une peau laiteuse, des seins lourds dissimulés sous un chemisier sage, dont je me demandais soudain depuis combien de temps la main d'un homme ne s'y était pas posée.

Une flambée de désir très inadéquate me brûla le bas-ventre, et je me sentis rougir sous son regard inquisiteur. Puis elle sourit, comme si elle avait lu dans mes pensées.

— Nous allons nous revoir très vite, Benjamin.

Il y avait là comme une promesse qui semblait avoir plus d'un sens.

Un peu déboussolé, je pris congé, sans qu'elle fasse mine de me raccompagner, et je me retrouvai dans le long couloir avec ses affiches monochromes.

Je me sentais nauséeux, et au lieu d'obliquer vers la chambre, je pris le chemin des toilettes pour me passer un peu d'eau sur la figure.

J'étais penché sous le robinet quand j'entendis quelqu'un entrer, puis une voix d'homme m'interpella.

— Benjamin ! Augustin est revenu, il a demandé à te parler.

De saisissement, je me cognai la tête sous le robinet en cherchant à me redresser trop rapidement, et aspergeai copieusement ma chemise. Je me retournai, l'eau glacée ruisselant dans mon dos, au moment où un infirmier sortait des toilettes en achevant de rajuster son pantalon.

Il me dévisagea d'un œil soupçonneux, puis sous mon regard insistant finit par demander, le ton un peu sec :

— Vous avez un problème ?

— Vous m'avez parlé ?

Il fronça les sourcils, son expression se modifiant imperceptiblement. Il se demandait probablement d'où j'arrivais, avec ma tenue d'hôpital sur le dos, et si je ne m'étais pas échappé du secteur fermé de psychiatrie.

— Laissez tomber. Ce n'est pas grave.

Je me retournai vers le lavabo et me lavai les mains une seconde fois en attendant qu'il s'en aille, ce qu'il finit par faire, à regret, m'observant par-dessus son épaule d'un air de doute jusqu'à ce que la porte se soit refermée. Dès qu'il fut hors de vue, je m'accoudai au rebord de l'évier et enfouis mon visage dans mes mains tremblantes.

— Ils ont eu Cyrille. Il est déjà passé devant la cour martiale. C'est fini. Ils le fusilleront à l'aube, demain matin.

Nouvelle volte-face, si brusque que je faillis perdre l'équilibre. Au-dessus de la porte, le distributeur automatique lança une giclée de gouttelettes synthétiques parfumées au pin, avec un petit grincement qui me fit sauter en l'air. Le souffle court, je contemplai les trois portes des toilettes devant moi, puis conscient de l'absurdité de ce que j'étais en train de faire, je les ouvris une à une pour m'assurer qu'elles étaient vides.

Bien sûr, qu'elles étaient vides. Il n'y avait personne d'autre que moi, et la voix que je venais d'entendre à deux reprises n'était que dans ma tête.

Cramponné à la poignée de la dernière porte, je demeurai figé quelques secondes, les pensées gelées. Puis une irrépressible nausée me monta à la gorge, et j'eus juste le temps de faire un pas en avant pour vomir dans les toilettes tout le contenu de mon estomac.

13

Au lieu de David, c'était Viviane que j'avais trouvée sur le parking de l'hôpital. Au volant de sa Golf décapotable dorée, une capeline d'un diamètre improbable posée sur sa tête, elle avait chaussé sur son nez de larges lunettes noires, à la manière des stars qui circulent faussement incognito en espérant qu'on les repère. De ce côté-là, l'objectif était pleinement atteint, sans compter qu'elle s'était garée sur les places réservées aux ambulances et qu'elle avait klaxonné pour attirer mon attention jusqu'à ce que j'aie un pied dans la voiture.

Résigné, je balançai mon sac sur le siège arrière, puis je pris place à côté d'elle, l'embrassant précautionneusement pour éviter son chapeau.

— Ben ! Quelle joie de te revoir !

Elle disait cela avec une sincérité étonnée, comme si je venais de subir une opération chirurgicale de la dernière chance.

— C'est gentil. David n'a pas pu venir ?

— Il est coincé à Grenoble. Un malaise qui a dégénéré en arrêt cardiaque, apparemment. Le Samu est sur place, ils vont mettre des heures à tenter de le réanimer avant de se résigner, bien sûr... Il revient dès qu'il peut. Il t'embrasse.

Elle embraya, puis démarra sur les chapeaux de roues, coupant la route à une ambulance d'une compagnie concurrente qui nous inonda d'appels de phares furieux. Je me tassai sur mon siège, espérant que les collègues ne m'aient pas reconnu.

Il faisait beau, et le vent de la course empêchait de souffrir de la chaleur. Viviane conduisait vite, pérorant sans la moindre pause comme à son habitude. Alimentant de temps à autre son monologue de monosyllabes qui lui donnaient l'illusion que j'écoutais ce qu'elle disait, j'inclinai mon siège et fermai les yeux, laissant dériver mes pensées.

À dessein ou pas, Viviane était passée par mon ancien village, une jolie bourgade à l'Ouest de Lyon, à mi-chemin entre ville et campagne. Ma maison y était toujours en vente, inoccupée depuis que Sylvie avait emménagé chez Haetsler. L'abruti habitait un appartement-duplex luxueux dans la Presqu'île, en plein centre de Lyon, qu'il avait acheté en sous-payant ses employés dont je faisais partie. Plutôt que de louer mon appartement minuscule à prix d'or, j'aurais mieux fait de revenir vivre dans ma villa au lieu de la laisser décrépir en attendant qu'un acheteur hypothétique se présente enfin. Avoir perdu mon travail allait m'obliger à reconsidérer cette option, et bien que j'aie infiniment aimé cette maison et la vie qui allait avec, y revenir seul ne me réjouissait aucunement.

Modeste bâtisse construite après la guerre, elle avait toujours appartenu à ma famille. J'en avais hérité à la mort de mes parents, décédés tous les deux dans un accident de voiture quand j'avais vingt ans. Avec Sylvie, nous l'avions rafraîchie avec les moyens du bord, effectuant nous-mêmes les travaux de restauration. Je me souvenais avec tendresse de cet interminable chantier que nous avions menés seuls, alors qu'elle était enceinte de Pierrick et que j'enchaînais les astreintes de nuit à un rythme épuisant. Nous étions amoureux, alors, nous ne nous souciions ni de dormir assez, ni de rouler sur l'or, nous étions ivres de joie à l'idée de fonder notre foyer, notre chez-nous. Nous avions peint les murs de tons pastel qu'elle avait choisis, j'avais monté la cuisine avec David, installé une cabine de douche et planté une haie et des arbres dans le jardin.

Nous y avions vécu quelques années de bonheur paisible avant que Sylvie décide de ne plus m'aimer. L'éloignement avait sans doute été progressif et j'aurais dû réagir, j'aurais dû essayer de sauver mon couple pendant qu'il était temps.

Je n'avais rien vu, ou rien voulu voir.

Depuis que la maison était vide, je n'y avais plus mis les pieds, même pour l'estimation de l'agent immobilier.

Viviane avait ralenti, et je rouvris les yeux. Nous avions dépassé l'horloge de la Demi-Lune, nous approchions du tunnel. Comme toujours dans ce goulet où convergeaient l'autoroute de Paris et toutes les voies rapides avant l'entrée de Lyon, les voitures avançaient au pas.

Je me sentais très somnolent, le contre-coup sans doute de l'hospitalisation, à moins que ce ne soit un effet secondaire du Xylophenolate. Je songeai qu'il faudrait que je le reporte sur la fiche que je devais remplir quotidiennement, listant le moindre de mes symptômes jusqu'à la prochaine consultation.

Confusément, je me demandai si m'engager dans cette étude était vraiment une bonne idée, puis je refermai les paupières.

14

— Benjamin ! Debout !

Je me redressai dans un sursaut. J'étais couché à même le sol, sur une paillasse inconfortable. La pièce était noyée d'ombre, mais je distinguais d'autres dormeurs, à ma droite et à ma gauche, qui respiraient en faisant du bruit. À l'arrière, je devinai des lits superposés à trois étages, où d'autres corps étaient allongés. En tout, nous devions être une quinzaine endormis ici, sans que la chaleur humaine n'ait tellement fait grimper la température. Il ne faisait probablement pas plus de dix degrés, et je claquais des dents.

Depuis le seuil de la porte où il se tenait, un chandelier allumé à la main éclairant par en-dessous son visage aux traits fins et ses cheveux blonds et bouclés, l'homme qui m'avait réveillé fronça les sourcils. Le pas léger, il s'approcha puis s'accroupit devant moi, posant la bougie sur le sol. Sans hésitation, il plaça une main sur ma joue et m'obligea à tourner la tête, pour examiner mon visage à la pâle lueur de la flamme. Son regard était très clair, presque dérangeant de transparence.

— Tu es sûr que ça va aller ?

J'eus une hésitation, avant de hocher la tête, un peu incertain.

— Je sais que tu es épuisé, Ben. Cet hiver qui n'en finit pas... Si encore nous avions de quoi manger à notre faim...

Il s'interrompit, haussa les épaules comme pour chasser de son esprit résigné un fantasme totalement inaccessible, avant de reprendre :

— On est tous à bout, petit frère, mais les chefs ont encore moins le droit de flancher que les autres. Tu n'as pas le droit de te laisser aller. Il faut que tu te ressaisisses, ou tu vas perdre la confiance des gars.

Il me dévisageait toujours, l'air grave.

— Tu comprends ce que je dis ? demanda-t-il, comme je restai silencieux.

— ... Je comprends, finis-je par souffler, bien que je n'aie aucune idée de ce dont il parlait.

Ses mots, pourtant, évoquaient des images floues, une petite fille, blonde et épuisée, qui marchait dans la neige... La réminiscence, si c'en était une, s'arrêtait là, si vague que je doutais qu'elle puisse être réelle.

Qu'est-ce qui était en train de m'arriver, bon sang ? Je ne connaissais pas cet endroit, je n'avais aucune idée de la manière dont j'y étais arrivé. Pourtant, le visage de cet homme et sa voix m'étaient familiers, sa présence à mes côtés une évidence.

Il faisait la moue, l'air à moitié satisfait. Il se releva souplement, et je remarquai à ce moment-là qu'il portait une soutane. Je me figeai, interrompant le mouvement que j'avais amorcé pour saisir la main qu'il me tendait. L'espace d'une seconde, je le vis, les yeux bandés, face à un peloton d'exécution prêt à tirer. L'image était si réaliste qu'elle manqua m'arracher un cri.

— Qu'est-ce qu'il y a, encore ? lâcha-t-il avec un début d'agacement.

— Je t'ai vu mourir, soufflai-je, atone.

Une ombre fugace passa dans ses yeux clairs, tandis qu'il m'observait avec acuité.

— Nos vies sont dans la main de Dieu, murmura-t-il enfin, sans émotion. Tu as fait un cauchemar, c'est tout. Je suis là, et bien vivant.

Je réussis à me mettre debout, déboussolé, puis parce qu'il attendait que je réponde, je murmurai, presque inaudible :

— Cyrille... Je ne comprends pas ce qui m'arrive. Il faut que tu m'aides.

Il ne réagit pas tout de suite, puis son visage se décontracta brusquement, et un mince sourire l'éclaira.

Alors, de façon inattendue, il passa son bras par-dessus mes épaules et m'embrassa sur le front, étonnamment affectueux.

— Ne m'en veux pas, s'il te plaît. Si j'avais pu, Dieu sait que je t'aurais préservé de toute cette barbarie. Je sais bien que tu es adulte, et largement capable de prendre soin de toi-même, mais j'ai promis à notre mère de te garder en vie. Ne fais pas de moi un parjure, s'il te plaît. Si tu ne te sens pas capable de mener la mission, n'y va pas. J'enverrai Augustin, il saura bien...

— Augustin ne sait pas manipuler un détonateur, le coupai-je, machinalement.

Il sembla surpris, autant que je l'étais moi-même de cette affirmation, alors que l'instant d'avant j'aurais juré que je ne connaissais aucun Augustin. Comme quelques minutes auparavant avec la petite fille dans la neige puis la mise à mort de Cyrille, l'image d'un colosse à la peau noire, me talonnant sur un chemin à flanc de montagne, surgit dans mon esprit, puis s'évanouit.

Je m'ébrouai, puis passai devant Cyrille pour gagner la porte.

— Sortons, dis-je. Inutile de réveiller tout le monde, le sommeil leur manque assez.

Il approuva d'un borborygme, sortit à ma suite tandis que j'inspectai le couloir où nous nous trouvions, surpris. Nous étions dans une sorte de tranchée, murs étroits et plafond si bas que nos cheveux effleuraient la roche. Il n'y avait pas d'autre éclairage que la petite bougie de Cyrille, et je dus réprimer un léger mouvement d'affolement, en réalisant que nous étions sous terre.

Les galeries de Mièvriette, au nord de Saint-Calixte. À partir de 1944, le maquis avait investi un réseau souterrain de mines abandonnées, un véritable dédale qui s'étendait sur des kilomètres, presque jusqu'à Chamonix à ce qu'on disait. Ou tout au moins, c'était ce qu'ils expliquaient dans les documentaires dont je m'étais gavé jusqu'à plus soif cinq jours durant.

— Ça ne peut être que ça, soufflai-je, soulagé d'avoir trouvé une explication rationnelle à la situation. C'est à cause de Thibault et de ses sacrés DVD...

J'eus à peine le temps de finir ma phrase que la main de Cyrille s'abattait sur ma joue, gifle cuisante qui me fit vaciller sur mes pieds.

— Ne jure pas !

Je mis une ou deux secondes à réaliser que c'était le terme « sacré » qu'il considérait comme blasphématoire. Bien sûr, à l'époque, l'emprise de l'Église était beaucoup plus...

Je bloquai le cheminement de ma pensée, avec effroi. Qu'est-ce que je racontais, bon sang ? *À l'époque ?* Quelle époque ? Où est-ce que je pensais être, exactement, et surtout quand ? Projeté en pleine Seconde Guerre mondiale, cheminant dans les galeries secrètes du maquis pour y suivre un curé résistant qui prétendait être mon frère ?

Je dus reculer, prendre appui contre le mur tandis que l'étroit couloir, brusquement, se mettait à tourner autour de moi. Le visage de Cyrille, furieux l'instant d'avant, se chargea instantanément d'inquiétude et il posa sa main sur mon épaule.

— Ben, excuse-moi. Ma main est partie toute seule. Tu... Ça va ?

— Non. Ça ne va pas. Pas du tout.

Il ne devait pas s'attendre à cette réponse car il se figea, indécis. Une cavalcade dans le couloir lui évita de trouver quelque chose à dire, et nous tournâmes la tête en réflexe vers le jeune homme qui venait d'apparaître sur notre gauche.

Il était habillé d'un pantalon de velours, d'une chemise en flanelle épaisse et d'une veste en peau de mouton, qui avec le béret basque posé très à plat sur la tête, donnait l'impression étrange que son troupeau de brebis allait arriver aussi. Il avait l'air de sortir d'un film de René Clair, et je le considérai avec étonnement tandis qu'il se mettait au garde-à-vous. Il n'avait pas plus de quatorze ou quinze ans. Quand il claqua des talons, je me rendis compte qu'il portait des sabots.

Je plaquai une main sur ma bouche, abasourdi, tandis qu'il lançait, le ton solennel :

— Mon lieutenant, Monsieur l'abbé, le commando vous attend.

Lieutenant ? C'était moi qu'il désignait ainsi ? Je n'avais même pas fait mon service militaire, nom de...

J'interrompis en réflexe ma protestation muette avant d'en arriver au juron, jetant un œil à Cyrille comme si j'avais craint qu'il puisse lire mes pensées, mais il ne s'intéressait plus à moi. À ma surprise, il salua en retour l'enfant-soldat, d'un geste rodé par l'habitude, mais choquant de la part d'un homme d'Église en habit. Malgré moi, je l'imitai tandis que mon frère répliquait, le ton beaucoup plus assuré que lorsqu'il s'adressait à moi :

— Dis-leur que nous arrivons dans une minute.

Nouveau claquement de sabots, le gamin disparut aussi vite qu'il était venu, et Cyrille reporta son attention sur moi.

— Qu'est-ce que c'est, un DVD ? Et qui est Thibault ? demanda-t-il, en détachant chaque mot.

Je secouai la tête, vaincu soudain par la violente absurdité de la situation.

Très bien. Il était temps de capituler. C'était un rêve, certainement plus réaliste que ceux que je faisais d'ordinaire, et qui avait ceci de nouveau que j'y faisais preuve d'esprit critique. Mais un rêve tout de même.

Peut-être était-ce un effet indésirable du médicament d'Auberviliers ? Lors de notre dernière conversation dans son bureau, elle avait semblé particulièrement attentive aux détails de celui que j'avais déjà fait au moment de passer l'IRM. Elle devait savoir que le Xylophenolate influençait l'activité cérébrale pendant la phase de sommeil paradoxal, comme pendant les crises.

    C'était cela, très probablement. J'étais toujours dans la voiture de Viviane, sans doute en train de convulser, le traitement projetant ma conscience dans cette bizarre réalité passée que mon visionnage intensif des documentaires avait rendue totalement familière.

    Je n'avais plus qu'à attendre que quelqu'un, de l'autre côté, se décide à m'injecter une ampoule de Valium et tout rentrerait dans l'ordre. Cette pensée pourtant dénuée de sens acheva de me rassurer.

    Avec une sérénité nouvelle, je souris à Cyrille.

    — Je ne crois pas que tu comprendrais.

    Sourcils froncés, il secoua la tête en dénégation. Ses boucles blondes et son regard transparent, comme la soutane, lui donnaient un air doux et angélique, mais je savais qu'il ne fallait plus s'y fier, plus depuis le début de cette guerre abominable qui avait transformé peu à peu l'homme de Dieu en machine à tuer. Il gardait envers moi, pourtant, la tendresse protectrice qu'il avait toujours eue.

    Des flashs me revenaient. Des images d'enfance, de parties de pêche, de chasses au lièvre à travers les bois sur les hauteurs de Saint-Calixte, années heureuses et insouciantes enfuies à tout jamais.

    Ces souvenirs n'étaient pas les miens. Ils venaient d'ailleurs, d'un livre ou d'un film ancien, sans doute, que mon inconscient avait gardé intacts dans un coin inaccessible de ma mémoire. Ces bois où je me voyais courir à la poursuite de mon frère aîné, quelques années avant que Dieu l'appelle, n'avaient probablement jamais existé.

    Rien n'existait. Mon imagination galopait sans barrière

grâce aux drogues d'Auberviliers, et j'étais à peu près sûr qu'un simple effort de volonté me suffirait pour m'extraire de ce scénario incroyablement élaboré.

— Tu m'inquiètes, Benjamin, disait Cyrille. Je crois vraiment que tu devrais rester ici. Tu n'es pas dans ton état normal.

Nom de... Nom d'un chien, c'était un bel euphémisme. Me composant une expression rassurante, je posai à mon tour ma main sur son bras, puis rétorquai calmement :

— Je vais bien. Ne t'inquiète pas. Tu as entendu Silvère, les hommes attendent. Allons-y.

Avec une autorité nouvelle, je m'engageai dans le couloir, mettant un terme à la polémique. Il ne s'était évidemment pas étonné que je connaisse le prénom du jeune soldat. Quant à moi, puisque tout ceci n'était dû qu'au débridement artificiel de mon cerveau, j'étais résolu à ne plus me laisser surprendre par quoi que ce soit jusqu'à la fin de cette bizarre expérience.

Les hommes attendaient dans une clairière, à une centaine de mètres de la sortie des galeries. La nuit était claire, grâce à la lune pleine qu'aucun nuage ne masquait. Il avait neigé, et à peine avais-je fait trois pas que je me mis à grelotter, saisi par le froid extrême qu'aggravait un vent glacé soufflant du nord. Cyrille avançait vite, refoulant la poudreuse avec aisance, et je m'appliquai à marcher dans ses traces. Je portais des brodequins en cuir rigide, trop grands d'une taille au moins, un pantalon qui descendait à mi-mollet seulement sur des chaussettes de laine à travers lesquelles filtrait l'humidité, une chemise rêche, un cardigan ridiculement peu épais, et par-dessus une sorte de blazer en tweed. Rien en somme d'une tenue adaptée à ce genre de climat.

— Les frères Sachetaz, et leur façon subtile de se faire attendre ! lança une voix moqueuse mais amicale, pour saluer notre arrivée à l'orée de la clairière.

Celui qui avait parlé se tenait debout sur une souche d'arbre, face à deux groupes d'une demi-douzaine d'hommes chacun. Tous nous dévisagèrent en silence, s'écartant pour nous laisser nous approcher de l'orateur.

— Désolé, Tom, répliqua Cyrille en retour, le ton paisible. J'ai dû tirer Benjamin du sommeil, et ce n'est pas une mince affaire, tu peux me croire !

Quelques rires fusèrent, et on me claqua le dos tandis que je me frayais un chemin entre les rangs. Cyrille s'était déjà placé près du groupe de gauche, sans se préoccuper de moi. À droite, je reconnus Augustin, qui m'adressait un sourire presque phosphorescent dans la pénombre, ainsi que Silvère, le jeune messager aux sabots. Masquant mon hésitation, j'imitai le prêtre et me positionnai à la tête des hommes, tourné vers celui qui nous avait accueillis.

Il portait une veste militaire par-dessus ses vêtements civils, sur laquelle étaient épinglées les deux barrettes de lieutenant. Je ne lui donnais pas trente ans, mais il avait une prestance et un charisme qui le faisaient paraître plus âgé. Brun, plutôt beau garçon même s'il était de petite carrure, il y avait dans son regard sombre quelque chose de magnétique, dont il était évident qu'il savait jouer. Tandis qu'il parlait, il nous dévisageait les uns après les autres, s'attardant particulièrement sur Cyrille puis sur moi, avec une insistance qui fit battre mon cœur plus vite.

Sans même savoir qui il était, j'avais compris qu'il était de la trempe des seigneurs. De ceux pour qui on se bat aveuglément, de ceux pour qui on donne sa vie.

Dans le fond, c'était exactement ce qu'il nous demandait.

— ... Le convoi de Kaeser traversera le pont à huit heures. Il n'y aura pas de véhicule d'escorte, ce n'est pas un déplacement officiel, ils ne s'attendent certainement pas à être attaqués en pleine montagne.

— L'information est fiable ? demanda un grand type

barbu, qui comme les autres portait un béret sur le crâne et un fusil en bandoulière.

— Elle vient du Sterne, rétorqua l'officier. Sois tranquille, Claudius, jusqu'ici il ne s'est jamais trompé.

Le Sterne. J'avais déjà entendu ce nom étrange, mais j'aurais été incapable de dire dans quelles circonstances.

— Est-ce que ce ne serait pas plus simple de les surprendre en plaine ? questionna Augustin, l'air pensif. Dans le village, il risque d'y avoir des morts et des blessés parmi les civils.

— C'est pour cela que vous irez en nombre, pour surveiller les abords et empêcher les habitants de sortir de chez eux. Notre objectif premier est de tuer Kaeser, mais la destruction du pont de la Chère coupera une des voies principales d'accès à la vallée et désorganisera les mouvements de troupes de l'ennemi. Comme vous le savez, Londres a choisi le plateau comme base stratégique. Il est essentiel que nous en contrôlions toutes les arrivées. Les Glières doivent rester français !

Il leva le poing où était serré un revolver, et une clameur s'éleva aussitôt, ponctuant ses derniers mots :

— Vivre libres, ou mourir !

Galvanisés, les hommes s'étaient mis à parler entre eux, brouhaha brusque et presque assourdissant auquel l'orateur mit fin d'un seul geste infime de la main. Il reprit la parole, sans hausser la voix, parlant même un ton plus bas que ce qui aurait été nécessaire pour s'assurer l'attention de ses soldats.

Dans la semi-obscurité, ses yeux sombres brillaient comme ceux d'un chat.

— Mes amis, le Général compte sur vous. Je compte sur vous. N'oubliez pas que vous vous battez pour la patrie et pour la libération de votre peuple. Si vous deviez échouer...

— Nous n'échouerons pas, Tom ! trancha la voix éraillée de Cyrille, définitive.

De nouveaux cris d'enthousiasme ponctuèrent sa déclaration, tandis que je comprenais brusquement qui était le brillant lieutenant qui venait de nous haranguer avec tant de verve. Prononcé pour la deuxième fois, son prénom venait enfin de raviver le souvenir de l'homme dont je n'avais vu qu'une photo, la seule qui ait survécu aux événements, sans doute.

Tom. Tom Morel, l'héroïque lieutenant des Glières, figure de proue de la Résistance de Haute-Savoie mais aussi symbole de la lutte d'un pays tout entier contre l'envahisseur. Il arrivait vers moi après s'être entretenu quelques instants avec Cyrille, main tendue et sourire aux lèvres.

Malgré une impression de vertige intense, je réussis à trouver ses doigts et les serrai dans les miens, hypnotisé par son regard charbonneux.

— Ton frère me dit que tu n'es pas au mieux de tes capacités, lieutenant. C'est vrai ? attaqua-t-il, fouillant mon âme des yeux sans lâcher ma main.

— Il s'inquiète trop. Je vais bien, balbutiai-je.

Je n'avais pas été aussi impressionné depuis la fois où enfant, le ministre de l'Éducation nationale était venu visiter mon école dans le cadre d'un reportage pour le journal télévisé. À lui aussi, j'avais serré la main et bredouillé trois mots, mais je ne devais pas être tellement plus éloquent que maintenant, et la scène avait été coupée au montage.

Morel hocha la tête, un peu songeur.

— Je compte beaucoup sur toi. Tu es le seul artificier vraiment qualifié de ce bataillon. Le pont est en plein milieu du village, il y a des maisons à trois mètres des piles. Je ne veux pas que des innocents périssent par notre faute. Tu es le seul en qui j'ai confiance pour adapter la charge et régler la détonation au moment précis où les véhicules traverseront.

Tandis qu'il parlait, l'image d'une salle de classe, désuète et austère, se forma dans mon esprit. J'étais assis au fond, près d'un poêle dont je percevais la chaleur avec un effet de contraste étrange, par ce froid ambiant. Devant moi, immobiles et attentifs, une dizaine de garçons en uniformes militaires, assis chacun à un pupitre et porte-plume à la main, suivaient les explications d'un colonel sévère, coiffé d'un képi trop petit. Muni d'une baguette en bois, il détaillait le schéma d'un engin explosif dessiné à la craie sur un tableau noir.

« Le détonateur peut être déclenché par une mèche lente de trois mètres, qui permet une mise en sûreté du personnel », disait le colonel d'une petite voix acide.

J'acquiesçai, soutenant du mieux que je pouvais le regard inquisiteur de Morel.

— Tu peux me faire confiance. Ça ira.

Ma réponse sembla le rassurer, il lâcha ma main et sourit, dévoilant une seconde des dents à la blancheur immaculée.

— Après l'assaut, je veux vous voir, toi et ton frère. L'état-major a une autre mission à vous confier.

J'opinai de nouveau, sans poser de question. Je savais qu'il n'en dirait pas plus, pas avant d'être sûr que nous soyons revenus. La plupart des maquisards qui étaient pris par les Allemands ne révélaient rien, même sous la torture, et leur courage face à la douleur et à la mort m'avait toujours stupéfié. Néanmoins, mieux valait être prudent, et aucun bourreau ne pourrait faire avouer à sa victime ce dont elle ignorait tout.

— À tes ordres, murmurai-je.

Après un dernier signe de tête, il se détourna. Je cherchai Cyrille du regard, mais pendant notre conversation son groupe et lui avaient déjà levé le camp. À mon tour, je rejoignis mes hommes et donnai le signal du départ.

En colonne, nous traversâmes la forêt pendant un peu plus d'une heure, peinant à avancer dans la neige qui était tombée même dans les profondeurs des bois. Les hommes parlaient peu, concentrés sur l'objectif autant que sur l'environnement, constamment prêts à faire face à l'ennemi. La tension était intense, épuisante, et je me demandais par quel miracle ils réussissaient à supporter cette vie clandestine où la vigilance ne se relâchait jamais.

Avec l'aide de Dieu, aurait dit Cyrille. J'enviais sa foi, qui lui évitait de se poser des questions autant que d'avoir peur de la mort. De mon côté, jusqu'ici, je n'avais pas senti la Grande Faucheuse me frôler d'assez près pour sérieusement considérer la question, mais les choses ne tarderaient peut-être pas à changer.

Nous débouchions en terrain dégagé, en haut d'une colline au pied de laquelle un petit village était blotti. Éprouvant une sensation presque désagréable de sacrilège, je détaillai l'église au bulbe vert où officiait mon frère depuis qu'il avait prononcé ses vœux, la petite place plantée de marronniers où l'été, tout Saint-Calixte se retrouvait le dimanche, après la messe, comme le rendez-vous rituel d'une immense famille. Le pont de la Chère était plus au sud, enjambant un méandre du Giffre, seul moyen de passer le torrent à des kilomètres.

Saint-Calixte. Mon village. Ici vivaient des gens que j'avais connus et que j'aimais, et beaucoup nous avaient aidés depuis que nous avions pris le maquis. Malgré les risques, malgré la Milice et les GMR[1] dont l'ennemi avait renforcé les effectifs depuis plusieurs semaines, les villageois continuaient de nous fournir régulièrement des vivres et des armes, au péril de leur vie.

L'idée de les mettre une nouvelle fois en danger, par

---

[1] Groupes Mobiles de Réserve, unité paramilitaire créée par le gouvernement de Vichy.

l'attentat lui-même autant que par le risque de représailles, me révulsait à l'avance.

Augustin avait dû sentir ma réticence car il vint se placer à mes côtés, comme en soutien muet. Il respecta mon silence songeur, quelques secondes, avant de souffler, sans me regarder :

— Le groupe de Cyrille est déjà en place, mon lieutenant. Nous devons faire mouvement.

L'aube se levait au sommet des chaînes. Le ciel était d'azur pur, sans le moindre nuage, et le soleil à peine naissant faisait déjà scintiller la neige. À perte de vue les montagnes et les vallées de mon enfance étaient peintes de blanc.

C'était mon pays, ma terre. J'étais né ici, j'y avais grandi, et il n'était pas question que j'abandonne ma patrie aux envahisseurs que mon père, pendant la Première Guerre, avait donné sa vie pour repousser.

— Allons-y, ordonnai-je à mi-voix.

Il ne nous fallut pas plus de dix minutes pour descendre la colline, dissimulés par une zone boisée où les arbres poussaient en rangs serrés. Le sol était couvert de broussailles et de racines traîtresses, qui autant que la neige ralentiraient notre retraite, si nous étions poursuivis.

Si la Milice ou les Allemands arrivaient trop tôt, il faudrait faire face. Nous étions armés, bien sûr, mais les maquisards pour la plupart n'avaient aucune formation militaire. Agriculteurs, ouvriers ou guides de haute montagne, ce qu'ils savaient du combat était le peu que leur avaient enseigné les rares soldats de métier que comptait l'Armée Secrète. Dans notre groupe, seuls Augustin et moi étions des militaires de carrière, et j'étais le seul officier.

Il fallait un cœur vaillant comme celui de Tom, pour croire que nous puissions sortir vainqueurs d'un combat aussi inégal.

— Nous n'en réchapperons probablement pas, Gus, soufflai-je à l'attention de mon acolyte de toujours, qui dévalait la pente dans l'ombre de mes pas.

Curieusement il ne protesta pas, se contentant de répondre, après un léger silence :

— Les soldats ne sont pas là pour réfléchir. Il faut tuer Kaeser et détruire le pont.

J'acquiesçai, machinalement. Kaeser. Le pont. Augustin avait raison, c'était la seule chose à laquelle il fallait penser, et je m'efforçai de focaliser mes pensées sur l'objectif, tout en cherchant Cyrille et ses hommes des yeux.

Je les aperçus au moment où nous arrivions à proximité de la pile nord, pliés en deux pour cheminer dans l'ombre des maisons. Elles étaient une quinzaine, groupées très près du pont comme Tom l'avait dit, détail auquel, même en étant passé des milliers de fois par ici, je n'avais jamais pris garde. Si j'installais mes charges aux extrémités du tablier, la déflagration provoquerait d'irrémédiables dégâts sur ces habitations. À cette heure matinale, les habitants devaient encore être chez eux, et je ne voulais pas penser à ce qui pourrait advenir, si les vieilles bâtisses s'effondraient sous l'effet du souffle. Vu leur état, l'hypothèse était éminemment probable.

Quelques rideaux bougeaient aux fenêtres. Il n'y avait personne dans la rue, mais des villageois nous avaient déjà repérés. Ici, la plupart était de notre côté, mais on ne pouvait pas être certain qu'il n'y ait pas aussi des collabos parmi eux.

— Dis aux gars de surveiller les maisons. Qu'ils contrôlent les habitants qui entrent ou qui sortent, ordonnai-je, d'un ton froid que je peinai moi-même à reconnaître.

Augustin obtempéra immédiatement.

Je me redressai, tandis que les hommes se plaçaient de part et d'autre de la rue, fusils prêts à tirer. À l'autre extrémité, le groupe de Cyrille était déjà positionné.

À cette époque de l'année, la rivière était gelée, et je n'eus aucune difficulté à descendre jusqu'à la rive, puis à marcher sur la glace jusqu'à la pile centrale. L'édifice datait du Moyen-Âge, formé de deux arches massives où les marques des tailleurs de pierre étaient encore nettement visibles. Les anciens bâtisseurs avaient le souci de durer. Il allait falloir que je fasse exploser les trois piles simultanément, et que j'utilise toute la charge dont nous disposions.

Je me mis à l'ouvrage immédiatement, installant les uns après les autres les bâtons de dynamite qu'Augustin me tendait, puis les reliant au détonateur par une mèche lente que je fixai avec minutie. Nous étions si absorbés par notre tâche que lorsque Cyrille se matérialisa brusquement à côté de nous, nous sautâmes en l'air tous les deux.

— Vous en avez pour longtemps ?

— J'ai presque fini cette pile. On est dans les temps, ajoutai-je, il est à peine sept heures dix.

Je relevai la tête presque aussitôt, dérouté par son absence de réponse, et ce que je lus dans son regard bleu pâle me glaça le sang.

— Le convoi est à moins de six kilomètres, laissa-t-il tomber, très brutalement.

Augustin et moi échangeâmes un regard.

— Quoi ?!

— Il y a trois véhicules, pas un seul. Au moins quinze hommes.

— Nom de..., commença Augustin, avant de s'interrompre, confus. Pardon, Cyrille, ajouta-t-il plus bas.

Mon frère eut un mouvement de la main, balayant le sujet. Il ne m'avait pas quitté des yeux. M'obligeant à respirer calmement, je repris ma tâche où je l'avais interrompue, réussissant sans trop savoir comment à empêcher mes doigts de trembler pour disposer tout le stock d'explosifs qui me restait.

Cyrille s'accroupit posément, son épaule collée à la mienne.

— Tu es sûr que c'est Kaeser ? demandai-je, la voix un peu hachée.

— D'après les sentinelles il n'y a aucun doute.

— Ils ont été prévenus ?

— Possible.

— Le Sterne ?

— Tom dit qu'il est au-dessus de tout soupçon.

— Personne n'est au-dessus de tout soupçon.

— ... Est-ce vraiment le moment d'en débattre ? remarqua Cyrille après un petit temps, le ton toujours calme.

— Tu as raison.

J'avais fini. Prenant des mains d'Augustin l'extrémité de la mèche lente, je lui ordonnai de se replier avec les hommes au-delà des premières maisons. Nous le suivîmes des yeux tandis qu'il remontait le talus en dérapant.

— Les autres piles, Benjamin ? s'informa alors Cyrille, de la façon dont il m'aurait entretenu au sujet de la météo du jour.

Son flegme avait quelque chose d'irréel.

— Je n'ai pas le temps.

Comme pour me donner raison, le visage barbu de Claudius apparut par-dessus la barrière du pont.

— Ils sont là ! Ils vont entrer dans le village dans trois minutes !

— Fous le camp, Cyrille, ordonnai-je immédiatement, sans hausser le ton.

— Un seul site d'explosion ne sera pas suffisant, rétorqua-t-il, sans bouger d'un pouce.

— Je te dis que je n'ai plus le temps. On n'a pas le choix.

Sans lâcher la mèche, je me redressai et l'agrippai par le plastron de sa soutane, si vite qu'il n'eut pas le temps de s'écarter. Mon visage à cinq centimètres du sien, j'articulai, m'obligeant à ne pas crier :

— La charge sera suffisante. Fais-moi confiance. Rassemble les hommes et soyez prêts à répliquer s'il y a des survivants.

— Ben...

— Fais-le, Cyrille, nom de Dieu !

J'avais juré à dessein et la provocation eut l'effet escompté, l'aiguillonnant assez pour le faire réagir. Il eut encore un regard étrange, assassin et protecteur en même temps. Puis il tourna les talons et s'élança sur la glace, courant et glissant à la fois, pour regagner l'autre rive. Il gravit la berge, halé par ses hommes, puis quelqu'un que je n'identifiai pas cria :

— Ils sont là !

J'avais entendu les moteurs au moment où le messager invisible les annonçait.

Résolument, je tranchai la mèche avec mon Opinel, un cadeau de mon frère qui ne me quittait jamais, puis je craquai une allumette et enflammai l'extrémité. Une boule de feu se forma entre mes doigts, puis remonta en direction du pont tandis que je reculais aussi vite que possible. À mi-hauteur du talus, j'aperçus la bâche du camion de tête qui passait devant l'église.

Le convoi était à portée de tir, les maquisards invisibles.

Je comptai les secondes, incapable de dire précisément combien il m'en restait, conscient que j'avais bafoué toutes les règles élémentaires de sécurité en tranchant la mèche bien plus court que les trois mètres préconisés par mon ancien colonel d'instruction.

À cinq, j'étais en haut du talus, encore à portée de l'explosion mais déjà moins exposé qu'en bas. Je regardai en arrière, repérai le premier camion. Kaeser était dans la berline, au capot orné de drapeaux du Reich. Dans moins d'une minute, il serait très exactement à la verticale de la bombe.

L'angoisse me coupait le souffle.

J'allais m'élancer pour me dissimuler à mon tour derrière une des maisons, quand une tache verte accrocha mon regard. Je tournai la tête, et avec horreur, je me rendis compte qu'une jeune femme, à moins de dix mètres, s'apprêtait à s'engager sur le pont. Vêtue d'un manteau vert pâle et coiffée d'un fichu, elle avançait d'un pas décidé, un panier d'osier à la main, indifférente au convoi militaire qui arrivait face à elle et parfaitement inconsciente du danger qui la menaçait. Il émanait d'elle une sorte d'énergie joyeuse et cette invincibilité particulière que seule confère la jeunesse. Sa pureté innocente contrastait si violemment avec le sang, la désolation et la mort que nous nous apprêtions à répandre que j'en fus bouleversé.

Je me ruai en avant, incapable de réfléchir, la respiration bloquée. Les trois véhicules étaient sur le pont. La jeune femme, entendant ma cavalcade, s'arrêta de marcher et tourna la tête vers moi, l'air surpris.

Quinze secondes.

Son fichu glissa, libérant une cascade de boucles rousses. Ses yeux s'agrandirent de stupeur tandis qu'elle me découvrait, courant comme un fou-furieux à sa rencontre.

Elle avait la beauté parfaite d'un ange. Je ne la reconnaissais pas. Peut-être qu'elle n'était pas de Saint-Calixte.

Vingt secondes.

— Mon lieutenant ! cria quelqu'un, Augustin, peut-être.

Sur le pont, le camion de tête s'était arrêté. Au moment où je rejoignais la femme en vert, je vis le conducteur et son passager sauter à terre. Ils étaient tous les deux armés.

Je tendis le bras, enlaçai sa taille, presque sans ralentir. Le choc manqua la faire tomber, je la remis sur ses pieds, la portant sur quelques mètres pour l'éloigner plus vite.

— Mais qu'est-ce que tu... ? commença-t-elle, affolée.

— Courez ! hurlai-je, la tirant au risque de lui déboîter le bras.

Les soldats épaulaient leurs fusils. J'obliquai sur la gauche, espérant que la rambarde nous protégerait des balles. J'eus le temps d'apercevoir, devant moi, mes hommes qui sortaient de l'ombre des maisons, armes au poing, sans s'approcher trop près dans l'attente de l'explosion.

Trente-cinq secondes.

Le crépitement des mitraillettes commença. Ma protégée hurla de terreur. Je l'empêchai de s'arrêter, la poussai devant moi, répétant comme une machine enrayée :

— Courez ! Courez ! Courez !

Au moment où je plongeai, je sentis un impact, pas vraiment douloureux, me heurter au flanc droit. Sans interrompre mon mouvement, je me couchai sur elle, insensible à ses cris, et plaquai mes deux mains sur sa tête, m'aplatissant sur son corps autant que je pouvais.

Les échanges de tirs fusaient au-dessus de nos têtes, et ne cessèrent qu'au moment de l'explosion.

15

— ... Un chinois, tu ne crois pas ?

— Co... Comment ?

Viviane me considérait, patiente, agitant son téléphone portable à hauteur de mes yeux. Ahuri, je me rendis compte que nous nous trouvions dans le jardin de David et Thibault, assis l'un en face de l'autre à la table en fer forgé. Même à l'ombre du parasol, il faisait une chaleur épaisse, humide, et je transpirais abondamment.

— Un chinois, c'est ce qu'il y a de mieux, si tu ne veux pas te couper tout à fait l'appétit pour ce soir. Tu n'as pas mangé à midi, hein ?
— Non, mais...
— Parfait.
Sans chercher à en entendre davantage, elle lança l'appel. Le numéro était visiblement préenregistré dans son portable. Quelqu'un m'avait dit un jour que la durée du célibat se mesurait au nombre de contacts concernant la livraison de repas à domicile que les gens stockaient dans leur répertoire téléphonique. J'étais marié, alors, et la réflexion m'avait semblé très saugrenue, mais je comprenais mieux sa pertinence.
Avec un très long soupir, j'allongeai les jambes et me frottai les paupières, dans une pauvre tentative pour réfléchir.
Le réalisme du rêve que je venais de faire était ahurissant. La continuité et l'enchaînement logique des événements, le détail des lieux, qu'il s'agisse des galeries secrètes des maquisards ou de l'allure de Saint-Calixte et de sa campagne dans les années quarante, tout était exceptionnellement riche, précis dans ma mémoire.
Quant aux protagonistes... Alors que dans mes rêves, le plus souvent, même les gens familiers n'étaient que l'ombre d'eux-mêmes, contours et visages flous, propos sans profondeur, les inconnus qui avaient croisé mon chemin étaient si vrais que j'en avais encore des frissons. Tom le commandant, Augustin le preux, et puis Cyrille, évidemment. L'affection bourrue du moine-soldat qui se disait mon frère m'avait bouleversé, moi qui avais tant souffert de solitude enfant. Quant à la fille au manteau vert, les quinze secondes que j'avais mises à la rejoindre et à la sauver avant que le pont n'explose avaient été les plus terrifiantes et les plus belles de toute ma vie.
C'était la plus divine créature que j'aie jamais vue.

— Ça va, Ben ? Je te sens ailleurs. C'est ce nouveau médicament, qui te met la tête à l'envers ? s'amusa Viviane en rempochant son téléphone.

Elle avait quitté sa capeline qui avait laissé un cercle en relief dans ses cheveux, donnant à sa coiffure une allure bizarre et accidentée.

— Je pensais au rêve que j'ai fait tout à l'heure, dans la voiture.

Elle eut une petite moue, sembla sur le point de dire quelque chose, puis se ravisa. Sans me lâcher des yeux, elle rapprocha de nous le seau à champagne, qui contenait une bouteille d'eau et une autre de rosé. Regard interrogateur, comme elle posait une coupe devant moi.

— Je n'ai plus droit à l'alcool. À cause de l'étude.

Elle opina, sans manifester d'étonnement, et j'eus l'impression qu'elle le savait. Qu'elle teste ma probité était tout à fait déplacé, mais je refoulai la réflexion acerbe qui me brûlait les lèvres, vidant mon verre d'eau d'un trait.

Viviane s'était servi du rosé qu'elle humait en m'observant, comme un entomologiste étudie l'aspect inhabituel d'un insecte inconnu.

J'avais hâte que David arrive et me sauve des griffes de sa sœur, mais quand je m'informai de lui, Viviane répondit d'un ton léger qu'il avait été détourné sur une autre intervention urgente, et qu'il ne serait sans doute pas à la maison avant cinq heures du soir.

— Nous avons tout le temps, ajouta-t-elle, le ton indéfinissable. Parle-moi de ce rêve.

À la nuance près, elle avait employé les mêmes mots qu'Auberviliers, et je songeai avec agacement que je commençais à me lasser de n'être qu'un objet d'étude.

Mais d'un autre côté, raconter me permettrait sans doute de fixer les détails avant de les coucher sur le papier, comme me l'avait expressément demandé la neurologue.

Résigné, je me servis un deuxième verre d'eau, puis je

m'exécutai.

L'histoire prit une dizaine de minutes, que Viviane écouta avec une attention que je ne lui avais jamais connue. Lorsque je terminai, elle hocha la tête plusieurs fois, les yeux dans le vague, puis elle but jusqu'à la dernière goutte le rosé qu'elle n'avait pas touché jusque-là. Il ne devait plus être très frais.

— Tu es déjà allé à Saint-Calixte ? questionna-t-elle enfin.

— Non. Jamais.

— Moi, si. C'est un des plus hauts villages de France encore habité à l'année, tu le savais ?

Je réprimai un mouvement d'agacement. J'agrippai le bord du seau à champagne dont le métal était trempé de gouttelettes de condensation, hésitant jusqu'à la dernière seconde entre l'eau et le vin. Je ne renonçai au rosé que parce que Viviane était là, ce qui accrut encore ma contrariété.

— Comment est-ce que je le saurais ? Je te répète que je n'y ai jamais foutu les pieds ! Ce sont sûrement tous les documentaires sur la guerre que j'ai vus la semaine dernière qui ont imprimé le nom dans mon subconscient. On y parlait des maquis de Haute-Savoie, j'imagine que le nom de Saint-Calixte a dû être cité.

— Et Tom Morel ?

— J'ai entendu Thibault et Charles en discuter.

— Mais c'est toi qui l'as cité le premier. Et quand nous avons mangé ensemble l'autre jour, Thibault ne t'avait pas encore donné ses DVD, je me trompe ?

Je me figeai, repassant le fil de la conversation. Elle avait raison, et je m'étais étonné moi-même de cette connaissance tout à fait insoupçonnée. Malgré l'anodin de notre discussion, une petite boule d'anxiété était en train de se former au fond de ma gorge.

Je m'éclaircis la voix, puis lâchai, évitant de la regarder

dans les yeux :

— Où veux-tu en venir exactement, Viviane ?

— Tu n'as pas dormi.

— Pardon ?

— Tout à l'heure, dans la voiture. À aucun moment tu n'as dormi, donc tu n'as pas rêvé non plus. Nous avons discuté pendant tout le trajet. Tu m'as parlé de ta femme...

— Ex, fis-je machinalement, m'efforçant de me raccrocher à quelque chose de tangible pour contrer le vertige.

— De ton ex-femme, corrigea Viviane, sans s'émouvoir, et de ton fils qui ne veut plus venir en vacances avec toi cet été. Et aussi de Haetsler et de la manière dont tu vas devoir t'y prendre, pour annoncer à David sans qu'il le tue qu'il t'a viré.

Paisible, elle se resservit du rosé. Je la considérai, abasourdi.

— Je t'ai dit qu'il m'avait viré ?

— Je ne l'aurais pas inventé. À ta place, je ne me poserais pas de question et je laisserais mon frère lui casser enfin le bras, ça ne serait pas cher payé, ajouta-t-elle, un très mince sourire passant fugitivement sur ses lèvres, avant qu'elle ne retrouve son sérieux. Je ne pense pas que c'était un rêve, reprit-elle. Je pense que c'était le souvenir d'une vie antérieure.

La suggestion me laissa sans voix. Une mouche courait sur mon bras, attirée par ma sueur, chatouillant ma peau désagréablement. Je tentai de l'écraser du plat de la main, mais je la ratai.

Je relevai les yeux vers Viviane.

— Je ne crois pas à ce genre d'élucubrations.

— Je sais. Tu me l'as dit cent fois. Certaines personnes ne croient pas non plus que la Terre est ronde, note bien. Les grandes réalités de l'univers n'ont que faire de ton avis.

— Placer l'astrophysique et l'ésotérisme sur un pied

d'égalité est assez osé, répliquai-je, aussi calmement que possible.

Elle allait répondre, mais un bruit de cavalcade sur les gravillons de l'allée l'en empêcha. L'instant d'après Charles apparut, en nage, essoufflé d'avoir couru. Thibault le suivait, qui se renfrogna nettement en nous apercevant installés dans son salon de jardin, en train de lui vider ses réserves de rosé. Il s'obligea à un signe de main lointain et minimement amical, puis obliqua vers la maison et disparut par la porte de la cuisine.

Viviane s'était levée, bras ouverts pour accueillir son neveu avec un enthousiasme qui n'était pas feint. Alors qu'ils se lançaient immédiatement dans une conversation qui comme toujours, durerait des heures, je baissai les yeux vers la table.

Sous mon verre, Viviane avait glissé sa carte, avec les coordonnées de son cabinet.

16

Une vie antérieure.

L'absurde idée me tint tout de même éveillé jusqu'au petit matin. Bravant l'interdit d'Auberviliers, je finis par aller fouiller l'armoire à pharmacie, où traînaient les somnifères que David ingurgitait systématiquement, les lendemains de garde de nuit. En avalant le petit comprimé blanc, je songeai avec presque de l'amusement que je ne me réveillerais peut-être jamais du long sommeil où le mélange de drogues allait me plonger. Ce fut ma dernière pensée consciente, avant de sombrer comme une masse.

J'émergeai dix heures plus tard, complètement déphasé, à l'envers dans mon lit avec les pieds sur l'oreiller. J'avais mal au crâne comme un lendemain de cuite, et mon premier réflexe fut de retourner à la salle de bains, chercher dans la réserve de médicaments une aspirine que j'avalai en même temps que l'antiépileptique expérimental d'Auberviliers.

Pour quelqu'un qui s'était engagé sur l'honneur à ne prendre aucun traitement sans avis médical, je faisais fort.

La maison était vide. David était au travail, Charles à l'école. Quant à Thibault, qui était chargé de corriger les copies du bac et à qui, dans cette perspective épuisante, l'Éducation nationale avait accordé une semaine de congés de « récupération anticipée », il n'avait pas dû se souvenir que David l'avait chargé de me servir de garde-malade.

C'était une excellente surprise.

Sans hâte, je me fis couler un café très fort tandis que je lavais la vaisselle de la veille, accumulée dans l'évier. Je ne gardais pas de souvenirs précis de la soirée. David était rentré tard et de mauvaise humeur, Thibault et lui s'étaient engueulés très vite pour une histoire stupide de riz trop cuit. Les pitreries de Viviane n'avaient pas suffi à détendre l'atmosphère, et Thibault était parti se coucher vers dix heures en prétextant une migraine.

Je n'en étais pas tout à fait sûr, mais il me semblait que David avait dû passer la nuit sur le canapé. L'idée que leur couple batte de l'aile me déstabilisait. Je n'appréciais pas Thibault outre-mesure, mais leur amour paisible et indifférent à la réprobation des âmes bien-pensantes constituait à mes yeux, depuis toujours, une sorte d'idéal rassurant. Alors que je me débattais dans un chaos affectif où ma femme et mon fils, les piliers de mon existence, m'abandonnaient tour à tour, l'éventualité que bientôt la maison du boulevard Pinel ne serait plus le havre de paix inamovible où je pouvais me réfugier me terrifiait.

Il allait falloir que je parle à David. Il ne m'avait jamais soufflé un mot d'une quelconque mésentente entre Thibault et lui, et je reconnaissais là ses habitudes surprotectrices.

— Exactement comme Cyrille..., murmurai-je à voix

haute, avant de me statufier comme je prenais conscience de ce que je venais de dire.

— Bon sang, je suis en train de perdre complètement la boule...

— Tu parles tout seul ?

La voix de Thibault me fit sursauter, et je faillis renverser mon café. Plus souriant que d'habitude, il posa sur la table un sachet rempli de croissants et le journal, et m'invita à m'asseoir d'un signe de tête nonchalant. Je piochai une viennoiserie dans le sac et attaquai, réalisant que je mourais de faim.

— Ce n'est plus vraiment l'heure du petit déjeuner, mais j'ai pensé que c'est ce qui te ferait le plus envie en te réveillant.

— Merci. C'est gentil.

Le croissant était délicieux et je n'en fis que trois bouchées, puis j'en pris un deuxième sans me poser de questions. Thibault en avait acheté une bonne demi-douzaine, à laquelle lui-même n'avait pas touché. Assis très droit, il buvait son café à petites gorgées en feuilletant son journal, mais ce fut lui qui reprit la parole, après une minute ou deux :

— Alors, qu'est-ce que tu te reprochais à toi-même, quand je suis entré, on peut savoir ?

Je tergiversai un moment, rassemblant les miettes de croissants en petits tas égaux autour de ma tasse vide. Thibault tourna une page, puis un autre. *Libé* titrait sur la déroute du gouvernement en place, à la suite d'un énième sondage confirmant la chute libre du président et de son Premier ministre. La photo de une montrait le chef d'État en train de discourir sous une pluie battante, les lunettes pleines de buée et les cheveux dégoulinants, image qui une fois de plus allait faire de la France la risée du monde entier.

Elle ne ressemblait plus à grand-chose, de nos jours, la

patrie pour laquelle Tom Morel et ses soldats de l'ombre avaient donné leur vie...

— Le Sterne, ça te dit quelque chose ?

Thibault baissa son journal.

— C'est un oiseau marin, non ?

— Je parle d'un homme. Quelqu'un de la Résistance, dans l'entourage de Tom Morel, qui aurait porté ce surnom.

— Morel ? Elle est tenace, ta nouvelle passion... David m'a dit que tu avais passé cinq jours collé à ton poste la semaine dernière, à enchaîner mes DVD à la file. Il n'était pas loin de m'engueuler de te les avoir prêtés, ajouta-t-il, mi-figue, mi-raisin, avant de poser tout à fait *Libération* et de quitter ses lunettes, le front plissé par la réflexion. Le Sterne... Non, ça ne me dit rien. Qui est-ce ?

— Je ne sais pas vraiment. Un proche de Morel, infiltré à la Kommandantur. Enfin... Je crois.

— Si l'histoire n'a pas retenu son nom, c'est que ça n'a pas dû bien finir pour lui, remarqua Thibault, sans émotion particulière, en tendant la main vers le sac pour prendre lui aussi un croissant.

J'opinai, le cœur accélérant légèrement, puis je demandai, l'air de ne pas y toucher :

— Tu sais si la Résistance a fait sauter un pont à Saint-Calixte, pendant l'hiver 1943-1944 ?

— La Résistance a fait sauter des tas de ponts ! répliqua Thibault, un peu interloqué par la question. C'est possible, oui. Pourquoi est-ce que tu t'y intéresses ? Tu veux écrire un livre ou quoi ?

— Bien sûr que non ! Je me demandais, c'est tout.

— Tu sais, je ne suis que prof d'histoire, je ne prétends pas connaître la période sur le bout des doigts, et encore moins les faits d'armes de chaque groupe de Résistance. Rien qu'en Haute-Savoie, à la fin de la guerre ils étaient plus de deux cents ! Tu as regardé sur Internet ?

— Pas encore.
— Commence par là. Ensuite, si tu ne trouves pas ton bonheur, tu pourras toujours consacrer une partie de ton arrêt-maladie à aller voir sur place. Entre les archives municipales et celles de l'église, tu devrais trouver toutes les réponses à tes drôles de questions...
— C'est une bonne idée.
Il me regardait avec curiosité, attendant visiblement que je lui en dise davantage. En me voyant me lever, il tenta de masquer sa déception par un léger sourire.
— Tu ne t'en vas pas loin, hein ? David me tuera si je te quitte des yeux.
— Tu m'as bien abandonné pour aller chercher les croissants.
— Tu ronflais comme un bienheureux. Et à propos, les oreillers, c'est plutôt pour poser la tête, pas les pieds.
— Très drôle. Je vais juste marcher un peu.
— Si j'entends les pompiers, je saurai que c'est pour toi, remarqua Thibault, se replongeant dans *Libé*.
Il avait l'air de penser ce qu'il disait.
— C'est ça, confirmai-je, avant de m'éloigner.
Dans la rue, un petit vent soufflait, rendant l'air plus respirable que dans le confinement du jardin, même en déambulant au milieu des fumées d'échappement.
Les mains dans les poches, je remontai Pinel en direction des Hôpitaux Est, puis j'obliquai à gauche sur l'avenue Rockefeller. Il y avait peu de monde, mais je croisai plusieurs ambulances sur mon chemin, éprouvant un pincement de nostalgie en répondant à leurs saluts.
Il allait falloir que je me décide à penser à l'avenir.
Bien sûr, il y avait Auberviliers et l'étude, rémunérée même si ce n'était pas une fortune. J'avais encore quelques économies, même si j'avais dû largement les entamer pour faire face aux frais de la séparation. Si je ne retrouvais pas du boulot très vite, je serais rapidement

incapable d'assumer à la fois la pension et le loyer. De nouveau, la perspective de devoir retourner à mon ancienne maison de Brindas me traversa l'esprit, aussi peu tentante que celle d'emménager chez David à plein temps. Bien qu'il me l'ait déjà proposé, je savais que Thibault ne le supporterait pas. J'avais assez de problèmes pour ne pas endosser en plus la responsabilité de l'explosion définitive de leur couple.

Fatigué de marcher, je m'assis lourdement sur un banc et me pris la tête dans les mains. Je me sentais désemparé, incapable d'envisager la moindre décision pour redresser le cap.

Peut-être que je déprimais. Peut-être que c'était la signification de ces rêves récurrents, où je me voyais en soldat, en héros, triomphant de l'ennemi au péril de ma vie alors qu'en réalité, je n'étais même pas capable de me faire respecter de mon fils, de m'opposer à ma femme ou au moins de casser la gueule à son amant.

Découragé, je fouillai ma poche à la recherche de mon paquet de cigarettes, et j'y trouvai la carte professionnelle de Viviane. Je la considérai un moment, avant de la froisser et de la balancer sur la chaussée, exaspéré.

Je n'en étais pas là. Pas encore au point de croire à ses délires de vie antérieure, pas au point de lui demander de l'aide.

— Au nom du Christ, qu'est-ce qui t'a pris ?

Avant que j'aie eu le temps de réagir, des mains solides m'empoignèrent sous les aisselles et me tirèrent violemment en arrière. En instinct, je contractai les muscles de mon dos, m'attendant à heurter de plein fouet le dossier du banc, persuadé qu'un voyou m'agressait pour me voler mes cigarettes. Bien que d'apparence tranquille, le quartier était réputé pour les toxicomanes qu'on y croisait régulièrement, sans doute à cause de la proximité des services d'urgence.

En réflexe, je me débattis, prenant progressivement conscience que mon dos n'avait cogné sur aucun obstacle, et que le sol où l'inconnu me hâlait sans douceur était recouvert de neige. Une douleur lancinante me déchirait le ventre.

— Il faut se replier ! Les hommes ne tiendront pas longtemps !

On me lâcha enfin, et je me recroquevillai immédiatement sur le côté, en chien de fusil, la joue dans la neige et la boue, luttant pour ne pas hurler de douleur.

— Fais voir, Ben !

Des mains tentèrent de soulever mon pull, aussitôt empêchées par d'autres, plus brutales.

— Cyrille, on n'a pas le temps ! Il faut fuir, pendant qu'on le peut encore !

— Tu me demandes de l'abandonner ?!

Je n'y voyais rien, mon champ de vision voilé par des ombres dansantes. Autour de nous, lointaines, je percevais les explosions saccadées du feu nourri des fusils.

J'étais revenu à Saint-Calixte, le diable si je savais comment. Tout ce que je pouvais dire, c'est que je n'étais ni en train de dormir, ni de convulser, et que la douleur qui me déchirait le flanc n'avait rien d'un tour que m'aurait joué mon imagination.

— Cyrille..., soufflai-je, tendant une main tremblante dans la direction de sa voix.

Des doigts se refermèrent sur les miens, puis on me releva, si rudement que le contenu de mon estomac reflua vers ma bouche, mêlé de sang. Je dus vomir, sans que personne ne s'en offusque, sentant à peine mon bras se soulever puis un corps se plaquer contre le mien. Une main se cala autour de ma taille, crochetant ma ceinture fermement au moment où mes genoux se dérobaient.

— Cyrille, il ne tient pas sur ses jambes, je t'en prie. On ne peut pas se permettre de vous perdre tous les deux.

Péniblement, j'entrouvris les paupières, distinguai la silhouette massive d'Augustin, devant nous. Nous étions dans une ruelle, probablement perpendiculaire aux ruines du pont. La fusillade se poursuivait toujours, assourdie par le rempart des maisons. Une main se posa sur ma joue, et je reconnus, dans un second temps, la fille au manteau vert que j'avais protégée de mon corps, encaissant une balle ou deux.

Je baissai les yeux, considérai mon pull et la cuisse droite de mon pantalon inondés de sang. À nouveau, je vacillai sur mes jambes, et Cyrille me redressa d'une secousse.

— Je ne l'abandonne pas, lâcha-t-il sourdement, en même temps qu'il se mettait en marche, me portant plus qu'il ne me soutenait.

La tête me tournait de plus en plus, et au moment où mes jambes allaient se dérober tout à fait, je sentis mon autre bras se soulever, et quelqu'un se coller à moi de l'autre côté.

Ce n'était pas la carrure imposante d'Augustin, qui nous dépassait Cyrille et moi d'une tête ou deux.

— On va chez mon père, fit une voix de femme, fluette mais étonnamment décidée.

Nous nous étions remis en marche, ou plutôt ils me traînaient, mes deux pieds glissant au sol, ma conscience presque totalement anesthésiée. Dans un brouillard, j'entendis Augustin, la voix étouffée :

— On fera tout pour les ralentir. Dieu vous garde.

— Dis à Tom qu'on sera à son rendez-vous, rétorqua Cyrille, le ton très dur, avant d'ajouter, la voix hachée par l'effort : Ton père nous refusera son aide, Mélaine. Il pactise avec Vichy.

— J'aurais pensé que toi, curé, tu saurais voir au-delà des apparences.

Mélaine... Le prénom me disait quelque chose, mais mon

cerveau peinait à se rappeler. Est-ce que je la connaissais ? Et dans ce cas, pourquoi ne l'avais-je pas reconnue, tout à l'heure ?

Mon frère et elle allaient vite, me traînant dans leur sillage comme un poids mort. De nouveau, je vomis du sang dans un hoquet, sans qu'ils ralentissent. Les échanges de tirs, derrière nous, se faisaient plus rares, on entendait, étouffés, des bruits de moteur et des cris.

— Ils vont fouiller les maisons, réussis-je à articuler. Ils nous trouveront. Cyrille... Va-t'en d'ici, je t'en supplie.

Les images de son exécution, aussi floues que le reste, surnageaient dans mon esprit brouillé. Il me répondit, mais je ne compris pas ce qu'il disait.

Ils tournèrent à gauche, ensuite, je sentis qu'on montait des marches, une porte s'ouvrit, presque aussitôt, livrant passage à un homme en bleu de travail, une casquette à carreaux enfoncée sur la tête.

Ferrant, pensai-je aussitôt, tandis qu'en un éclair tout revenait. Ferrant, le garagiste, l'ancien ami de mon père. De la Première Guerre, il avait ramené une Allemande, qu'il avait épousée contre l'avis de tous. Elle était morte en couche, vingt-cinq ans plus tôt, lui laissant Mélaine, sa fille unique, son trésor. Pour la préserver de l'hostilité des villageois, il ne l'avait jamais mise à l'école et l'avait élevée seul. Quand la Seconde Guerre était venue, la méfiance des habitants de Saint-Calixte s'était changée en haine, et tout le monde leur avait définitivement tourné le dos. Ferrant avait dû fermer le garage, faute de clients. On disait qu'il était à la solde des Allemands, qu'il renseignait la Gestapo et qu'il avait contribué à dénoncer nombre de résistants. Beaucoup de maquisards rêvaient d'avoir sa peau.

Cyrille avait raison. Se réfugier chez Ferrant était une folie.

— Qu'est-ce que vous foutez ici ?

Mélaine répondit en hâte, sans doute pour empêcher Cyrille de parler :

— Ils ont fait sauter le pont. Les Allemands sont sur leurs traces.

— Et puis après... ? Qu'ils aillent au diable, qu'est-ce que tu veux que ça me fasse ?

— Papa, je t'en prie... Benjamin a été blessé en me protégeant, implora Mélaine.

Rester debout sans bouger était encore pire que marcher. J'évoluais dans du coton, je ne savais plus où j'en étais.

— Cyrille, soufflai-je, il faut prévenir Auberviliers. Prends mon portable et appelle David, il a son numéro...

Je me sentis partir en avant, au ralenti, et plusieurs mains me retinrent, puis m'allongèrent au sol. Je tentai encore d'écarquiller les yeux, mais tout devenait sombre. C'était sans doute l'effet que ça faisait, quand on était en train de mourir.

17

— Benjamin ? Est-ce que tu m'entends ?

La voix de Cyrille était presque inaudible tant il parlait bas, ses lèvres collées à mon oreille. Mollement, je secouai la tête.

— Benjamin ? insista-t-il, puis, sans prévenir, il me gifla tandis qu'il soufflait, sèchement : Pour ton blasphème de tout à l'heure. Dieu est patient, n'en abuse pas.

Dieu est patient, n'en abuse pas.

Dans un sursaut, j'ouvris les yeux. J'avais déjà entendu cette phrase, déjà vécu ce moment. Sous le coup de la brusque angoisse qui me submergeait, tout mon corps s'inonda de sueur, tandis que je levai en aveugle les deux mains au-dessus de moi, sachant déjà qu'elles seraient bloquées par le plancher de bois sous lequel Cyrille et moi étions couchés.

La cache, chez Ferrant le garagiste.

À nouveau, une peur atroce m'envahit alors que les soldats allemands investissaient la maison. Je me souvenais de tout. Du corps de Cyrille collé au mien, de l'obscurité profonde, totale, de l'odeur de renfermé et de moisi du réduit minuscule où nous étions terrés, avec à peine assez d'air pour deux.

Des larmes d'horreur et de panique me montèrent aux yeux. Il fallait que cette folie s'arrête ! Si c'était un effet secondaire du Xylophenolate, si le prix à payer pour ne plus avoir de crise d'épilepsie était ces hallucinations épouvantables, répétées à l'infini, j'aimais mieux tout arrêter, tout de suite. Je préférais encore la maladie, l'invalidité, tout plutôt que ce cauchemar récurrent où mon esprit se perdait.

J'allais hurler, quand la main de Cyrille m'écrasa les lèvres. Avec une vertigineuse sensation de déjà-vécu, je sus que son bras allait me bloquer la poitrine avant qu'il amorce le geste, et tendis maladroitement les mains en avant pour l'en empêcher. Mon mouvement brusque réveilla la douleur de mon flanc, m'arrachant un gémissement étouffé par ses doigts. Embrumé, je sentis son bras se poser en travers de mon torse, tandis que des larmes d'impuissance inondaient mes joues.

— Tu saignes. Pour l'amour de Dieu, arrête de bouger. S'ils nous trouvent, on est tous morts, toi, moi et les Ferrant avec.

Je me souvenais de ces mots, des bruits de pas au-dessus de nous, de l'échange en allemand, entre Ferrant et les officiers nazis. Comme la première fois, je suffoquais d'horreur et d'incompréhension.

D'instinct, j'avais saisi le poignet de Cyrille, sans qu'il me libère. Le sang coulait sans discontinuer de ma blessure au ventre. Sa main glissa vers le bas, sans que je trouve la force de l'en empêcher.

Quand il appuya sur les chairs à vif, je sombrai aussitôt.

J'ouvris les yeux ce qui me semblait l'instant d'après, m'attendant à me retrouver une nouvelle fois face à Auberviliers et à son assistant dans le service de radiologie, mais ce n'était pas le cas.

J'étais couché dans un lit nettement plus confortable que le brancard de l'IRM. La pièce était sombre et sentait la citronnelle, mêlée à l'odeur de l'encaustique. Les murs étaient tapissés d'étagères remplies de livres du sol au plafond. Une lampe à pétrole était posée sur la table de chevet, à côté d'un broc en faïence et d'une bassine assortie. En face du lit, Mélaine, un chat noir ronronnant sur les genoux, me regardait en se balançant sur un fauteuil à bascule. Débarrassés du fichu qui les avait retenus sur le pont, ses cheveux roux encadraient son visage auquel l'unique source d'éclairage, sur le chevet, donnait des reflets cuivrés. Elle était toujours vêtue de son manteau vert dans cette pièce sans chauffage. Même blotti sous les couvertures, je grelottais de froid.

Avec effort, je me redressai sur le matelas, portant instinctivement la main à mon ventre. J'étais torse nu, l'abdomen ceint d'une bande de gaze maintenant un pansement un peu rougi.

J'avais nettement moins mal.

— Comment est-ce que tu te sens ? demanda Mélaine, le visage sérieux.

Elle se pencha en avant et le chat, dérangé, sauta de ses genoux jusqu'au lit avec un feulement de protestation. Dignement, il traversa le court espace qui nous séparait, vint me regarder de près, puis une fois que je l'eus machinalement caressé il me tourna le dos, princier, sauta sur le plancher et disparut par la porte entrebâillée.

Je dévisageai Mélaine, sans qu'elle ne se départisse de son expression grave. Je me demandais maintenant comment j'avais pu ne pas la reconnaître, plus tôt sur le pont. Si son père l'avait soustraite à la compagnie des enfants du village en choisissant de ne pas la mettre à l'école, il ne l'avait pas cloîtrée pour autant. Solitaire par nécessité, conditionnée par une méfiance et une peur de l'autre qui n'étaient même pas les siennes, elle rôdait souvent autour de nous, les jeudis quand en bande de gamins nous allions en montagne ou au lac. Farouche, elle décampait à la moindre tentative de rapprochement, et nous nous étions habitués au fil du temps à sa présence silencieuse, jamais très loin de nous mais toujours hors de portée.

Cyrille, plusieurs fois, lui avait parlé. Peut-être parce qu'il était l'émissaire de Dieu et que Mélaine lui prêtait une bonté que selon elle, les autres humains ne pouvaient avoir, encore maintenant il était un des seuls, au village, à qui la sauvageonne fasse confiance. Bien que je sois son frère, la grâce dont il bénéficiait ne s'étendait pas à moi, et jamais Mélaine ne m'avait adressé la parole. Avais-je jamais rêvé d'elle, m'étais-je plu à inventer entre nous des sentiments que son indifférence princière et sa beauté sublimaient ? Je ne m'en souvenais pas, mais l'intense émotion que j'éprouvais en la contemplant ne pouvait pas me tromper. Mon cœur la reconnaissait, et brusquement j'en étais presque sûr, je l'avais aimée.

Elle était divine.

J'ébauchai un sourire timide.

— Je me sens mieux, dis-je, la voix éraillée.

— Papa t'a soigné. Il a extrait deux balles. Il a dit que tu avais perdu beaucoup de sang. Il faut que tu te reposes.

Je secouai la tête en dénégation, repoussant les couvertures pour basculer mes jambes hors du lit. Je ne me sentais pas très vaillant, mais certainement assez pour partir d'ici. De l'autre côté de la cloison, j'entendais les voix de Cyrille et de Ferrant. Ils parlaient trop bas pour que je distingue leurs propos, mais le ton était vif.

Je me levai prudemment, empêché pourtant d'avancer par Mélaine, venue se camper devant moi sitôt que je m'étais mis debout.

— Tu as perdu la tête ? Tu dois garder la chambre, rallonge-toi tout de suite.

— Je vais bien. On ne peut pas rester ici.

— Tu n'es pas en état d'enmontagner.

— Bien sûr que si.

— Elle a raison, Benjamin, coupa mon frère, entrant dans la chambre sans que je l'aie entendu arriver, Ferrant sur ses talons.

Je sursautai, dardant vers lui un regard de reproche tandis qu'il contournait le lit. Il était beaucoup plus pâle qu'à l'ordinaire, et son air grave m'alarma immédiatement.

— Cyrille, qu'est-ce qui se passe ?

— Henri et le Centurion ont été arrêtés, laissa-t-il tomber avec réticence.

Je fronçai les sourcils, sans comprendre. J'avais beau fouiller ma mémoire, je ne voyais absolument pas de qui il me parlait. Je ne connaissais qu'un Henri, un gentil infirmier anesthésiste qui bossait en Réa, à Grange Blanche, et avec qui j'échangeais toujours quelques mots amicaux, quand David et moi lui amenions des patients au déchocage. Henri Michalon, c'était son nom, je m'en souvenais parfaitement comme du fait que Cyrille ne pouvait pas le connaître, puisqu'il s'en fallait d'une trentaine d'années avant qu'il ne vienne au monde.

Seigneur, j'avais besoin de m'asseoir.

J'avais dû blêmir, car Cyrille et Ferrant se précipitèrent pour m'agripper chacun par un bras et m'accompagner jusqu'au lit, où ils me forcèrent à me rallonger.

— Ils les libéreront peut-être, tempéra mon frère, se méprenant sur la cause de mon malaise. Ils n'ont pas de preuve contre eux.

— Tu crois qu'il leur en faut ? rétorqua Ferrant, dans sa barbe. À l'heure qu'il est, ils doivent déjà être passés en cour martiale... Prie ton Dieu pour le salut de leurs âmes, curé, c'est tout ce que nous autres, nous pouvons faire pour ces deux pauvres bougres...

Cyrille se mordit les lèvres, cherchant mon regard d'un air soudain désemparé.

— Comment est-ce que tu l'as su ? soufflai-je.

— Je le sais, c'est tout.

— Et les nôtres ?

— Claudius et Silvère sont tombés sur le pont. Augustin a dû réussir à s'en sortir, Pascal aussi. Les autres, je ne sais pas.

Silvère était mort. J'eus un haut-le-cœur, en songeant au messager tout juste sorti de l'enfance, qui quelques heures plus tôt claquait des talons en se mettant au garde-à-vous devant nous.

— Ce gamin était à peine plus vieux que Pierrick..., murmurai-je pour moi-même, atterré.

Il y eut un léger silence, puis Cyrille demanda, d'un ton bizarre, ses prunelles incolores braquées dans les miennes :

— De quel Pierrick est-ce que tu parles ?

Je secouai la tête sans répondre, tandis que Mélaine, percevant mon désarroi, s'asseyait au bord du lit et venait glisser sa main dans la mienne. Le doux contact de ses doigts, inattendu, acheva de me déstabiliser et je détournai le regard, sentant mon cœur s'emballer.

— Benjamin va rester ici, alors ? questionna-t-elle sans regarder ni Cyrille, ni son père en face.

Tous les deux échangèrent un bref regard, puis Ferrant répondit, en me fixant :

— C'est le mieux. Les Boches ne viendront pas te chercher ici.

— Pas question ! Cyrille, dis-leur ! implorai-je, un peu

puéril. Tom nous attend.

— J'irai, Ben.

Son ton, définitif, presque froid, figea sur mes lèvres l'argumentaire que je m'apprêtais à lui servir. Déjà vaincu, comme du temps de nos querelles d'enfance où il avait toujours le dernier mot, je m'enfonçai dans l'oreiller, serrant les doigts de Mélaine plus fort dans les miens.

— Je reviendrai te chercher. Dans deux ou trois jours, dès que tu seras assez remis pour marcher sans danger dans la neige et le froid.

— Je peux tout à fait...

— Benjamin. J'ai dit non, coupa Cyrille avec fermeté.

Malgré moi, je me mordis les lèvres, puis je lâchai, presque inconsciemment :

— Ce sera trop tard. Dans deux ou trois jours, je ne serai peut-être plus là.

Dans ma voix devait filtrer une vraie détresse, car Mélaine de nouveau imprima à mes doigts une pression rassurante, tandis que Cyrille haussait un sourcil. Alors que Ferrant, gêné ou bien lassé, se levait et quittait la pièce, mon frère souffla alors, avec beaucoup d'affection dans le ton comme pour tempérer la rudesse du propos :

— Ne dis pas ce genre d'âneries, imbécile.

Puis il s'éclipsa, sans autre forme d'au revoir, en refermant avec soin la porte derrière lui.

18

Je dormis les quinze heures suivantes d'un sommeil très lourd, puis m'éveillai avec le soleil, à l'aube du jour d'après.

Le chat me fixait avec l'attention immobile d'une statue. Mélaine était endormie, pelotonnée dans le fauteuil à bascule, un livre ouvert à l'envers sur ses genoux.

J'étais donc toujours ici.

La succession des événements, la violence des émotions

et plus encore de mes sensations, douleur en tête, ne me laissaient plus aucun doute. Aussi dément que cela semble, j'étais réellement en 1944, en pleine guerre mondiale. Plus étrange encore, je n'y étais pas brusquement apparu, comme c'était le cas dans à peu près tous les films de science-fiction que j'avais pu voir sur le sujet. Si j'en croyais mon entourage et, nom de Dieu, jusqu'à mes propres souvenirs, j'étais né dans ces montagnes, à Saint-Calixte, et j'avais toujours vécu dans la vallée du Giffre, dans le chalet construit par Séraphin Sachetaz, mon arrière-grand-père. Mon père était mort pendant la Grande Guerre alors que j'étais encore enfant, et j'avais été élevé par Cyrille, mon aîné de presque sept ans, beaucoup plus que par ma mère que le décès de son mari avait terrassée à jamais. Elle vivait toujours, retirée chez une cousine, à Nice, loin des montagnes dont elle ne réussissait plus à supporter la vue. Nous la voyions rarement, et depuis 1939 plus du tout.

J'imagine que nous ne lui manquions pas plus qu'elle ne nous manquait à nous...

Cyrille avait effectué son séminaire à Sainte-Foy-Lès-Lyon, puis il avait passé quelques années au Vatican, où simple prêtre il avait pourtant côtoyé Eugenio Pacelli, qui deviendrait le pape Pie XII et avec qui il était toujours en lien. J'avais fait Saint-Cyr, et intégré le 27e BCA[2] d'Annecy au grade de lieutenant. Quand les Allemands avaient dissout l'armée d'armistice et envahi la zone libre, avec des dizaines d'autres j'avais pris le maquis.

Il y avait plus de quinze mois, maintenant.

Les souvenirs de cette période de clandestinité comme de ma vie paisible d'avant la guerre coexistaient maintenant avec ceux de mon mariage avec Sylvie, de la naissance de Pierrick et de mon quotidien d'ambulancier.

---

[2] Bataillon de Chasseurs Alpins

De mes premières courses en montagne, des pleurs de ma mère quand la lettre annonçant la mort de mon père au combat était arrivée, ou de l'ordination de Cyrille, je gardais la mémoire aussi vive que de mon enfance lyonnaise ou de la rencontre avec ma femme, dans une guinguette des bords de Saône où nous avions mangé des grenouilles et dansé sous les arbres jusqu'aux premières lueurs de l'aube.

Comment pouvais-je vivre deux vies à la fois ? Par quel incroyable phénomène ma conscience avait-elle décidé de passer de l'une à l'autre, et que m'arrivait-il lorsque je n'étais pas là ? Comment pouvais-je continuer à agir, à réfléchir ? Alors que je reposais dans ce lit, veillé par Mélaine Ferrant et son chat, qu'arrivait-il à Benjamin Teillac, que j'avais laissé sur son banc avenue Rockefeller, en 2014 ? Est-ce que j'avais perdu conscience ? Étais-je en train de convulser sur le trottoir, plongé dans une crise d'épilepsie plus longue qu'elle ne l'avait jamais été, et dont mon cerveau sortirait lessivé pour l'éternité ?

Et si je ne revenais pas ? Les fois précédentes, le sommeil ou l'inconscience avaient suffi à me ramener au XXIe siècle, mais ça n'avait plus l'air de fonctionner. Est-ce que le médicament d'Auberviliers avait quelque chose à y voir ?

Trop de questions se bousculaient, je n'arrivais pas à réfléchir correctement.

En faisant le moins de bruit possible pour ne pas réveiller Mélaine, je m'extirpai du lit. Le repos avait été bénéfique, ma blessure ne me faisait presque plus souffrir et je marchais droit.

Le plancher craqua sous mes pieds nus, mais pas au point de réveiller la jeune femme endormie. Avant de sortir de la chambre, je lui jetai un très long regard, émerveillé une fois de plus par sa beauté. Dans le sommeil, son visage perdait cette morgue un peu intimidante qu'elle opposait en défense à ceux qui l'approchaient. Sa main pendait au-dessus de l'accoudoir, ses cheveux roux masquaient son œil et sa joue, abandon adorable, et j'eus soudain l'irrépressible envie de venir, d'une caresse, effleurer ses lèvres entrouvertes avec les miennes.

Le chat s'était dressé, me considérant d'un œil froid, comme s'il lisait mes pensées inavouables. Je m'ébrouai, crispant les mâchoires.

Qu'est-ce qui m'arrivait, bon sang ? Cette fille avait presque dix ans de moins que moi, et je la connaissais à peine. Et s'il n'y avait eu que ça... Mélaine était la fille de Ferrant, dont tout le monde savait les sympathies pour Vichy. Qu'il ne nous ait pas dénoncés, la veille, lorsque Cyrille et moi nous étions réfugiés chez lui relevait du miracle. Sans doute l'ancien garagiste avait-il un semblant d'honneur, et il avait voulu, au-delà de nos prises de position très opposées, nous prouver sa reconnaissance de lui avoir ramené Mélaine saine et sauve.

Mais un collabo restait un collabo, et je ne pouvais pas prendre le risque de m'éterniser plus longtemps dans cette maison, pas plus que je ne pouvais me permettre de laisser libre court à l'élan qui me poussait vers Mélaine.

Cyrille avait une foi si inébranlable en la bonté de l'homme qu'il aurait pu, je le savais, accorder son pardon au pire des nazis pour peu que celui-ci le lui demande, mais ce n'était pas mon cas. Que Ferrant nous ait aidés ne changeait rien à ce qu'il était : un collabo dont la fille était à moitié allemande, et que les Fritz appelaient par son prénom.

Je ne pouvais pas rester ici.

À pas de loups, je remontai le couloir, enfilant aussi silencieusement que possible mes vêtements, récupérés sur le dossier de la chaise à l'entrée de la chambre. Quelqu'un, Mélaine sans doute, les avait lavés et repassés, allant même jusqu'à repriser la chemise et le pull troués par les balles.

Y repenser, quand dans l'action je n'avais pas ressenti la moindre crainte, me glaçait d'une terreur indicible. Si les expériences de nos vies passées influençaient directement les suivantes, je m'expliquais maintenant pourquoi, au siècle suivant, je prendrais en horreur les armes et la violence.

Il faisait encore plus froid dans le couloir que dans la chambre. D'un coup d'œil à la fenêtre, je constatai qu'il avait dû neiger dans la nuit. D'ici, on apercevait la rivière, et des enfants emmitouflés qui jouaient sur la berge. Ils avaient construit un bonhomme de neige presque plus grand qu'eux. Ils l'avaient affublé d'un casque à pointe, d'une branche d'arbre épaisse, en travers de son corps pour simuler un fusil. Alignés à cinq ou six mètres, ils le bombardaient à tour de rôle de boules de neige, imitant la folle cruauté qui conduisait des hommes à en fusiller d'autres, au nom d'idées qu'ils n'avaient même pas conçues eux-mêmes.

Effroyable était la guerre, qui anéantissait tout, jusqu'à l'innocence des enfants. Je dus détourner les yeux, m'accrochant d'instinct au rebord de la fenêtre comme les images de l'exécution de Cyrille, vision récurrente et toujours aussi insupportable, revenaient en force.

C'était absurde. Il allait bien. Il était encore là hier, et il devait avoir rejoint Tom à l'heure qu'il était, quelque part entre Entremont et Saint-Sixt où j'aurais dû l'accompagner. En me dépêchant, je pouvais peut-être les y retrouver.

Je franchis les derniers mètres du couloir, débouchai dans la cuisine où le poêle était allumé et où il faisait chaud. Sur la table, il y avait une miche de pain bis et un litre de rouge entamé sur lesquels je me jetai presque comme un animal. Il y avait bientôt deux jours que je n'avais rien avalé. Me retenant d'y mordre à pleines dents, je déchirai une tranche de pain épaisse et m'en bourrai la bouche, arrosant le tout d'une lampée de vin que je bus au goulot. La mie était fondante, avec ce petit arrière-goût acidulé du levain frais qu'à l'heure industrielle les boulangeries des années 2000 n'utilisaient plus.

Le silence était total, presque étouffant. La réverbération de la neige, au dehors, éclairait la pièce malgré l'étroitesse des ouvertures. La cuisine était spartiate, meublée d'une gazinière à bois sur laquelle mijotait une marmite en étain cabossée, d'une pierre d'évier et dans un angle, d'une armoire qui devait contenir la vaisselle et les quelques denrées que les tickets de rationnement permettaient de stocker.

À moins que les sympathies de Ferrant avec la Milice lui permettent de bénéficier de quelques faveurs, au rang desquelles un approvisionnement en produits frais, assuré par les réquisitions de la Kommandantur auprès des paysans du coin. Alors que dans nos montagnes clandestines, nous crevions de froid et de faim, les pétainistes comme Ferrant s'enrichissaient sur le dos des honnêtes gens, ce n'était un secret pour personne. Je fixai l'armoire, persuadé brusquement qu'il y avait là, sans doute, de quoi nourrir mes gars pendant une semaine, peut-être deux. Depuis combien de temps est-ce que nous n'avions pas mangé de pain aussi frais que celui que j'avais encore dans la bouche ? Je ne m'en souvenais même pas.

Avec une rage soudaine, je traversai la pièce vide, attrapai au passage un panier d'osier pendu à un clou, résolu à le remplir d'autant de victuailles que je pourrais en porter. D'un geste très brusque, j'ouvris l'armoire en grand.

Elle était vide.

— Qu'est-ce que tu fabriques ? fit la voix de Ferrant, dans mon dos, m'arrachant un violent sursaut. C'est comme ça que tu me remercies de vous avoir sauvé la peau, à ton frère et à toi ? Qu'aurait dit ton père, s'il avait su que son cadet n'était qu'une fripouille et un voleur ?

La soudaineté de son irruption autant que l'affront me firent crisper les mâchoires, et je me retournai d'un bloc. En réflexe, je lâchai le panier vide et dressai les deux poings, en garde comme sur un ring avant l'assaut.

Ferrant me toisa, ouvertement sarcastique. Il portait un manteau noir et long comme une cape, et en-dessous un costume en velours qui allait mal avec sa mine rougeaude de campagnard. Des flocons de neige maculaient ses épaules et s'accrochaient à ses cheveux. D'où revenait-il, habillé aussi cérémonieusement ? D'une rencontre avec les sentinelles allemandes qui campaient un peu partout, dans les fermes tout autour d'ici ? Est-ce qu'il m'avait dénoncé ?

Un frisson glacé me gela l'échine.

— Qu'est-ce que tu comptes faire, Benjamin ? Me cogner, alors que tu tiens à peine debout ?

— Je n'ai pas de leçon à recevoir d'un salaud qui a fait allégeance au Maréchal.

— Quoi que tu penses, tu te trompes. Et n'oublie pas que le salaud t'a sauvé la vie, répliqua-t-il, sans s'émouvoir, puis, désignant une chaise : Viens t'asseoir au lieu de débiter des conneries. On a à parler.

J'hésitai légèrement, finissant tout de même par m'apercevoir que je me tenais toujours dans la même attitude ridicule, les poings levés. Je les baissai aussitôt, déboussolé.

Ferrant ne faisait pas attention à moi. Dos tourné, il s'était occupé de couper du pain, puis de disposer sur la table le couvert pour trois personnes. En le voyant prendre la marmite sur la gazinière, puis servir dans les assiettes creuses une soupe d'un vert très clair, j'esquissai une grimace dégoûtée. Il devait être à peine huit heures du matin, et mon estomac aurait largement préféré un des croissants au beurre que Thibault m'avait rapportés, le matin précédent.

Ou plutôt, me rapporterait dans soixante-dix ans.

La tête commençait à me tourner de nouveau et je vins m'asseoir, tandis que Ferrant hélait Mélaine, toujours dans la chambre.

— C'est servi !

— Qu'est-ce que c'est ? demandai-je, humant avec circonspection le liquide bizarre qui remplissait mon assiette, et qui exhalait une odeur déconcertante d'herbe pourrie.

Ferrant interrompit la succion bruyante de sa cuillère pour me dévisager, surpris.

— Dame, de la soupe d'ortie, bien sûr ! C'est d'en avoir trop ingurgité que tu ne la reconnais plus, garçon ? Vous n'avez pourtant guère autre chose à vous mettre au fond de l'estomac, là-haut, à ce que Cyrille m'en dit.

Prudemment, je trempai ma cuillère dans la soupe, puis la portai à ma bouche et goûtai, du bout des lèvres. Le breuvage était bouillant, le goût plus neutre que l'odeur ne le laissait supposer. J'avalai, me brûlant la langue, remerciant Ferrant des yeux comme il posait devant moi une autre tranche de pain.

— Trempe et laisse boire la mie. Ça te tiendra mieux au ventre, conseilla-t-il, presque paternel soudainement.

De l'autre côté du mur, le bruit d'une chaise qu'on traînait au sol nous parvint, puis celui de l'eau, versée du broc dans la bassine. Mélaine devait faire sa toilette, et fugitivement, tandis que je l'imaginais, nue devant le lit qu'un instant plus tôt j'avais occupé, je sentis revenir le désir que j'avais eu d'elle pendant qu'elle dormait.

Je me mordis l'intérieur de la joue, fort, pour calmer la brûlure qui enflait dans mon bas-ventre. Ferrant me dévisageait toujours, l'air songeur. J'avais dû rougir, et je me forçai à avaler trois cuillères de soupe bouillante à la suite pour retrouver une contenance, honteux et furieux de l'être. Je m'étranglai un peu.

— Tu as l'air de très bien t'entendre avec Cyrille, dis-je enfin, après avoir repris mon souffle.

— Il sait que Dieu seul a le droit de juger les hommes, répliqua Ferrant, un peu lointain.

— Et ta conscience ? Elle ne te torture pas, Noël ? Comment peux-tu supporter d'être le complice de ces... ces...

Je ne trouvai pas le mot, et il me contempla avec un sourire indulgent.

— Le sang de tous les hommes est de la même couleur, et tous autant que nous sommes nous l'avons sur nos mains. C'est de cela que nous devrons répondre, quand viendra le jugement. Aurais-tu pensé que ta cause était moins noble, si tu étais né de l'autre côté du Rhin ?

— Tu dis cela parce que tu as épousé une Bavaroise, dis-je, baissant le ton, de crainte que Mélaine entende.

Il haussa les épaules, le regard lointain, puis fouilla sa poche de chemise. Il en sortit des cigarettes, m'en tendit une, sans chercher à dissimuler le paquet qui était de marque allemande. Je faillis refuser, mais j'avais trop besoin de nicotine. Il craqua une allumette, alluma ma cigarette, puis la sienne.

— Tu te sens capable de monter jusqu'au col ? questionna-t-il, à brûle-pourpoint.

Je sursautai, mon cœur s'emballant dans ma poitrine.

— Quel col ? demandai-je, m'obligeant à conserver une soigneuse neutralité de ton.

— Ne te fatigue pas. Je sais très bien comment tu occupes tes journées, quand tu ne fais pas sauter des ponts. Le chemin du col des Coux est plus facile, mais ce n'est pas celui que je te conseillerais, dans les prochains jours. Ils ont renforcé les patrouilles à la frontière. On dit que les Suisses refoulent les juifs par dizaines, et qu'ils livrent des familles entières aux Allemands. Ils sont déportés vers l'est, et personne ne sait vraiment ce qui advient d'eux ensuite.

Il s'interrompit, tandis que dansaient devant mes yeux les images épouvantables et trop connues des camps de la mort, bunkers sordides devant lesquels, décharnés et en haillons, posaient les si rares survivants. Se pouvait-il que Ferrant ne le sache pas ? Probablement, dans le fond. La solution finale, si mes souvenirs étaient bons, n'avait été révélée aux yeux du monde qu'à la Libération.

— Ils les parquent dans des camps de concentration. Il y en a partout, la plupart en Allemagne, comme à Ravensbrück ou à Dachau. Ils exterminent les Juifs, et aussi les Tziganes, les homosexuels, les Francs-Maçons... Ils y envoient aussi ceux des nôtres qu'ils ne fusillent pas sur place, et en général tous ceux qui ne sont pas comme eux, soufflai-je, la voix un peu rauque.

Cette fois, ce fut au tour de Ferrant de sursauter, lâchant sous l'effet de la surprise sa cuillère dans son potage.

— Ce sont des rumeurs, lâcha-t-il finalement, après m'avoir examiné avec le même genre de regard que David, lorsqu'il fouillait mon âme. Personne n'a de preuves.

— Crois-moi. Tu ne peux pas avoir de sympathie pour ces gens-là, Noël.

— D'où le sais-tu ? insista-t-il, troublé et presque en colère.

— C'est... compliqué à expliquer.

— Compliqué, hein... ? Tu sais ce que je pense ?

— Dis toujours.

— Soit tu es fou, soit c'est toi, qui es à la botte des nazis. Quel autre moyen aurais-tu de savoir, autrement ?

Il laissa passer un temps, puis il reprit, le ton changé :

— Je ne travaille pas pour le Reich, Ben.

À son regard, je sentais qu'il était sincère. À mon tour,

je reposai ma cuillère et le fixai dans les yeux. Comme une ombre, Mélaine arriva dans la cuisine, se glissa sur sa chaise en silence et se servit de la soupe, faisant le moins de bruit possible. Je crus que l'arrivée de sa fille allait museler Ferrant, mais ce ne fut pas le cas.

— Je suis le Sterne.

Il avait parlé d'une voix très neutre, guettant ma réaction. Je n'en eus aucune. Bien qu'ayant entendu Cyrille prononcer ce nom, je ne savais pas très bien ce qu'il représentait. Une sorte de taupe, probablement, qui renseignait la Résistance sur les mouvements des Allemands.

Je hochai la tête, sans manifester quoi que ce soit.

— Le convoi de Kaeser est passé beaucoup plus tôt que ce que tu avais annoncé.

— Ils ont changé leurs horaires au dernier moment. Tu crois que j'aurais laissé sortir Mélaine si j'avais été au courant, alors que vous vous apprêtiez à saboter le pont ?

— Cyrille le sait depuis longtemps ?

— Je le lui ai appris hier. Avec Tom, des maquis du département, vous êtes les trois seuls à savoir.

— Pourquoi est-ce que tu nous le dis ?

Il hésita, jetant à sa fille un long regard. Il me sembla qu'à la fin de sa question muette, elle opinait de la tête, très discrètement, comme un encouragement.

— Si ce que tu dis est vrai, si les nazis parquent les Juifs et tous les autres comme du bétail qu'on mène à l'abattoir, alors je ne veux pas que tu penses que j'ai quoi que ce soit à y voir.

— Tu disais tout à l'heure que tous, nous avons du sang sur les mains.

— Je le pense. Mais certains crimes sont plus abominables que d'autres.

Ses yeux étaient humides, et je sus qu'il ne mentait pas. Il avait raison, ses mots me rappelant avec une brusquerie dérangeante qu'en posant les explosifs sur cette pile de pont, j'avais moi aussi contribué à tuer des êtres humains. Que l'homme assis en face de moi, dégustant les coudes écartés son infâme soupe d'ortie, soit celui qui me l'avait ordonné ne changeait rien à cette réalité-là.

J'avais tué, et il allait falloir que je réussisse à vivre avec cette idée, désormais.

Mélaine, en face de moi, m'observait avec la même attention sérieuse que son père. J'éprouvai, chaque fois que je la regardais, l'envie presque irrésistible de venir me blottir dans ses bras, certain qu'elle ne me repousserait pas et qu'elle saurait, mieux que personne, calmer ma peur et ma détresse. Ses regards, complices et tendres, parlaient mieux encore que les mots et je savais qu'elle était aussi troublée que moi.

Ferrant avait dû s'en apercevoir, lui aussi, car il se racla la gorge avec insistance, me ramenant brusquement à notre conversation.

— Noël, dis-je, nous gagnerons la guerre. Dans quelques mois, les Américains débarqueront en Normandie puis en Provence, et avec leur aide et celle de nos alliés, en moins d'un an tout sera fini.

Il eut un sourire triste, et il posa sa grosse main calleuse sur la mienne.

— Peut-être, rétorqua-t-il. Peut-être... Mais à quel prix ?

Il ne me laissa pas le temps de répondre, enchaînant aussitôt, tandis qu'il se levait pour débarrasser les assiettes :

— Ne passe plus par les Coux. Le passage de la Dent Blanche est plus sûr. Les douaniers ne s'y risquent pas en hiver, l'ancien sentier de contrebande est trop à-pic.

— D'accord. Mais nous n'avons pas prévu de passage dans les prochains jours, remarquai-je.

— Il y en aura un, se contenta-t-il de répondre.

J'attendais qu'il en dise plus, mais ce ne fut pas le cas.

19

Mélaine m'avait suivi.

Alors qu'elle m'avait laissé partir de chez elle avec indifférence, je la vis surgir, au détour du bois de Serre. J'entamais le raidillon qui rejoignait la route du Giffre, au-dessus du torrent. Je crus d'abord que son père l'envoyait, que j'avais oublié quelque chose, mais elle me prit la main et se remit en marche, m'entraînant avec elle comme la chose la plus naturelle au monde.

— Où comptes-tu aller, comme ça ? demandai-je, un peu étonné.

— Tu ne veux pas de ma compagnie ?

— Il y a des mouvements de troupes dans toute la vallée. Ils bombardent, plus au sud, tu n'as pas entendu ?

— J'ai entendu. Ce n'est pas le premier bombardement auquel je suis confrontée, tu sais, s'amusa-t-elle.

— Ce n'est pas ce que je voulais dire.

— Tu t'inquiètes à l'idée qu'il m'arrive malheur ?

Ses doigts, dans les miens, s'étaient doucement serrés, et je me sentis à nouveau terriblement troublé. J'étais déboussolé par la violence des sentiments qu'elle m'inspirait, enivré aussi par son étonnante absence de retenue et de pudeur. Étaient-ce la guerre et l'urgence que nous avions de vivre, quand nous ne savions pas de quoi demain serait fait ? Dans la minute, nous pouvions tomber sous le feu des Allemands, périr dans un bombardement, et c'était cette conscience aiguë de la menace, sans doute, qui nous poussait l'un vers l'autre avec tant de force.

Nous avions, en quelques heures, brûlé toutes les étapes d'un début de relation amoureuse, nous n'avions eu aucune des timidités maladroites que procurent d'ordinaire les sentiments naissants, aucune hésitation, aucun douloureux questionnement. Il n'y avait pas à lutter, pas plus qu'il ne fallait chercher à expliquer ou à comprendre. Mélaine était à moi, comme j'étais à elle, évidence stupéfiante qui se passait de mots. Je me sentais transporté, ivre d'elle, de sa beauté, de sa douceur extrême et de son appétit de vivre, apaisé et heureux à un point que jamais je n'avais éprouvé avec personne.

Elle m'entraînait toujours sur le chemin de neige, insolemment joyeuse alors que plus loin vers Saint-Sixt, au pied du plateau des Glières, les bombes continuaient d'exploser. Je me demandai si d'ici, nous entendrions les sirènes de l'alerte, lancée par les haut-parleurs du clocher. Le ciel était clair, parfaitement lavé de la neige qui cette nuit avait blanchi les montagnes et les prés. Il n'y avait pas de vent, ce qui rendait le froid supportable. Autour de nous, en cirque protecteur, les sommets se dressaient.

Nous longions le Giffre. Il était plus discipliné en aval, et même gelé en surface à Saint-Calixte où nous avions installé les charges sous le pont, mais ici, quatre ou cinq kilomètres plus haut, c'était une rivière sauvage au débit violent. En certains endroits, il y avait des trous d'eau où le corps s'enfonçait d'un coup, happé par des tourbillons qui plaquaient contre le fond le nageur imprudent. La baignade était proscrite, les enfants du pays mis en garde depuis leur plus jeune âge contre les caprices du torrent, mais il n'y avait pas, dans les années quarante, de lois et d'interdits pour toute chose comme en verrait fleurir le début du siècle suivant. Aucune sanction ne guettait les contrevenants et chaque année, dès le début du printemps, les noyades étaient nombreuses. Par prudence, je tenais ferme la main de Mélaine, qui marchait très au bord du talus verglacé, bravant le danger avec insouciance.

Elle riait, belle à un point indécent, et elle ne cessait pas une seconde de parler, d'elle et de son père, de sa mère allemande qu'elle n'avait pas connue, de Konstanz, ville lointaine dont le nom dans sa bouche coulait comme du miel, et où elle irait retrouver ses racines, plus tard, après la guerre, lorsque la folie des hommes aurait cessé pour un temps et que les deux peuples du Rhin seraient à nouveau frères.

— Tu viendras aussi, Ben, tu viendras avec moi. Nous irons voir la cathédrale, et puis nous descendrons la rue principale, où toutes les maisons sont peintes de couleurs différentes, et nous retrouverons celle où ma mère était née, sur la Winterersteig, tout au bord du Rhin. Puis nous prendrons une barque, et sur le Bodensee, à la rame, nous nous rendrons au point du lac que les nations se partagent, l'empire d'Autriche-Hongrie, et l'Allemagne et la Suisse, et de là nous regarderons, à l'ouest, le soleil se coucher sur le monde.

Elle m'interrogeait du regard, rieuse, guettant mon assentiment. Elle courait, maintenant, et je courais avec elle, dans la neige fraîche qui étouffait nos pas.

J'aurais tout donné, pour que ce moment ne cesse jamais.

— Ce sont les amoureux, osai-je, haletant un peu de la course où elle me forçait, qui naviguent sur les lacs et vont ensemble admirer le couchant.

Elle éclata de rire et s'arrêta brusquement, se retournant si vivement pour me faire face que je butai sur elle. Mes bras se refermèrent sur son corps, un peu pour me retenir, beaucoup parce qu'elle m'avait rendu fou, avec ses rêveries romantiques que j'aurais voulu moins inaccessibles. Je tremblais, déchiré d'envie de l'embrasser, fasciné par son visage et ses lèvres si proches. Ses yeux plongèrent dans les miens, immenses, bleu-vert comme les eaux de ce lac que j'étais, je crois bien, incapable de situer, mais où aussitôt je lui jurai que je l'emmènerais.

— Quand ? s'exclama-t-elle, le regard brillant.

— Après, dis-je. Plus tard, quand nous aurons gagné la guerre.

— Tu ne m'emmèneras pas, alors..., soupira-t-elle, comme si elle venait seulement de réaliser tout ce que son désir avait d'hypothétique. La France est envahie, Hitler a pactisé avec l'Italie et l'Angleterre est sinistrée sous les bombes. Ils nous ont vaincus, Ben.
— Nous gagnerons. Plus vite que tu ne penses.
— Tu ne peux pas le savoir. Les maquis n'ont aucune chance face à la milice et face aux troupes allemandes.
— Seuls, peut-être pas. Mais les Américains viendront.
Elle posa une main sur ma joue, et je tressaillis violemment.
— Tu es naïf, Benjamin. Idéaliste et naïf. Roosevelt ne pense qu'à sa guerre du Pacifique, il ne sait même pas que nous existons.
— Il interviendra, crois-moi. Et d'ici quelques mois, il y aura...
Je m'interrompis, brutalement, réalisant que j'allais lui prédire l'avenir, lui parler d'Hiroshima et de Nagasaki, alors qu'elle ne pouvait probablement pas concevoir l'existence même de la bombe atomique.
— Il y aura quoi ? demanda Mélaine, sourcils froncés.
Je déglutis, secouai la tête à droite et à gauche puis, pour couper court à ses questions autant que parce que j'en mourais d'envie, je me penchai vers ses lèvres et enfin, je l'embrassai.
Je la tins contre moi, ma bouche mêlée à la sienne, pendant un temps qui me parut infini. Abandonnée, sa poitrine écrasée sur mon torse et ses mains s'agrippant à ma nuque, elle répondait à mes baisers avec une ferveur un peu malhabile. J'étais sans doute le premier homme à la tenir dans mes bras, le premier à goûter sa bouche, à caresser ses seins ronds et pleins, et cette certitude décuplait le désir fou que j'avais d'elle, de la coucher dans la neige et de la prendre là, au beau milieu du chemin.
Jamais je n'avais ressenti une telle attirance pour une

femme. Même Sylvie, dont j'avais cru jusqu'à ces derniers jours qu'elle serait le seul amour de ma vie, ne m'avait jamais inspiré de sentiments aussi ardents.

La respiration raccourcie, Mélaine se cambrait sous mes caresses, offerte, vibrante d'un désir qui me rendait fou. Nos langues et nos bouches se mêlaient avec fièvre, elle gémissait tandis que mes mains glissaient sous ses vêtements et que j'explorais son corps, mes doigts se frayant un chemin sous les épaisseurs de ses jupons pour accéder enfin à sa peau nue. Avec lenteur, je découvris à l'aveugle le galbe parfait de ses seins, mon excitation grimpant encore d'un cran quand je me rendis compte qu'ils étaient libres sous son corsage, sans le moindre soutien-gorge pour venir les emprisonner. Je les caressai longuement, puis glissai mon autre main dans son dos, puis sur ses fesses, cette intrusion soudaine la faisant délicieusement tressaillir. Agrippée à moi, les yeux fermés, elle gémit plus fort en murmurant mon prénom.

Je n'en pouvais plus et je la basculai dans la neige, son grand manteau s'étalant autour d'elle comme une couche improvisée. Il ne devait pas faire plus de trois ou quatre degrés, mais ni l'un ni l'autre ne sentions plus la morsure du froid, habités d'un désir brutal qui occultait tout le reste.

Me faisant violence pour ne pas totalement arracher ses boutonnières, je dégrafai son corsage, contemplant quelques secondes, émerveillé, ses seins blancs et lourds, ses mamelons raidis par le froid. Goulûment, j'en pris un à pleine bouche, malaxant l'autre tandis que de ma main libre, je libérai mon sexe tendu.

Lorsque je me glissai entre ses jambes, elle poussa un petit cri et ses yeux se rouvrirent. Je résistai à l'envie de forcer sa bouche avec ma langue, de mordre ses lèvres, décidé à ne rien perdre de l'expression de son visage au moment où je la pénétrerais. Elle haletait, le bassin légèrement décollé du sol en invite. Quand j'entrai enfin en elle, j'éprouvai une sensation de plénitude si profonde que je ne pus m'empêcher de fermer les yeux et de gémir à mon tour, presque au bord du malaise. Mélaine poussa un nouveau cri, de plaisir cette fois, et elle leva les jambes pour les croiser autour de ma taille, m'attirant plus profondément encore.

Je lui fis l'amour, sur ce chemin de montagne, comme si c'était la première fois, comme si avant elle aucune femme n'avait compté, et je sentais confusément qu'il n'y en aurait aucune autre après. Ses doigts dans mes cheveux, elle geignait de plaisir, son corps parfait tremblant d'une excitation comparable à la mienne. Râlant d'extase, j'explosai en elle après quelques minutes, incapable de me retenir plus longtemps.

Il nous fallut un moment, ensuite, pour émerger de notre émerveillement hébété. Je l'aidai à se relever, engourdi par le froid, époussetant un peu maladroitement les flocons de son manteau tandis qu'elle rajustait ses jupons. Je me sentais embarrassé, peinant à trouver les mots pour renouer le fil du dialogue, dépassé par la sauvagerie joyeuse avec laquelle nous nous étions aimés.

Ce fut elle qui dissipa le semblant de malaise, reprenant ma main avec douceur, se hissant sur la pointe des pieds pour effleurer mes lèvres des siennes.

— Je t'aime, me dit-elle, très tendrement.

Et j'étais sincère quand, dans un murmure, je lui répondis que je l'aimais aussi.

Nous marchâmes une heure de plus, main dans la main. Nous avions quitté les berges du torrent après le hameau des Charmettes, là où la sente montait droit, sillonnant en virages serrés entre les pins noirs et les sapins. Sous l'épais couvert des arbres, la neige ne se frayait pas de chemin et nous avions grimpé à meilleure allure, sans la poudreuse pour nous ralentir.

J'avais renoncé à rejoindre Cyrille et Tom à Entremont. Il aurait fallu prendre le train, entreprise risquée et que nous ne réservions qu'aux trajets absolument indispensables, ou le bus, surveillé par les miliciens qui pour la plupart me connaissaient. Mieux valait retourner aux galeries minières où nous avions établi notre QG, et y attendre les ordres. Dans sa musette, Mélaine avait du pain, et quelques fruits achetés au marché noir que les gars allaient apprécier.

Je me sentais aussi vaillant que d'ordinaire, à peine essoufflé malgré le train d'enfer que nous soutenions. Grâce aux soins de Ferrant et à mon repos forcé, ma blessure n'était plus qu'un souvenir et me gênait à peine dans certains mouvements.

Nous passâmes la lisière du bois à dix heures et quart, débouchant d'un coup en haute montagne. Le ciel se couvrait doucement, sans qu'il fasse plus froid. Depuis janvier, il n'y avait guère eu de jours où il fasse vraiment beau continûment, au grand dam de Londres comme des chefs de secteurs, qui attendaient désespérément l'annonce d'un temps dégagé pour organiser des parachutages de masse. L'ordre, début février, avait été annulé à la dernière minute, atteignant durement le moral de nos troupes qui manquaient de tout, d'armes autant que de vivres. Si la situation s'enlisait nous risquerions de perdre à l'usure, malgré l'acharnement de Tom et de ses officiers qui sillonnaient sans relâche le département, d'un maquis à l'autre, pour haranguer les hommes.

Nous avions chaussé les raquettes, nous remontions plein nord vers l'entrée des mines, invisibles à flanc de falaise. Je n'avais encore aperçu aucun guetteur, aucun des nôtres ne s'était montré, mais nous étions loin encore, à une quarantaine de minutes de marche.

Le terrain, à partir d'ici, était de plus en plus accidenté. De nombreuses crevasses jalonnaient le parcours, invisibles sous la neige épaisse tombée les derniers jours, et j'enjoignis Mélaine à mettre exactement ses pas dans les miens. J'avais effectué le trajet si souvent, de jour comme de nuit et quel que soit le temps, que j'aurais pu suivre la sente les yeux fermés.

Mélaine avait repris son babillage adorable, elle parlait d'avenir, de maison, d'enfants. Ces propos, juste après lui avoir fait l'amour, auraient dû m'effarer, j'aurais dû me maudire d'avoir abusé de son innocence pour lui faire croire à un engagement que je ne pourrais pas tenir, mais je me contentais de l'écouter, heureux et confiant.

La maison dont elle parlait était une ferme en ruines au bout du chemin des carrières, près d'un cèdre bleu sur les hauteurs de Saint-Calixte. Nous la reconstruirions, disait-elle, pour lui rendre son lustre d'antan, nous monterions de nouveaux murs, pour accueillir nos enfants, et une étable aussi, pour les bêtes. Elle était minutieuse, elle soignait les détails, elle s'y voyait déjà et curieusement, je m'y voyais aussi.

J'aimais le futur qu'elle me vendait, une existence simple et paisible où nous vivrions de l'élevage, des légumes et des fruits que nous produirions, où grandirait tout un tas d'enfants au milieu de la nature et des chèvres, où il n'y aurait plus ni la guerre, ni le malheur, ni la peur. Le dimanche nous irions à l'église, et en août à la fête des moissons. L'hiver nous resterions en ermites, bienheureux dans notre cocon de neige et seuls au monde, et au printemps nous redescendrions dans la plaine. Il y aurait des fêtes et des rires, nous nous amuserions et chéririons l'existence, parce que disait Mélaine, il n'y a pas de plus grand bonheur que celui qu'on croyait à jamais perdu, et que le Seigneur nous rend.

— Il n'y aura plus d'autres guerres, n'est-ce pas, Benjamin ? Après celle-ci, enfin, les hommes auront compris ? Ce sera la der des der pour de bon ?

Elle questionnait, confiante, comme si elle avait perçu que je savais de quoi seraient faits nos lendemains. Elle ne cherchait pas à comprendre comment, mais elle mettait en moi une foi absolue et bouleversante.

— Il n'y aura pas d'autre guerre, soufflai-je, serrant plus fort ses doigts dans les miens. Pas ici, en tout cas, pas avant très longtemps.

— Et la ferme, chemin des carrières, un jour ce sera notre maison ?

— Oui, dis-je, gravement. Chemin des carrières, près du cèdre bleu.

Il y avait quelque temps, déjà, que nous n'entendions plus le tonnerre des bombardements. Nous n'en avions pas vraiment pris conscience, ivres l'un de l'autre au point d'oublier tout ce qui n'était pas nous, mais lorsque le cri retentit, il creva l'air de la montagne enneigée avec d'autant plus de force que le silence était total, presque oppressant.

— Hilfe !... Hilfe, um Gottes willen ![3]

— Qu'est-ce que c'est ? fit Mélaine, inquiète, regardant autour d'elle pour tenter d'identifier la source de l'appel.

La voix était désespérée, le cri presque d'agonie. L'homme qui suppliait était invisible, mais le son venait de l'est, en contrebas du chemin.

J'accélérai le pas, Mélaine sur mes talons.

Le vent se levait, et des nuages sombres s'accumulaient dans le ciel d'azur, avec l'extrême rapidité qu'on ne voit qu'en montagne. Dans une heure, tout au plus, il se remettrait à neiger.

— Hilfe ! reprit la voix, faiblissante. Ich will nicht hier sterben ![4]

Je criai en réponse, sans ralentir :

---

3   Au secours ! Au secours, pour l'amour de Dieu !
4   Aidez-moi ! Je ne veux pas mourir ici !

— Wo sind Sie ?

— Hier ! Kommen Sie hier, um Himmels willen ![5]

Mesurant chaque pas, j'avançai dans la neige épaisse, scrutant le relief accidenté de la montagne. Nous cheminions en surplomb du ravin, la sente par endroits tout juste assez large pour permettre le passage d'un homme, obligeant à garder les yeux loin devant pour ne pas céder au vertige et basculer dans le vide.

L'homme n'avait sans doute pas le pied aussi sûr que nous.

Il avait dévissé dans le virage suivant. On voyait nettement la neige remuée, tout au bord du précipice où il avait cherché à s'accrocher avant de glisser plus bas. Par la grâce de Dieu il était tombé sur un replat, trois mètres au-dessous du sentier, qui lui avait épargné une chute mortelle de près de trente mètres.

En nous apercevant, il s'était levé, le coude collé au corps, tenant étroitement serrée sur son ventre sa main pendante. S'il s'était cassé le poignet, cela expliquait qu'il n'ait pas pu remonter tout seul.

— Qu'est-ce qu'il fout là, celui-là ? grinça Mélaine, entre ses dents.

Je faisais mine de m'approcher du bord mais elle me saisit le bras, presque violemment.

— Tu es fou ?! C'est un Schleu !

— Et après ? C'est d'abord un homme, et je ne vais pas le laisser crever ici !

L'Allemand, depuis qu'il nous avait aperçus, avait cessé de crier, se contentant de nous regarder, parfaitement immobile. Il portait l'uniforme des officiers de la Wehrmacht, même si celui-ci était en piteux état, déchiré en plusieurs endroits. Du sang séché poissait ses cheveux blonds. Il n'était pas armé.

---

5   - Où êtes-vous ? - Ici ! Venez ici, par pitié !

Je me débarrassai des raquettes et je m'approchai, lentement, jusqu'à ce que de la pointe de mes chaussures je sente le début de l'à-pic. Ses yeux croisèrent les miens, et j'y lus tout à la fois de la peur et du défi.

— Pitié, souffla-t-il en français, la voix épuisée.

Son visage, que maintenant je voyais de près, portait plusieurs traces de coups, à la pommette droite et à la lèvre. En dépit de ses blessures, il émanait de lui une sorte de fierté désespérée, et lorsque je m'allongeai, puis tendis la main dans sa direction, il hésita un instant à la prendre.

— Tu vas me tuer, lorsque tu m'auras sorti de ce trou ? questionna-t-il, presque sans accent.

— Si je voulais te voir mourir, je ne me fatiguerais pas à t'en extirper.

— Tu es l'un d'eux, pourtant... rétorqua-t-il, presque songeur.

Il n'avait toujours pas saisi ma main tendue, et la neige commençait à me geler le ventre. Sur ma droite, je perçus la présence de Mélaine, approchant avec réticence.

— Quoi, l'un d'eux ?

— Les maquisards.

— Ben, tu ne devrais pas..., intervint Mélaine.

L'Allemand, bien que je n'aie pas répondu, s'était finalement décidé à attraper ma main et je réussis à le hisser à ma hauteur sans trop d'effort.

Sitôt qu'il eut repris son souffle, il se redressa et s'éloigna de nous, hors de portée mais demeurant là à nous dévisager comme un animal sauvage, sur ses gardes, guette le mouvement suivant avant de prendre ses jambes à son cou.

Nous restâmes ainsi, immobiles à quelques pas de lui, avant que je ne finisse par dire, désignant la musette que portait Mélaine :

— Si tu as faim, nous avons un peu de pain dans le sac.

— Merci, mais j'ai déjà mangé.

Interloqué, j'écarquillai les yeux, réalisant que l'homme blond qui était assis à côté de moi n'était plus un soldat nazi mais David, vêtu en civil et l'air assez contrarié.

Mélaine avait disparu aussi, la montagne laissant place à une petite pièce ronde, tapissée de gris sombre et au mobilier laqué de noir et de grenat, comme dans les boudoirs bourgeois ou les antichambres des maisons closes. Des baffles invisibles diffusaient une mélopée vaguement orientale, un brin trop fort. Un ventilateur, au plafond, brassait l'air chaud.

Nous étions seuls.

Ma stupéfaction devait transparaître tandis que j'examinais les lieux, car le regard de David se fit soupçonneux.

— Si je ne savais pas que tu as arrêté de boire à cause de l'étude d'Auberviliers, je croirais presque que tu es ivre, Benjamin.

Je me reculai sur mon siège, une bergère Louis-Philippe peinte en noir et retapissée d'un cuir rouge sang. Je savais où nous étions. Dans la salle d'attente du cabinet de Viviane, où David m'avait traîné malgré mes protestations. D'une façon aussi déroutante qu'un nouveau passé s'était superposé à mes souvenirs, m'affublant d'une enfance savoyarde et d'une carrière militaire, je me rappelai précisément la manière dont j'étais arrivé ici, bien que je sache ne pas l'avoir consciemment vécue. Lorsque j'étais revenu de ma déambulation sur l'avenue Rockefeller, j'avais trouvé David, à qui Thibault expliquait mon attitude étrange du matin. Il m'avait questionné à son tour, et pour une raison peu claire j'avais eu la faiblesse de tout lui raconter des flashs qui m'assaillaient depuis plus d'une semaine, et qui me faisaient entrer dans la peau d'un maquisard spécialiste des explosifs, au cœur de l'hiver 1944.

Quand j'avais essayé de faire comprendre à David qu'il

ne s'agissait ni de rêves, ni d'hallucinations, mais que mon âme s'échappait d'une existence à l'autre sans que je puisse la contrôler, il m'avait jeté dans son ambulance et amené ici.

À choisir, c'était toujours mieux qu'en service de psychiatrie.

— Tu sais ce que je pense ? fit David, avant d'enchaîner sans attendre : Je pense que tu nous fais une belle dépression. Ce n'est pas plus compliqué que ça. Il y a la séparation, évidemment, et aussi le décès de ce bébé, ce petit Quentin, que tu n'as jamais digéré...

— Tu m'as dit cent fois que ce n'était pas ma faute.

— Cent fois. Et tu es toujours persuadé du contraire. Ne nie pas, nous le savons tous les deux.

— Je ne nie pas, soupirai-je, renonçant à le contredire.

— Peut-être que si tu avais accepté de voir un psy à l'époque, on n'en serait pas là..., poursuivit-il, songeur. Ajoute à ça ton fils qui te rejette, ton épilepsie qui s'emballe...

— Et encore, tu oublies de mentionner le fait que Haetsler m'a foutu à la porte, complétai-je sans réfléchir.

Son silence me rappela, trop tard, qu'il ne le savait pas.

— ... Pardon ?

— J'ai oublié de t'en parler, je crois.

Ses yeux s'étrécirent, il décroisa les jambes, les recroisa, dans l'autre sens, puis posa ses mains très à plat sur ses cuisses et s'absorba dans leur contemplation, cherchant visiblement à reprendre le contrôle de lui-même.

Puis il lâcha, laconique :

— Il me semble, oui.

— Écoute, David...

— Quand ? coupa-t-il, le ton dangereusement métallique.

— J'ai reçu le recommandé lundi. N'en fais pas une histoire. Cette situation était intenable sur le long terme, de toute façon. Bosser pour un type qui se tape ma femme... J'avais décidé de démissionner, ça n'a fait que précipiter les choses.

— Tu avais décidé de démissionner ? répéta David, un peu incrédule. Et tu comptais m'en parler, à un moment ou à un autre ?

— Bien sûr. Plus tard. Je ne voulais pas t'ennuyer avec mes problèmes, tu as assez à faire avec Thibault...

Il haussa un sourcil, tournant enfin la tête vers moi alors qu'il avait évité de croiser mon regard, depuis quelques minutes. Ce que je pouvais y lire, cependant, n'avait rien de réconfortant.

— Que vient faire Thibault là-dedans ?

— Rien. Je dis juste que... Enfin, je vois bien que ça ne va pas fort entre vous deux, ces temps-ci, finis-je par murmurer, malgré le sentiment net qu'il allait se fâcher pour de bon.

Une nouvelle fois, je me trompais. Il n'eut pas de réaction particulière, continuant de me fixer sans avoir l'air de me voir. Puis il dit enfin, quand je n'attendais plus :

— Il y a des hauts et des bas dans tous les couples.

Sa franchise était déroutante, quand d'ordinaire il ne parlait jamais de lui-même, préservant son intimité d'une manière presque agressive au point que depuis des années, j'avais renoncé à lui poser la moindre question à ce sujet, ne serait-ce que pour lui demander ce qu'ils avaient fait de leur week-end.

— Sans doute, fis-je prudemment avant d'ajouter, cherchant à détendre l'atmosphère : Je vais te paraître terriblement égoïste, mais j'aimerais assez que vous ne vous sépariez pas. Comme tu l'as si bien résumé tout à l'heure, Thibault et toi, vous êtes à peu près le seul îlot de stabilité de mon existence actuelle.

Il marqua un temps, puis, d'un ton à la neutralité

étudiée :

— Ton existence actuelle, par opposition à ta vie de héros de la Résistance que tu prétends mener par intermittence lorsque tu dors ou que tu as des convulsions.

Pas de point d'interrogation à la fin de la phrase. Cela tenait plus de la question déguisée, permettant d'évaluer l'état mental d'un patient en prétextant une banale conversation.

J'avais assez pratiqué l'exercice moi-même pour ne pas m'en laisser compter.

— Tu ne me crois pas.

— Quand tu dis que tu peux te remémorer le détail de tes vies antérieures ? Avoue que c'est difficile à avaler.

— Ce n'est pas ce que je dis.

La porte de communication avec le cabinet s'ouvrit brutalement sur Viviane, telle une diva entrant en scène. Son maquillage était assorti aux couleurs de sa salle d'attente, évoquant quelque chose à mi-chemin entre un masque de la commedia dell'arte et un travelo tapinant sur les quais. Elle avait revêtu une combinaison-pantalon en velours, noire et moulante, ainsi qu'une perruque dissimulant entièrement ses boucles blondes, un carré court couleur corbeau.

Elle était assez effrayante.

— Bonjour Ben ! dit-elle joyeusement, sa voix familière en désaccord avec le personnage sépulcral que j'avais en face de moi. Je suis contente que David t'ait convaincu.

— Obligé serait le terme approprié, remarquai-je, réticent.

David s'était levé pour embrasser sa sœur, puis comme je me décidai à l'imiter et à m'approcher de l'antre de l'ogresse, il revint vers moi et m'étreignit brièvement. Surpris par son geste, je répondis à son embrassade avec une ou deux secondes de retard.

— Merci d'avoir accepté, Ben. Va au-delà de ses excentricités et laisse-la t'aider. Elle est vraiment douée, tu sais.

J'esquissai une moue dubitative.

— Et puis, si elle ne s'en sort pas, il y a toujours l'option de l'internement, il leur reste des places au Vinatier[6].

— Compte sur moi, rétorqua David, paisiblement. Prends le temps qu'il faut. Je t'attendrai dans la voiture.

20

— Tu n'as aucune raison d'être inquiet, Benjamin. Essaie de te détendre, susurra Viviane, son filet de voix couvrant à peine la musique d'ambiance qui sortait d'une mini-chaîne posée sur une étagère.

Contrastant avec la salle d'attente baroque, le bureau de Viviane était étonnamment sobre, évoquant n'importe quel cabinet médical classique. Sa table de travail et les deux étagères qui se faisaient face étaient assortis, pin clair et design suédois, chaises en plastique transparent, rideaux beiges laissant passer un soleil éclatant par les deux hautes fenêtres entre lesquelles trônait le fauteuil de consultation.

Il s'agissait d'un modèle moelleux et confortable, gris clair, avec une petite manette sur le côté qu'on pouvait actionner à loisir pour incliner le siège ou relever les pieds. Il ne manquait plus qu'une canette de bière et la télécommande pour se croire dans son salon, pensai-je, presque amusé, pendant que j'abaissais le dossier, veillant à ne pas atteindre la position tout à fait horizontale.

Même si c'était probablement l'objectif, je ne tenais pas à me sentir assez à l'aise pour en oublier de garder le contrôle sur mes propres pensées.

---

6   Célèbre hôpital psychiatrique lyonnais

Viviane, installée dans mon dos, était invisible.
— Tu es prêt ?
— Je dois fermer les yeux ?
— Si tu veux. Ce n'est pas obligé.

J'acquiesçai sans entrain, choisissant de les garder ouverts, fixant mon attention sur le plafond d'où pendait un lustre en verre coloré, seule touche byzantine de la pièce.

— Très bien. Je veux que tu te concentres sur ma voix... Les bruits autour de toi disparaissent... Tu es bien, tu te sens engourdi, comme au moment de plonger dans le sommeil... Ta respiration ralentit.

Elle marqua une pause. Je m'efforçai de respirer moins vite, pour lui faire plaisir, me demandant si elle était en train de vérifier en comptant mon nombre d'inspirations par minute. C'était une pensée stupide, mais elle me fit sourire. Sans en avoir pleinement conscience, je fermai les yeux.

Je me sentais bien. Je dérivais dans une torpeur très douce, sans pensée particulière, et la voix de Viviane me fit sursauter lorsqu'elle reprit la parole :

— Tu te sens très détendu, comme si tu flottais... Je voudrais maintenant que tu ailles dans ton foyer, ton refuge, dans l'endroit au monde où tu te sens le plus en sécurité.

Je fronçai les sourcils, m'efforçant de me concentrer sur le jardin de David et Thibault, songeant tristement que j'étais pitoyable, mais incapable de penser à aucun autre lieu qui corresponde à la description de Viviane, qu'il s'agisse de mon appartement actuel ou de la maison de Brindas.

Après quelques secondes je visualisai la table du jardin, sous la treille, les allées soignées et les parterres de fleurs, l'arrière de la maison dont les fenêtres étaient ouvertes comme toujours en été, les rideaux pendant au dehors, voletant joliment dans la brise tiède d'un début de soirée.

— Tu y es ? demanda Viviane.

— Oui, dis-je.

Ma voix était bizarre, pâteuse, mon corps lourd au point que j'avais l'impression que j'aurais été incapable de bouger, si je l'avais voulu.

Je pensais que Viviane allait me demander de décrire ce que je voyais mais ce ne fut pas le cas. Elle reprit, après quelques secondes :

— Qui est là ?

— Personne.

— Tu es sûr ? Regarde mieux.

Je secouai la tête, à peine, tandis que toujours en transe je tournai sur moi-même. Derrière moi, l'horrible tas de ferraille qui se voulait de l'art, les arbres que Thibault avait plantés, l'allée où Pierrick, au tout début de leur emménagement, faisait du vélo.

— Il n'y a personne, répétai-je.

— Va voir plus loin, alors.

Je n'en avais pas envie mais je me mis en marche, avec l'impression étonnante de survoler les gravillons de l'allée plus que je ne les foulais. En un éclair, je contournai la maison, et comme j'atteignais la petite descente bitumée qui menait au garage, le paysage se modifia d'un coup, le boulevard Pinel, au-delà de la grille d'entrée, disparaissant pour laisser place à une vaste étendue enneigée.

Il y avait un bâtiment, quelque chose de sombre et de rectangulaire qui ressemblait à une administration ou à une caserne, et dont la plupart des vitres étaient brisées. Devant l'entrée, plusieurs tractions noires étaient garées, des voitures qu'on ne trouvait plus, de nos jours, que rouillées dans les granges de vieux paysans, ou au musée. De petits drapeaux ornés d'une croix gammée étaient fixés bien en vue sur le capot, au-dessus des phares. Des militaires en uniforme noir, fusil à l'épaule, s'affairaient tout autour.

— L'ancienne caserne des Mas..., soufflai-je. Le siège de la Kommandantur.

Mon cœur battait à cent à l'heure dans ma poitrine, et mes ongles s'enfoncèrent en réflexe dans les accoudoirs.

— Qu'est-ce que tu dis, Ben ? demanda Viviane, très lointainement. Où es-tu ?

Je me tenais à deux cents mètres, à l'orée d'un petit bois, dissimulé par le tronc d'un sapin comme ceux qui m'accompagnaient, présences inconsistantes qui chuchotaient derrière moi. Entre la cour de la Kommandantur et nous, il n'y avait qu'une prairie où scintillait la neige, manteau immaculé. Des barbelés la traversaient d'est en ouest, le long desquels les sentinelles patrouillaient de jour comme de nuit. Les lieux servaient autant de quartier général aux Allemands que de prison temporaire, où ils interrogeaient et torturaient les opposants à Vichy, avant de les déporter ou de les fusiller sur place, le plus souvent.

Nombre des nôtres avaient laissé leur vie ici.

Un bruit léger m'avertit que la sentinelle approchait. En réflexe, je m'aplatis contre le tronc.

Je haletais, dévasté d'angoisse, le corps arqué dans le fauteuil confortable de Viviane. J'avais conscience d'être toujours avec elle, dans son petit cabinet de la Croix-Rousse, et pourtant je sentais le contact rugueux de l'écorce sous mes doigts, mon nez était saturé d'odeurs de résine, j'entendais, nettement, la voix de mes hommes dans mon dos. Le cuir de mes chaussures, raidi par le froid, me faisait mal aux pieds.

— On arrive trop tard, murmura Augustin, tout près de mon oreille, tandis que je sentais sa main serrer doucement mon bras. Il est déjà face aux fusils, on ne peut plus rien faire.

Son ton de résignation triste m'arracha un hoquet

révolté.

— Non. C'est impossible. Il faut qu'on le sorte de là.

— Benjamin, ils sont une centaine de SS là-dedans, on ne réussirait qu'à se faire tous tuer. Ce n'est pas ce que Cyrille voudrait, il...

— Ta gueule ! coupai-je, tandis que d'une secousse violente, je me libérai de son emprise pour m'élancer.

Aussitôt, plusieurs bras m'entravèrent, et on me jeta brutalement au sol. Sous le choc, mes poumons se vidèrent, tandis que ma blessure au flanc se réveillait douloureusement. Je dus gémir, porter la main à mon côté, et j'enregistrai de nouveau la voix de Viviane, assourdie, comme en filigrane, me demander d'un ton inquiet ce qui se passait.

Éperdu, je tentai de me dégager mais ils me tenaient solidement allongé dans la neige. Quelqu'un avait plaqué sa main sur ma bouche, de peur que perdant toute raison je me mette à gueuler et que j'alerte la sentinelle. La sensation de ces doigts écrasés sur mes lèvres me rappelait le geste de Cyrille, quand quelques jours plus tôt il m'avait contenu, lui aussi, enrayant la panique de me retrouver prisonnier de la cache, chez Ferrant.

Le fait de penser à lui de cette façon me pétrifia. Sa vie durant, mon frère s'était évertué à me protéger et il ne serait plus jamais là pour le faire. Je cessai de bouger, glacé par l'horreur de la prise de conscience et de l'irrémédiable, et sans chercher à me retenir j'éclatai en sanglots. Augustin, couché sur moi, murmurait à mon oreille des paroles d'apaisement que je n'écoutais pas.

Les yeux brouillés de larmes et le souffle coupé, je suppliai Dieu, joignant pour la dernière fois mes prières à celles que, j'en étais certain, récitait Cyrille au même instant, alors que les gueules sombres des fusils se levaient vers lui.

Lorsque la fusillade éclata, je vis son corps tressauter

sous les balles, puis il s'affaissa le long du poteau, retenu par ses liens, la tête pendante, ses cheveux blonds voletant dans le vent.

Je me mis à hurler.

— Ben ! Je vais compter jusqu'à trois, et tu vas te réveiller.

— Cyrille ! Ils l'ont tué, Gus, ils l'ont tué ! répétai-je, litanique, la voix étouffée par les doigts qui ne me bâillonnaient plus qu'à moitié.

Autour de moi, j'entendais nettement des sanglots étouffés.

— Un.

Anéanti, les yeux toujours fixés sur la silhouette sombre affalée contre le poteau d'exécution, je sentis qu'on me relevait. Mes jambes ployèrent aussitôt que je fus debout et ils m'assirent par terre, le dos contre le tronc du sapin, tandis qu'Augustin s'accroupissait sur ma droite, hésitant.

— Tu ne pouvais rien faire, mon lieutenant ! chuchota-t-il, la voix étranglée. Tu ne dois rien te reprocher. Il... Il est dans la paix du Christ, maintenant.

Des Allemands s'approchèrent de Cyrille, arme au poing, et ils le détachèrent, son corps inerte s'effondrant immédiatement à plat ventre. Je vis deux SS l'agripper chacun sous une aisselle et le traîner jusqu'au bâtiment principal, où ils disparurent à notre vue.

Bouleversé, je ne pouvais détacher mes yeux de la traînée écarlate que le passage du corps ensanglanté de mon frère avait laissée dans la neige.

Lorsque je parlai de nouveau, ma voix était méconnaissable.

— Je me fous de la paix du Christ ! Je m'en fous, tu m'entends ? Dieu n'avait pas le droit de me l'enlever, il n'avait pas le droit !

— Deux.

— Cyrille haïssait le blasphème. Il t'en aurait voulu de

dire des choses pareilles.

— Va te faire foutre, Gus !

— Mon lieutenant, arrête ! C'est fini, on n'a plus rien à faire ici. Il faut qu'on reparte, ou les sentinelles vont finir par nous repérer. On remonte au camp.

— Je reste. Je veux qu'on me rende mon frère.

— Benjamin, je t'en prie ! Cyrille est mort, et il n'aurait certainement pas voulu que tu te fasses tuer aussi pour récupérer son cadavre.

Malgré tous mes efforts, les mots d'Augustin firent rejaillir les larmes que je tentais de contenir. Je me sentais épuisé d'horreur et de chagrin, incapable de réfléchir, la scène de l'exécution occultant tout embryon de pensée.

— Il faut partir, répéta Augustin, tandis que résolument il prenait mes mains et m'obligeait à me lever, puis soufflait, me regardant très en face pour être sûr de capter un restant d'attention : On vengera sa mort. Je te le jure.

— Trois. Tout va bien. C'est moi, c'est Viviane, reviens, Ben ! Tu es à Lyon, à mon cabinet. Tu es en sécurité, ce n'était pas réel. Tu ne crains rien, tu m'entends ? Il n'y a pas de soldats, pas de peloton d'exécution, ce n'était pas réel.

Il me fallut quelques secondes pour réaliser que j'étais couché par terre, sur le carrelage du cabinet de Viviane. L'air très inquiet, elle se tenait à genoux en face de moi, son téléphone portable crispé dans ses doigts.

Refoulant une brusque envie de vomir, je m'assis maladroitement, posant une main au sol pour stabiliser l'environnement, et après quelques secondes la pièce cessa de tourner.

Je me sentais totalement vaseux, et le goût de sang dans ma bouche me suffisait à comprendre ce qui s'était passé.

— J'ai convulsé, c'est ça ?

Elle acquiesça, très pâle.

— J'ai essayé d'appeler le Samu, mais je n'ai pas réussi

à obtenir d'opérateur... s'excusa-t-elle, tandis que je prenais conscience de la petite ritournelle musicale, familière, s'échappant de son téléphone pour nous informer que toutes les lignes étaient occupées mais que notre appel allait être pris en compte.

— Tu devrais raccrocher, soufflai-je, vidé. Tu aurais un verre d'eau, s'il te plaît ?

— Bien sûr.

Elle se précipita vers le petit lavabo situé derrière son bureau, tandis que je me relevais maladroitement en m'aidant du fauteuil, puis me laissais tomber dedans avec les gestes lourds d'un vieillard.

Lentement, j'enfouis mon visage dans mes mains, tentant de chasser les images épouvantables qui envahissaient mon esprit.

— Je suis désolée, Ben, dit Viviane en revenant vers moi, le verre à la main. Si j'avais pu penser que l'hypnose déclencherait une crise d'épilepsie...

— Je crois... Je ne suis pas sûr que c'en était une.

— C'est pourtant bien à ça que ça ressemblait, tu peux me croire...

— Je veux dire... J'entendais ce que tu me disais. J'avais conscience d'être ici, en même temps que j'étais là-bas.

Je marquai un temps, m'efforçant de rassembler assez mes pensées pour tenter de lui expliquer de façon cohérente ce que j'avais ressenti, le fait d'avoir vécu, pendant quelques minutes, ici et là-bas en même temps. Cela semblait si absurde que je ne trouvais pas la façon de le formuler sans avoir l'air fou à lier.

— Viv... Ils ont tué mon frère, murmurai-je finalement, sentant ma gorge se serrer.

— Tu n'as pas de frère, rétorqua-t-elle avec calme.

Mes yeux s'emplirent de larmes à nouveau, et elle posa sur mon genou la main compatissante du thérapeute qui ne croit pas un mot de ce que son patient est en train de lui raconter. Je haletais toujours, et je m'obligeai à calmer ma respiration emballée, avant de parler.

— J'ai un frère. Il s'appelle Cyrille Sachetaz. Il est prêtre, il a sept ans de plus que moi.

Je bus un peu d'eau, conscient que la main de Viviane s'était crispée sur mon genou. Posément, elle ramassa son siège, et je me souvins que je l'avais entendu tomber, distinctement, au moment où je me mettais à convulser.

Elle se rassit, son gros corps débordant de l'assise, puis elle poussa une longue inspiration, celle d'un cavalier désarçonné juste avant de se remettre en selle.

— Comment t'appelles-tu ? demanda-t-elle, le ton neutre.

— Benjamin Sachetaz.

— Donne-moi ta date de naissance.

— Mars 1909. Je ne sais pas le jour. À l'époque, à la campagne, on ne se préoccupait pas tellement de ce genre de détails. Cyrille a toujours prétendu que c'était le 18, le jour de son saint patron, mais dans le fond je crois qu'il n'en savait rien lui non plus.

Elle s'agita légèrement sur son fauteuil, et je m'enfonçai plus confortablement dans le mien, soutenant son regard. Je terminai mon verre d'eau, puis je me penchai par-dessus l'accoudoir et le posai par terre, sans lâcher Viviane des yeux.

— Est-ce que tu connais la date d'aujourd'hui ? reprit-elle, le débit légèrement plus saccadé.

— Je crois qu'on est le 11.

— Le 11 quoi, Ben ?

— Le 11 juin. 2014, précisai-je, l'air entendu.

Elle cligna plusieurs fois des paupières, très vite. David aussi avait ce tic, quand il était nerveux ou fatigué.

— Tu as conscience que si nous sommes en 2014 et si je dois croire ce que tu viens de me dire, alors tu as un peu plus de cent ans ?

Elle faisait des efforts démesurés pour garder son calme, mais je sentais bien qu'elle était sens dessus dessous. Je remarquai que sur son bureau, elle avait enclenché un dictaphone, dont la petite diode clignotait en rouge.

— Tu enregistres ? demandai-je, désignant l'appareil de l'index.

— Ça t'ennuie ?

— Je ne suis pas fou, Viv.

— Je n'ai pas dit que tu l'étais. Mais David a raison, je crois que tu es grandement perturbé par tout ce qui se passe dans ta vie, en ce moment.

— Ça n'a rien à voir.

— Très bien. Alors peux-tu me dire qui est Benjamin Teillac ?

— Ne sois pas ridicule. C'est moi.

— Tu viens de me dire que tu t'appelais Sachetaz, fit-elle, avec pour la première fois dans son ton, quelque chose du policier cherchant à mettre le gardé à vue en défaut.

Je me levai avec brusquerie et elle recula en réflexe, manquant tomber de son fauteuil.

— Je crois que ça suffit. Ce n'est pas une consultation, c'est un interrogatoire, et ce n'est pas pour ça que je suis venu.

— Tu es venu pour que je t'aide.

— Même pas. Je suis venu parce que ton frère me l'a demandé, je ne pensais pas que c'était une bonne idée et ce que tu es en train de faire me conforte dans mon opinion de départ.

— Qu'est-ce que je suis en train de faire, selon toi ?

— Tu cherches à démontrer que je ne tourne pas rond. Qu'est-ce que tu comptes faire de cet enregistrement, Viv ? Le faire écouter à Sylvie, pour qu'elle ait assez d'arguments pour me déchoir de mes droits paternels ? Ou à Auberviliers peut-être, pour qu'elle me trouve vite fait une location longue durée dans une cellule capitonnée ?

— Calme-toi, Ben ! Je ne divulgue mes enregistrements à personne, je peux te le jurer. Ce ne sont que des outils qui me permettent de revenir sur certains détails, quand je travaille sur les dossiers de mes patients. Si ça te gêne, je l'éteins, aucun problème, ajouta-t-elle, joignant le geste à la parole avec empressement.

Tandis qu'elle appuyait sur la touche, je remarquai que ses mains tremblaient.

— Je te fais peur, Viviane ?

— C'est ce que tu me racontes, qui me fait peur. Je t'en prie, laisse-moi appeler ta neurologue. Il faut que tu te fasses aider.

Elle avait repris son portable. Sans réfléchir, je le lui pris des mains et le balançai à travers la pièce, lui arrachant un cri.

— Je ne suis pas dingue, Viviane ! martelai-je, excédé.

Elle se recula dans son siège, s'efforçant de masquer son angoisse, sans trop réussir.

— Non, tu ne l'es pas. Tes visions sont des réminiscences parfaitement typiques d'une vie antérieure. Le problème, c'est que tu n'arrives plus à faire la part des choses entre le passé et la réalité.

— Je viens d'assister à l'exécution de mon frère, bordel ! Je peux te dire qu'il n'y avait pas plus réel que ça !

Je n'avais pu m'empêcher de crier à nouveau, sentant immédiatement mes yeux se remplir de larmes à cette évocation. Viviane leva ses mains devant elle, apaisante. Elle était en nage, de larges auréoles de sueur mouillant son haut moulant, et je réprimai une petite grimace de dégoût.

— Cette conversation ne nous mène nulle part. Je ferais mieux de m'en aller.

— Non, je t'en prie ! Tu ne te rends pas compte de la gravité de la situation...

— Tu sais, quand j'ai dit que c'était David qui m'avait forcé à venir, ce n'était pas tout à fait exact. C'est lui qui l'a suggéré, c'est vrai, mais je m'étais dit que c'était peut-être une bonne idée. Je m'étais dit que peut-être, toi qui te vantes d'être spécialiste en hypnose et en toutes ces autres imbécillités ésotériques, tu pourrais m'aider à comprendre ce qui m'arrivait, et que grâce à toi, je trouverais peut-être la façon de sauver Cyrille.

— On ne change pas le passé, Benjamin.

— Nous ne sommes pas encore montés au col des Coux, par cette nuit atroce où la femme a accouché de son enfant mort-né. Cyrille était avec moi, ce jour-là, et ça ne s'est pas encore produit. J'en ai rêvé deux fois, comme je ne cesse de rêver de son exécution. Un peu comme... une prémonition, tu comprends ? C'est ce que c'est, n'est-ce pas, quand on a la vision de faits qui ne se sont pas encore produits ?

— Tu te rends compte de ce que tu dis ? Enfin, Ben, tu n'es pas en train de me parler de l'avenir, tu es en train de me parler d'un homme qui a été exécuté par les nazis en 1944 !

— Tu ne comprends pas. Le temps est une illusion.

— Tu peux paraphraser Einstein autant que ça te chante, mais je suis sûre de trois choses que j'aimerais que tu ne perdes pas de vue : tu t'appelles Teillac et pas Sachetaz, tu es né en 1979, et surtout, pas plus qu'un autre, tu n'as le pouvoir de modifier le passé !

Elle avait crié sur les derniers mots, espérant peut-être me faire réagir, mais je n'en avais aucune envie.

Sans ajouter une parole, je balançai sur son bureau un billet de cinquante euros pour payer la consultation, puis je quittai le cabinet en claquant la porte.

21

En sortant sur le trottoir, j'aperçus l'ambulance où David m'attendait, garée à une quinzaine de mètres. Renversé sur le siège, il écoutait trop fort un de ses morceaux de rap favoris dont les basses résonnaient dans toute la rue, frappant le volant en rythme du plat de la main. Absorbé par la musique, il ne surveillait pas l'entrée de l'immeuble et je m'empressai de faire demi-tour, remontant au pas de course la rue tortueuse en direction de la station de métro.

Comme chaque matin, l'immense marché de la Croix-Rousse étendait ses stands d'un bout à l'autre du plateau, sur presque un kilomètre. Il faisait beau, il y avait foule et l'atmosphère était joyeuse et bon enfant. À mon passage, les marchands m'interpellaient pour me vanter la qualité de leurs fruits et légumes, on cherchait à me vendre divers articles indispensables comme un tee-shirt bariolé aux couleurs d'une équipe de foot inconnue, ou un détecteur de radars à brancher sur l'allume-cigares, garanti indétectable par les forces de police et de gendarmerie.

Au milieu des commerces à ciel ouvert, de grands Africains en boubous, traînant derrière eux des sacs de voyage à roulettes usagés, proposaient avec des airs de conspirateurs des montres, des lunettes de soleil et des ceintures ainsi que des cigarettes détaxées et toutes sortes de substances illicites fournies dans des petits sachets en plastique. Au troisième abordage, j'achetai une cartouche de Winston. Presque dix ans plus tôt, j'avais juré à Sylvie que j'arrêtais, et que je ne dépenserais plus un sou pour un paquet de clopes, de toute ma vie. Je me mentais à moi-même et après environ quarante-huit heures d'abstinence complète, j'avais payé David pour qu'il m'achète mes cartouches, que d'ailleurs je planquais chez lui.

Je venais de franchir un cap. Dans le fond, il était sans

doute temps de commencer à assumer les réalités, celle-ci comme les autres.

Au moment où je passais les tourniquets du métro, mon portable vibra dans ma poche. Ce ne pouvait être que David ou Viviane, et je choisis de ne pas regarder lequel des deux m'appelait, de peur d'être tenté de lui répondre.

Une rame arrivait au moment où je débouchais sur le quai et je m'y engouffrai, évitant de penser à quoi que ce soit. Je changeai à Hôtel de Ville, pris la ligne A, assis en face de deux religieuses en soutanes grises qui parlaient une langue inconnue, peut-être du hongrois, ou du suisse-allemand. Leurs habits sacerdotaux autant que cette langue aux inflexions germaniques me mirent assez mal à l'aise pour que je finisse par me lever et aller attendre debout devant les portes l'arrêt suivant.

Je débouchai rue Victor-Hugo, une des artères commerçantes huppées de la Presqu'île. Je croisai plusieurs groupes d'étudiants qui rentraient chez eux, formatés petite bourgeoisie lyonnaise, cheveux longs, jupes et talons hauts pour les filles, chemise et blazer pour les garçons. Depuis le déménagement de Sylvie, Pierrick allait au lycée Ampère, pas très loin d'ici, et j'étais dérouté de songer qu'il connaissait peut-être ces gosses bien sous tous rapports, qu'ils étaient peut-être ses amis. Pendant toutes ses années collège, mon fils avait cultivé avec obstination un style de voyou des banlieues, casquette en arrière et blouson de cuir, que Sylvie et moi nous étions sans succès acharnés à lui faire abandonner. Il avait suffi de quelques jours au contact de ce nouveau quartier pour qu'il délaisse son allure de mauvais garçon et demande à sa mère de lui offrir une garde-robe BCBG et de l'inscrire au violon et au club d'échecs.

Je ne savais toujours pas si je devais être fier, rassuré ou simplement atterré.

Sans cesser de marcher, j'arrachai le blister protégeant

les cigarettes et me servis, aspirant la nicotine en me disant que c'était la première fois, depuis dix ans, que je fumais sans culpabilité.

Je traversai le quartier des remparts d'Ainay d'un pas vif, dépassant les boutiques d'antiquaires et les galeries de peinture sans m'y intéresser.

J'arrivais devant l'immeuble de Sylvie quand mon portable sonna de nouveau. Cette fois, je le sortis de ma poche, pour constater sans surprise que c'était David qui téléphonait. J'éteignis l'appareil, sans lui avoir répondu.

Une vieille dame dont le rouge à lèvres sombre filait dans les ridules, tout autour de sa bouche, sortait au moment où je me présentai devant la porte, et elle me dispensa d'utiliser l'interphone, me signalant d'une petite voix aigre que l'immeuble était non-fumeur à partir du vestibule. L'air de rien, je vis qu'elle restait campée sur le seuil jusqu'à ce que j'écrase mon mégot dans le cendrier, devant l'ascenseur. Avant de monter dans la cabine, je lui adressai un sourire qu'elle ne me rendit pas.

L'appartement était au cinquième. Sur la sonnette, à côté de l'étiquette officielle, Haetsler écrit en lettres noires sur fond or, mon ex-femme avait rajouté un autocollant blanc, légèrement de travers, où les noms Dubourg Sylvie et Teillac Pierrick commençaient à baver un peu. Le divorce avait été prononcé et je savais qu'elle avait repris son nom de jeune fille, mais la vue de cette étiquette me fit l'effet d'un coup de poignard en plein cœur. Jamais je n'étais venu jusqu'ici, refusant absolument de monter vers ce que je considérais comme un territoire ennemi, les rares fois où elle m'y avait convié.

Avec des mois de retard, je prenais enfin conscience de ce que j'avais définitivement perdu, et j'allais faire demi-tour, renonçant à sonner, incapable soudain d'affronter Sylvie et moins encore Haetsler si par malheur il était là, lorsque la porte de l'appartement s'ouvrit.

En me découvrant sur son palier, Sylvie étouffa un petit cri.

— Ben ! Tu m'as fait peur ! Qu'est-ce que tu fais ici ? questionna-t-elle, un peu de reproche dans la voix, avant d'ajouter, hésitante : Si tu voulais voir Pierrick, il n'est pas là.

— Ce n'est pas lui que je venais voir. Tu sortais ?

— Je vais à Bellecour... Déjeuner avec une amie, livra-t-elle, avec un peu de réticence.

— Je la connais ?

— Quelle importance ?

— Tu as raison. Excuse-moi.

Je jetai un coup d'œil à ma montre, constatai qu'il était seulement onze heures et demi. La place Bellecour n'était qu'à cinq minutes à pied.

— Tu m'offres un café ? demandai-je, le ton neutre, avant d'ajouter, sans avoir eu le temps de tellement peser mes mots : À moins que tu aies peur que ton mec n'apprécie pas de savoir que tu m'as fait entrer dans son appartement ?

Elle haussa les épaules, me toisant d'un regard qui me fit immédiatement regretter ma minable provocation.

— Ce n'est plus *son* appartement, c'est le nôtre, maintenant. Franck m'aime et il me fait assez confiance pour savoir qu'il n'a rien à craindre, ni d'un de mes ex, ni d'aucun autre homme.

J'encaissai ce à quoi elle me réduisait, un de ses ex, quand nous avions été mariés un peu plus de quinze ans et que j'étais le père de son unique enfant.

— Je constate que tu n'as rien perdu de ton sens de la répartie.

— Je n'ai rien contre toi, Benjamin. Mais si tu es venu chercher la bagarre, il y a bien longtemps que le jeu ne m'amuse plus.

— Ce n'est pas ce que je suis venu chercher.

— Alors entre, mais vite. Je ne veux pas faire attendre Iris.

Elle s'effaça pour me laisser passer, tandis que je fouillais ma mémoire à la recherche d'une Iris amie de ma femme.

— Ne cherche pas, dit Sylvie, comme si elle lisait dans mes pensées. Je l'ai rencontrée en septembre au cours de yoga, tu ne la connais pas.

— Je ne savais pas que tu faisais du yoga.

— Il y a des tas de choses que tu ne sais pas, Ben. Du temps où nous étions mariés, c'était déjà le cas. Tu ne t'es jamais tellement intéressé à ce que je faisais et à ce que je voulais, reconnais-le. Ton temps libre, tu préférais le passer avec David... J'ai souvent pensé que le grand amour de ta vie, c'était lui et pas moi..., déclara-t-elle, très placide tandis qu'elle préparait le café, me laissant interdit.

Je m'étais installé sur un canapé en cuir sombre, inconfortable et probablement hors de prix, qui faisait face à une cheminée moderne, en métal brossé, occupant tout un pan de mur. Sur la gauche, une baie vitrée ouvrait sur une terrasse immense où une table en teck pouvait accueillir au moins une quinzaine de convives. De l'autre côté, une cuisine à l'américaine, rutilante, avec un plan de travail d'une longueur improbable sur lequel étaient alignés tous les appareils électroménagers de la création, de la cafetière sophistiquée au robot multifonction.

Le geste sûr, Sylvie ouvrait des placards et des tiroirs, sortait le sucre, les petites cuillères, une boîte de chocolats emballés individuellement comme on en voit dans les restaurants et les hôtels, posait le tout sur un petit plateau, parfaite hôtesse.

Elle revint vers moi, avec aux lèvres un sourire qui ne semblait pas même feint.

— Tu insinues que David et moi..., balbutiai-je, si abasourdi que je n'arrivais pas à formuler la phrase jusqu'à la fin.

— Ne me fais pas croire que tu ne t'es pas aperçu qu'il est fou de toi depuis vingt ans..., commenta-t-elle, puis, après avoir minutieusement déballé un chocolat et ayant mordu dedans, délicate comme un écureuil décortiquant une noisette, elle reprit, le ton faussement léger : Mais j'imagine que ce n'est pas pour que nous parlions de David que tu es venu ?

La question implicite m'aida à me reprendre, et je saisis avec reconnaissance l'occasion qu'elle me donnait de changer de sujet. D'un regard, je balayai à nouveau le décor luxueux de l'appartement baigné de lumière, puis je la regardai elle, Sylvie, prenant soudain conscience qu'elle avait raison, que durant toutes ces années qu'avait duré notre mariage, je n'avais jamais tellement prêté attention à ses aspirations et à ses désirs, imaginant toujours qu'elle partageait les miens, naïvement émerveillé d'une communauté d'esprit qui de sa part, n'était pas autre chose que de l'abnégation.

Jambes croisées, détendue, elle soutenait mon regard. Elle était habillée d'un tailleur beige, très chic, qui lui allait parfaitement, elle portait des boucles d'oreilles en diamant que je ne lui avais jamais vues, un maquillage plus prononcé que de mon temps, elle avait changé de coiffure, une coupe plus courte, moins féminine peut-être mais qui la faisait paraître plus jeune.

— Est-ce que je t'ai rendue heureuse, Sylvie ? demandai-je à brûle-pourpoint. Au moins un peu ?

Elle eut un sourire mélancolique.

— Nous étions jeunes...

— Je suis désolé. Désolé de ne pas avoir été le mari dont tu aurais rêvé. Désolé de ne pas avoir été plus présent, plus à l'écoute.

— J'ai ma part de responsabilité aussi... Et puis, ça n'a plus vraiment d'importance, tu sais...

— Si je pouvais changer les choses...
— Mais tu ne peux pas. Personne ne peut. Le passé est ce qu'il est.
— Je n'en suis plus aussi persuadé qu'avant..., remarquai-je, songeur, comme j'avalais la fin de mon café.
— Qu'est-ce que tu veux dire ? s'amusa-t-elle, un peu déconcertée.
Je souris, secouai la tête, reposant sur la table basse ma tasse vide.
— Rien... Ma douce, j'ai un service à te demander.
Machinalement, j'avais employé l'affectueux surnom que je lui avais donné, toutes les années où nous avions été mariés. Elle ne me reprit pas.
— Je t'écoute.
— J'ai besoin de t'emprunter ta voiture.
Comme je m'y attendais, je la vis se raidir.
— Ben, tu sais bien que tu n'as plus le droit de conduire, fit-elle d'une voix anxieuse qui me fit plaisir. Si tu as besoin que je t'emmène quelque part...
— C'est gentil, mais je dois y aller seul.
— Où ça ?
— Ne t'inquiète pas pour ta voiture. J'ai été inclus dans un essai thérapeutique pour un nouvel antiépileptique, la neurologue dit que je réagis très bien, déclarai-je, occultant le fait que j'avais convulsé à peine une heure plus tôt, au cabinet de Viviane, ma langue mordue me le rappelant désagréablement.
— Ce n'est pas la voiture qui m'inquiète, rétorqua-t-elle, l'air sincère, puis, comme je gardais le silence, me contentant de la dévisager avec insistance, elle demanda, posant sa main sur mon genou :
— Ben, tu es certain que ça va ?
— Bien sûr. Ne t'en fais pas.
Elle hocha la tête, incertaine, tandis que je me levai, puis me suivit jusque dans l'entrée où elle prit son sac sur le

porte-manteau. Elle chercha un moment avant de localiser ses clés, m'arrachant un sourire attendri, malgré moi. Sylvie avait toujours été incapable de garder en ordre quoi que ce soit, qu'il s'agisse de son sac à main ou de sa maison. Au moins, maintenant, elle avait trouvé un homme capable de lui offrir les services d'une femme de ménage.

— C'est une Audi grise, dit-elle en me tendant les clés et les papiers. Elle est garée dans le parking souterrain.

Je les empochai, prenant soin de ne pas frôler ses doigts.

— Merci. Je te souhaite d'être heureuse, ma douce. Dis à Pierrick que je l'aime, tu veux bien ?

— Tu... Tu ne vas pas faire de bêtise, n'est-ce pas ? Je sais que Franck... Je sais qu'il t'a licencié, et qu'il n'a pas été très tendre avec toi. Je peux essayer de lui parler..., proposa-t-elle, de façon plutôt inattendue.

— C'est gentil, mais il a eu raison de me virer, nous le savons tous les deux. Il était temps que je passe à autre chose, de toute manière.

Je me penchai vers elle pour lui dire au revoir, et au moment où mes lèvres frôlaient sa joue, elle tourna légèrement la tête. L'espace d'un instant, nos bouches se touchèrent, et je reculai presque d'un bond, comme si elle m'avait giflé.

Elle me dévisagea, troublée, puis elle murmura, sans me regarder dans les yeux :

— J'aimerais bien qu'on déjeune ensemble, un de ces quatre. En amis, bien sûr, pour le plaisir d'évoquer le passé...

— Je ne pense pas que ce soit une bonne idée, Sylvie. Le passé ne peut pas être changé, ressasser ne sert à rien, à part à se faire du mal.

Elle ne répondit pas, se tenant figée à l'entrée de son salon, et je songeai avec une bizarre acuité que c'était probablement la dernière fois que je la voyais. Je traversai seul le corridor d'entrée puis sortis de l'appartement, fermant la porte doucement.

Le passé ne pouvait pas être changé, avais-je dit.

Dieu, comme j'aurais voulu me tromper.

22

Je trouvai sans difficulté l'Audi de Sylvie, une A4 flambant neuve que je n'aurais jamais pu lui offrir. Avec une lucidité douloureuse, je me dis qu'elle avait gagné au change tandis que je mettais le contact, puis sortais du parking.

J'attendis de me trouver sur l'autoroute pour rallumer mon portable, qui se connecta automatiquement au système mains libres de la voiture. Assez émerveillé, j'entendis l'Audi, d'une voix synthétique et polie, me demander si je souhaitais écouter maintenant mes messages en attente. J'appuyai sur un bouton au hasard, sans réaliser tout de suite que j'avais pressé par erreur la touche de rappel du correspondant.

La voix de David hurla dans le téléphone :

— Bordel, Ben, ça fait deux heures que j'essaie de te joindre ! Tu es où ?

Mes yeux glissèrent de la voie de gauche de l'autoroute, où je remontais allègrement une file de camions qui se traînaient, vers mon compteur indiquant 142, et je choisis d'éluder la question.

J'avais oublié l'extraordinaire sensation que c'était, de tenir un volant.

— J'avais deux ou trois choses à régler.

— Viviane est aux cent coups. J'ai dû la calmer, elle voulait appeler les flics, elle dit que tu as complètement perdu les pédales.

— Pas du tout.

— Alors dis-moi où tu es. Je te rejoins.

— Inutile. Tu dois aller bosser et je serai revenu en fin d'après-midi. Tu n'as pas à t'en faire.

— Tu n'as pas loué une voiture, au moins ? questionna David, le ton soudain soupçonneux.

Il avait dû entendre le coup de klaxon furieux d'un routier contrarié de se faire doubler.

— Je n'ai pas loué de voiture. Je te le promets, dis-je, sincère.

— Je n'aime pas ça, Ben. Je veux que tu rentres à la maison dès que tu seras revenu, d'accord ?

— Oui, maman.

— Je ne plaisante pas, fit-il encore, menaçant, avant de raccrocher.

Je roulai plein est pendant encore une heure, puis je quittai l'autoroute à Annecy. Le GPS de l'Audi me guida sans difficulté à travers la ville, contournant les rives du lac bondées de plaisanciers. Sur l'eau, il y avait des dizaines de bateaux à voile entre lesquels se faufilaient des pédalos et de simples barques à rames. On comptait aussi plusieurs de ces mastodontes flottants sur lesquels les touristes pouvaient satisfaire leurs rêves de croisières, et même déjeuner à bord. Au nord du lac, la ville avait aménagé d'agréables espaces verts ombragés par de grands arbres, où les familles se retrouvaient lors des chaudes journées d'été. De nombreux enfants couraient et sautaient dans une aire sablonneuse où trônaient balançoires et toboggans. Un carrousel à l'ancienne occupait le centre du terrain de jeu, les chevaux de bois hardiment montés par des cavaliers minuscules qui hurlaient de joie.

Il régnait, autour de ce lac de montagne, une ambiance douce et apaisante qui ne tenait pas qu'à la beauté des lieux. Ce cadre, où je ne me souvenais pas être jamais venu, me semblait pourtant familier, comme la route en lacets qui de Thônes, s'élevait ensuite vers les Aravis, et plus loin le Mont Blanc.

Je laissais défiler, en filigrane, des images presque superposables d'une route qui n'était pas bitumée, et où beaucoup plus qu'en véhicule à moteur, on circulait à vélo ou même dans des charrettes tirées par des chevaux. Sans même y songer, j'anticipais chaque virage, chaque croisement, comme du chemin qu'au quotidien on parcourt, pour rentrer chez soi.

Je passai Manigod, Saint-Sixte, puis remontai vers le nord, jusqu'à trouver le Giffre. Je suivis le cours d'eau, qui après des semaines de sécheresse n'était plus qu'un maigre ruisselet courant entre les pierres, passai plusieurs ponts, reconnaissant sans peine ceux que la guerre avait détruits et que depuis on avait reconstruits, certains à l'identique, d'autres non.

Devant celui de la Chère, je marquai l'arrêt, parquant l'Audi en bordure de route. Les arbres avaient poussé et d'autres maisons avaient été bâties, mais le paysage était reconnaissable, le nouveau pont ressemblant à s'y méprendre au précédent.

Plus perturbé que je n'aurais cru, j'allumai une cigarette puis dévalai le talus. Le débit du Giffre était si faible que je n'eus même pas besoin de retirer mes chaussures, sautant d'une pierre plate à une autre pour parvenir à la pile centrale du pont. Lorsque je posai la main sur la pierre chauffée par le soleil d'été, je crus l'espace d'une seconde sentir une présence, juste derrière moi.

— Cyrille ? soufflai-je, instinctivement, me retournant d'un bond.

Bien sûr, il n'y avait personne, et je secouai la tête, me moquant de moi-même.

En remontant, je remarquai une plaque, apposée sur la rambarde sud, à demi dissimulée derrière un buisson d'églantines.

En mémoire de ses enfants, tombés ici pour la France, le 10 février 1944.
La commune de Saint-Calixte reconnaissante.
Passant, souviens-toi.

Il n'y avait rien d'autre, et je remontai dans l'Audi, troublé et un peu déçu.

Je ne mis que trois minutes pour atteindre le bourg. En le découvrant au sortir du dernier virage, lové autour de son clocher à bulbe, je ressentis une émotion si brusque que je fis une embardée et manquai valser contre le talus. Le cœur battant à tout rompre, je repartis plus lentement, scrutant le décor, reconnaissant chaque maison, chaque détail, depuis la petite place où les anciens se retrouvaient le dimanche, à l'ombre des marronniers, jusqu'au lavoir abondamment fleuri, où les femmes faisaient leur lessive chaque semaine, en échangeant les derniers cancans. Le café de la place était toujours là, la devanture semblable à ce qu'elle était avant-guerre, avec l'enseigne peinte en rouge et les petites tables de bistrot alignées sur le trottoir. Une camionnette de livraison quittait son stationnement et je me garai à sa place, puis coupai le moteur, les doigts tremblants.

J'étais oppressé, au point d'avoir un peu de mal à respirer. À tâtons, je fouillai le sac en plastique posé sur le siège passager, trouvai les cigarettes, en allumai une avec fébrilité. Je m'enfumai un moment, vitres fermées, cuisant dans le confinement de l'air vicié de nicotine et de goudrons, comme s'il me fallait ce moment de transition, ce sas d'incertitude où tout pouvait encore basculer.

Peut-être que Viviane et David avaient raison. Peut-être que ce n'était au mieux qu'une dépression ou un effet secondaire des médicaments, mais peut-être aussi que j'étais vraiment en train de devenir fou, de plonger de plus en plus loin dans une schizophrénie profonde dont je ne reviendrais jamais.

La plaque sur le pont ne voulait rien dire, on trouvait ce genre de mémorial impersonnel aux quatre coins de la France. Quant à la sensation de reconnaître la route, le paysage depuis Annecy jusqu'ici, dans ce village de montagne qui n'avait pas dû changer depuis cent ans, il y avait toutes les chances que mon esprit l'invente, tant je voulais me persuader que ce que je vivais était la réalité.

Le monument aux morts, à l'autre bout de la place, se dressait comme une provocation.

Pour mettre un pied dehors et sortir de la voiture, je mis un temps infini. Sous l'énorme marronnier, seul survivant d'une époque où cinq ou six arbres ombrageaient la place, quelques octogénaires jouaient aux boules. Ils me saluèrent de loin, avec cette simplicité chaleureuse des montagnards que rien ne surprend jamais.

Au clocher, l'église sonna trois coups. On entendait, quelque part, une radio qui diffusait une chanson d'Aznavour, deux gamins torse nu se poursuivaient en vélo. Il faisait vraiment chaud. L'orage éclaterait sans doute avant la fin de l'après-midi.

Saint-Calixte était un très petit village, mais le tribut payé à la patrie était lourd, les noms sur chaque face de l'obélisque au nombre d'une quinzaine chaque fois.

Je m'obligeai à lire d'abord la liste des victimes de la Première Guerre, comme on cherche à retarder le moment décisif, mais à la huitième ligne, je sentis que mon cœur arrêtait de battre.

Sachetaz Zian, 38 ans.

Chancelant, je dus m'appuyer à la barrière qui cernait le monument, l'esprit privé de toute capacité de réflexion, écarquillant les yeux sur les lettres gravées dans la pierre comme si je m'attendais à les voir disparaître soudainement.

Zian. Mon père.

Il me fallut quelques minutes pour réussir à bouger, pour me décaler de deux pas sur la gauche et de vingt et un ans, et entamer la litanie mortuaire de la Seconde Guerre.

À voix haute, je me forçai à lire les noms de tous ceux qui étaient tombés au champ d'honneur, les traits de leurs visages jaillissant de ma mémoire, intacts, me labourant le cœur de souvenirs et de chagrin. L'un après l'autre, je trouvai Silvère, Pascal, d'autres encore qui étaient mes amis et qui auraient dû vivre, au lieu de tomber si jeunes pour leur patrie. Voir leurs noms noir sur blanc, trouver ce que finalement j'étais venu chercher ici ne me procurait ni soulagement ni satisfaction.

Je n'étais pas fou. Ceux du maquis de Saint-Calixte avaient bien existé, mais je ne ressentais rien d'autre que le poids d'un épouvantable gâchis, la blessure d'avoir perdu des êtres aimés et que rien ne pouvait guérir.

Ferrant Noël, dit le Sterne, 52 ans.
Rivière Augustin, Caporal, 31 ans.

Lorsque j'arrivai au bas de la liste, j'étais en larmes, et ma voix sans timbre lorsque j'invoquai les deux derniers morts de Saint-Calixte.

Sachetaz Benjamin, Lieutenant, 34 ans.
Sachetaz Cyrille, Abbé, 41 ans.

La France, disait la stèle, était reconnaissante. Et elle disait aussi que leurs âmes vivraient à tout jamais.

À nouveau, l'église sonna trois coups. Les vieux avaient abandonné leur pétanque mais les boules étaient toujours là, laissées en place ainsi que leurs deux musettes, sur un banc tout proche, avec la tranquillité confiante d'un endroit assez reculé pour que le vol n'y existe pas. Les enfants à vélo avaient déserté la place eux aussi, la radio s'était tue.

À Saint-Calixte, j'étais seul avec les fantômes.

D'un pas d'automate, je me mis en marche, traversant

droit devant moi la place ombragée, puis la rue vide. Les larmes séchaient sur mes joues en tiraillant ma peau. Mon cœur était lourd, au creux de ma poitrine, et il me semblait ne plus battre qu'à peine. Je montai le parvis, les genoux comme rouillés, le corps pesant des tonnes, je posai la main à plat sur l'épais battant de chêne, là où tant d'autres mains s'étaient posées avant la mienne, imprimant au fil du temps une marque en creux à la surface du bois.

La porte de l'église pivota sans bruit sur ses gonds.

— *Confiteor Deo omnipotenti et vobis, fratres, quia peccavi nimis cogitatione, verbo, opere et omissione.*

Je me figeai, les yeux heurtés par la pénombre succédant à l'éclatant soleil du dehors. L'église, uniquement éclairée par quelques cierges, à l'entrée du chœur et sur l'autel, était sombre et pleine de fidèles dont je distinguais les silhouettes agenouillées. L'air était saturé de parfums d'encens, dont la fumée brouillait les contours des vitraux et m'irritait la gorge.

Le prêtre, devant l'autel, ne se tenait pas face à la foule des paroissiens mais de dos, et je ne pouvais pas voir son visage. Courbé devant la croix, il prononçait les paroles rituelles de cette voix fêlée que j'aurais reconnue entre mille. L'émotion me foudroya, si violente que je ne réussis qu'à grand peine à atteindre le prie-Dieu le plus proche pour m'y laisser tomber à genoux, les jambes coupées et la respiration sifflante.

Les paupières closes, je ployai le buste à mon tour jusqu'à toucher le reposoir du front, tandis que Cyrille reprenait, le latin coulant de sa bouche avec autant de fluidité que le français :

— *Mea culpa, mea culpa, mea maxima culpa. Deinde prosequuntur : Ideo precor beatam Mariam semper Virginem, omnes Angelos et Sanctos, et vos, fratres, orare pro me ad Dominum Deum nostrum.*

Il y eut un temps de silence, puis la foule reprit, dans

un murmure commun auquel je me joignis, sans aucun effort, les mots sacrés connus depuis toujours :

— *Misereatur nostri omnipotens Deus, et dimissis peccatis nostris, perducat nos ad vitam aeternam. Amen.*

Je restai prostré, mes genoux pliés sur l'assise rêche du prie-Dieu, les yeux clos, jusqu'au moment de la communion. Scander à l'unisson du reste de l'église les textes latins sacrés m'avait aidé à retrouver mon calme, et lorsque vint mon tour de m'avancer, mes yeux étaient secs.

Fixant le sol, je pris place dans la file, me demandant quand j'avais communié pour la dernière fois. Ce devait être au baptême de Pierrick, et je priai Dieu qu'il me pardonne pour les innombrables péchés commis entre-temps, dans cette vie et aussi dans l'autre.

Je ne relevai la tête qu'au moment de me présenter devant le prêtre, mains jointes et lèvres à demi ouvertes. Nos regards se croisèrent et Cyrille eut un léger tressaillement, signe que jusqu'ici, entièrement habité par son dialogue mystérieux avec Dieu, il ne m'avait pas vu. L'espace d'une ou deux secondes, ses yeux très pâles fixèrent les miens, sans que je puisse y lire quoi que ce soit, puis il me présenta l'hostie, d'une main qui ne tremblait pas.

— *Corpus Christi*, murmura-t-il.

— *Amen*, rétorquai-je, tandis qu'il déposait le pain béni directement dans ma bouche.

J'étais le dernier à communier, et alors que je me signais puis regagnais ma place, Cyrille rejoignit le tabernacle, y rangea les coupes sacrées puis se prosterna, s'absorbant dans une prière silencieuse qui me parut très longue, tandis que l'orgue jouait.

Je vécus la fin de la célébration d'une manière un peu distante, fixant la silhouette de mon frère avec une fierté bouleversée. Par-dessus son éternelle robe noire, il avait revêtu l'habit dominical, une soutane verte rebrodée d'or dans laquelle il avait l'allure d'un seigneur.

Songer que bientôt il mourrait sous le feu des fusils m'était insupportable. Si la perspective de mon propre décès ne m'affectait bizarrement pas, songer au sien était d'autant plus abominable que chaque détail de sa mise à mort me hantait, comme le souvenir de ma propre impuissance.

Il n'y avait pas de hasard.

Dieu existait, j'en étais persuadé, même si ma foi n'était pas aussi absolue ou dogmatique que Cyrille, qui prenait chaque évangile au pied de la lettre et croyait ferme à l'eau changée en vin comme à la multiplication des pains.

Dieu existait, et s'il m'avait donné la possibilité de revenir ici, s'il assaillait mon esprit déjà ballotté d'un siècle à l'autre de visions récurrentes où la mort frappait, inlassable, c'était pour que j'intervienne, pour que d'une manière ou d'une autre je tienne un rôle à la hauteur duquel je n'avais pas été dans le passé.

Il n'y avait pas de hasard. Tout avait un sens, il fallait juste que je réussisse à comprendre lequel.

— Benjamin, pour l'amour de Dieu, qu'est-ce que tu fais ici ?

Je n'avais entendu ni l'église se vider, ni Cyrille s'approcher de moi. Je me remis sur mes pieds d'un coup. Comme lors de la communion, mon frère me fixa intensément sans dire un mot, puis au moment où j'ouvrais la bouche il s'avança et d'une manière très rude, il me prit dans ses bras, me serrant à m'étouffer.

Je répondis à son étreinte, luttant pour ne pas fondre en larmes de nouveau, tant la certitude de l'avoir perdu avait été traumatisante.

— Tu es fou. Tu n'aurais jamais dû venir.

— Tu es bien là, toi.

— Je suis le curé de cette paroisse, imbécile ! Je ne peux tout de même pas rater ma propre messe !

Il chuchotait, bien que l'église soit vide. D'un geste spontané et affectueux, presque paternel, il avait posé sa main sur ma nuque.

— Je suis content de te voir, ajouta-t-il, en même temps qu'il me libérait. Je n'avais pas de nouvelles, j'avais peur que ta blessure s'infecte et que tu prennes la fièvre.

— Noël m'a bien soigné, dis-je, précisant ensuite, un ton plus bas bien que nous soyons seuls : il m'a dit qui il était.

Cyrille eut un temps de réflexion, puis il opina, lentement :

— Il a bien fait...

Il allait poursuivre, quand des bruits de moteurs puissants montèrent soudainement du dehors. Du même élan nous courûmes jusqu'à la sacristie, saisissant chacun une chaise pour nous hisser à hauteur des deux étroites fenêtres qui donnaient sur la place, éclairant d'une lueur fade la pièce où Cyrille entreposait ses soutanes et son matériel liturgique.

Un convoi militaire passait dehors, sous les yeux de la foule endimanchée. Sur un char, un officier allemand se tenait raide, les mains posées sur une mitrailleuse, prêt à faire feu. Parmi les passants, certains avaient levé le bras, saluant l'envahisseur à la façon hitlérienne, et bien que cela ne veuille rien dire, bien qu'il puisse tout aussi bien s'agir d'un sympathisant de la cause, jouant le jeu de l'ennemi pour tromper les miliciens présents, je ne pus retenir une grimace de dégoût.

— Les Boches patrouillent dans tout le canton, expliqua Cyrille à mi-voix, quand le gros du convoi eut disparu dans un nuage de poussière. Ceux d'Anthon ont fait prisonniers trois officiers, hier matin. Il y en a un qui a réussi à foutre le camp, et depuis ils traquent les coupables pour faire un exemple. On a fait dire à Étienne de mettre ses hommes à l'abri et de ne pas se montrer pendant quelque temps.

Cyrille avait l'air inquiet, et je songeai immédiatement à

l'officier allemand que nous avions sortis du ravin avec Mélaine. Est-ce qu'il pouvait s'agir du prisonnier dont parlait mon frère, celui qui avait échappé aux maquisards et qui risquait maintenant de faire tomber le réseau ?

Je dus pâlir car Cyrille, qui redescendait de sa chaise, se précipita vers moi pour m'aider à quitter mon perchoir, puis voulut me faire asseoir, son bras autour de ma taille.

— Hé, ça va, dis ? Tu ne vas pas tourner de l'œil ? J'avais bien dit à Noël de te garder jusqu'à ce que tu sois en état.

Secouant la tête pour le rassurer, je me libérai de son bras pour le regarder en face.

— Cyrille, l'officier dont tu parles... Il avait vu le camp ?

— Non, grâce à Dieu. L'AS[7] avait demandé qu'on les garde sur place, jusqu'à ce que Tom arrive. Ils les ont parqués dans une grange, près d'une ferme abandonnée sur la route des crêtes. Les Fritz ont profité de la relève pour attaquer, les gars d'Étienne en ont tué deux, mais le troisième s'est fait la malle.

Je hochai la tête, respirant un peu plus librement.

— Il ne sait pas grand-chose, alors...

— Non, mais ce pas grand-chose, c'est déjà trop. Il y a eu des dénonciations, beaucoup de têtes du réseau ont été arrêtées, et certains ont parlé sous la torture. Nous sommes tous en danger, une partie de l'état-major des FFI[8] va quitter le pays dans les prochains jours. Tom a pris les ordres de Londres, il faut qu'on accélère les choses. Ils veulent avancer les premiers parachutages, sans attendre le printemps.

— Où ça ?

— On attend les dernières instructions. Mais ce sera aux Glières, sûrement.

Aux Glières... La conversation, entre Thibault et son fils,

---

[7] L'Armée Secrète
[8] Forces Françaises de l'Intérieur

me revint par bribes, semblant surgir du fond des âges, ce qui d'une certaine façon était le cas.

Qu'avaient-ils dit, à propos de ce que s'était passé sur le plateau ? Avaient-ils donné des dates, des éléments précis ? Je n'en étais pas sûr. Absorbé par le fait que Pierrick m'avait fait faux bond ce jour-là, fatigué, contrarié, je n'avais prêté que peu d'attention à leur discussion, et je le regrettais amèrement.

— Au mois de février, dis-je, avec la neige qui est tombée là-haut, pour récupérer les armes et le matériel, on va s'en voir...

— L'état-major pense que c'est le meilleur endroit. C'est vaste, dégagé, et il n'y a que deux routes d'accès faciles à sécuriser. On va mobiliser tous les maquis dans les prochains jours pour les faire converger jusqu'au plateau.

— Le nôtre aussi ?

— Une partie seulement.

Rassuré sur mon sort, Cyrille m'avait finalement lâché pour s'affairer dans son antre. Je le suivis des yeux, tandis que continuant de parler, il rangeait avec soin les livres et le linge sacrés dans des malles, puis sans s'embarrasser de manières quittait en même temps son habit liturgique et sa soutane, dévoilant sans pudeur son corps nu. Je sursautai en découvrant le large hématome qui s'étalait dans son dos, de la pointe de l'omoplate jusqu'au flanc.

— C'est quoi, ça ?

— Je te l'ai dit, les Boches s'agitent, et les miliciens font du zèle, répliqua mon frère, le ton faussement léger, tandis qu'il récupérait une chemise et un pantalon dans son armoire, puis s'habillait en civil, sans même un col romain.

— C'est la milice, qui t'a arrangé de la sorte ?

— On est en guerre, Benjamin. Ne t'en fais pas, ils sont beaucoup plus amochés que nous.

Il se retourna, balayant le sujet d'un sourire.

— Tu ne portes plus la soutane ? demandai-je, troublé.

— Par les temps qui courent, je préfère ne pas me faire remarquer.

Fugitive, l'image de son exécution, son habit noir claquant au vent, passa devant mes yeux.

— Très bien. Tu as raison, ne la remets pas, dis-je. Je viens avec toi ?

— Non. Tu remontes, et tu attends que je revienne. Je ne serai pas long. Je te l'ai dit, seule la moitié de nos gars ira aux Glières, et tu n'en feras pas partie.

— Si on doit se battre, je veux en être, Cyrille ! Dis-le à Tom !

— Tom le sait, et il t'en est reconnaissant, crois-le bien. Patiente encore un peu, petit frère, et en attendant remonte, et prends des forces. Les jours à venir ne seront pas de tout repos.

Il me sourit de nouveau, puis me poussa devant lui, hors de la sacristie, qu'il verrouilla prestement. Il dissimula ensuite la clé dans une cache, derrière une pierre descellée de l'autel, puis cligna de l'œil dans ma direction.

— Je sors le premier. Compte jusqu'à cent et va-t'en.

De son pas vif, il me dépassa, m'embrassant au passage sur le front. J'avais encore un peu de mal à m'habituer à le voir sans soutane.

— Cyrille ! appelai-je au moment où il trempait ses doigts dans le bénitier, s'agenouillant pour prendre congé de Dieu avant de sortir.

Il acheva tout de même son signe de croix, puis demanda, sans impatience :

— Oui, Ben ?

— Cette mission, que Tom veut me confier... Tu en seras aussi ? Tu resteras avec moi ?

Dans la pénombre de la nef, je ne pouvais pas voir son expression, mais il n'y avait aucune hésitation dans sa voix lorsqu'il répondit :

— Bien sûr, que j'en serai. Tu n'es qu'un gamin,

comment est-ce que tu pourrais te débrouiller, si je n'étais pas là ?

— Je vais avoir trente-cinq ans, Cyrille, remarquai-je, amusé malgré moi.

— Ce n'est pas une question d'âge, mais de tempérament, répliqua mon frère, gravement. Même quand nous serons très vieux tous les deux, où que tu ailles, je resterai toujours avec toi.

Il n'y avait que peu de chances que nous devenions très vieux l'un ou l'autre, j'étais bien placé pour le savoir et il le savait aussi, mais à quoi cela aurait-il servi de le dire ?

— Et si je me marie ? Je n'ai pas fait vœu de célibat, moi !

— Arrange-toi pour en trouver une qui me supporte, parce que tu ne te débarrasseras pas de moi comme ça, rétorqua-t-il aussitôt, flegmatique.

Je me contentai d'un sourire, que dans l'ombre il ne pouvait pas voir.

Puis il quitta l'église, me laissant seul dans l'obscurité, froide et rassurante, de la maison de Dieu.

23

Obéissant à Cyrille, je regagnai le maquis, quitté à peine quelques heures plus tôt.

Il y régnait le calme inquiétant qui précède les orages, les hommes plongés dans une espèce d'oisiveté bizarre, sommeillant, lisant ou jouant aux cartes, absorbés en somme par des activités dont le seul dénominateur commun était de n'avoir aucun rapport avec la guerre, de près ou de loin. Aucun ne nettoyait son arme, personne n'étudiait les cartes d'état-major ou n'était occupé à capter les émissions de Radio Londres, qui reliaient les maquis les uns aux autres et les Forces Françaises de l'Intérieur au reste du monde.

Même Augustin, appliqué, noircissait les pages de son journal, et ne releva pas la tête quand j'entrai dans la portion de galerie qui tenait lieu de salle commune. Un des gars, je ne me souvenais plus lequel, avait apporté de chez lui une longue table de ferme et des bancs, on avait aménagé une façon de cheminée où nous faisions cuire les repas à tour de rôle, de la soupe d'ortie, des patates jusqu'à plus soif, et parfois aussi du lard et des carottes, quand les habitants des vallées nous faisaient passer des victuailles pour améliorer l'ordinaire.

Il n'y avait pas de chauffage, les logements étaient à peine décents, avec pour tout mobilier de vieux lits de métal que nous avions récupérés de l'armée d'armistice, avant qu'elle soit dissoute. Ça valait mieux, toujours, que les tentes et les sacs de couchage, à même le sol gelé, dont devaient se contenter certains.

— Peut-être, maugréa Augustin à qui j'en faisais la réflexion... Mais il serait temps qu'elle se termine, cette foutue guerre. Les gars n'en peuvent plus, et même les harangues de Tom et les sermons de ton frère commencent à perdre de leur effet.

Il écrivait toujours, de sa très fine écriture penchée. Je m'assis en face de lui, l'observai un moment en silence, et il finit par poser sa plume et par me dévisager, interrogateur.

— Allez, mon lieutenant, dis-moi ce que tu as sur le cœur une bonne fois et qu'on n'en parle plus, lâcha-t-il, avec dans la voix du défi, et un peu d'angoisse aussi.

Je fronçai les sourcils, dérouté.

— Je ne comprends pas de quoi tu parles.

Ce fut son tour de paraître surpris, puis il me rappela, avec réticence, la manière dont sous le feu des Allemands, il avait suggéré à Cyrille de m'abandonner aux mains de l'ennemi. Je n'en avais qu'un souvenir imprécis, et je haussai les épaules.

— C'est ce que l'armée nous a enseigné dans ce type de situation. J'aurais fait la même chose.

— Je ne crois pas, mon lieutenant. Toi et ton frère, vous êtes... Il chercha le mot un moment, les yeux perdus au plafond, au point que je crus qu'il avait oublié la fin de sa phrase en route, puis il dit, pensif : Vous êtes miséricordieux.

Le terme me fit sourire, et je lui claquai l'épaule, pour bien lui faire comprendre que je ne lui tenais pas rigueur de son attitude.

— En temps de guerre, je ne suis pas vraiment sûr que ça soit une qualité.

Plus serein, il se leva, gagnant le petit réchaud, dans un coin, où une casserole d'eau chauffait. Sans me demander mon avis, il nous servit deux tasses du breuvage qui depuis des semaines remplaçait le café rationné, une décoction bizarre d'herbes que Claudius allait régulièrement ramasser dans les sous-bois, dans des coins qu'il gardait secrets.

— Maintenant qu'il est mort, il va falloir trouver autre chose à boire... remarqua Augustin avec nostalgie, en posant la tisane devant moi.

Le goût était amer et un peu piquant, et je n'étais pas sûr que m'en passer me pèserait tellement, mais je soufflai, levant ma tasse comme pour porter une santé :

— Paix à son âme.

Nous trinquâmes, perdus chacun dans des pensées sombres, jusqu'à ce que la porte s'ouvre, livrant passage à Mélaine. En la découvrant, je reposai ma tasse avec brusquerie, le souffle coupé.

Elle avait troqué sa jupe contre un pantalon d'homme qui lui glissait sur les hanches, alors que sous sa chemise étriquée ses seins bombaient le tissu comme s'ils cherchaient à sortir. Ses cheveux roux étaient noués en chignon flou, posé haut sur la tête, dont des boucles s'échappaient en tout sens, elle ne portait ni maquillage ni bijou et ainsi mise, dénuée de tout artifice et presque de féminité, elle me paraissait plus jolie que jamais.

Indifférent au regard interrogateur d'Augustin, je me levai d'un bond, traversai la salle en deux enjambées et la pris dans mes bras, avec tant d'empressement qu'elle éclata de rire, ravie et gênée tout à la fois.

— Benjamin, arrête, voyons !

— Tu es revenue...

— Qu'est-ce que tu racontes ? C'est toi qui m'avais demandé d'attendre ici... Tu as vu Cyrille ?

— Je l'ai vu, dis-je, tandis que lui prenant la main, je l'entraînais vers le fond de la salle et l'accès aux kilomètres de galeries qui couraient sous la montagne.

Nous n'en avions colonisé qu'une infime partie pour installer notre QG et deux dortoirs. Enfoncées beaucoup plus loin dans le dédale, il y avait des caches d'armes et de munitions, dont les stocks s'amenuisaient au fil des opérations. Si les parachutages alliés n'arrivaient pas très vite, bientôt pour arrêter l'ennemi nous n'aurions plus que nos poings.

Le sol argileux des souterrains était glissant, les parois et le plafond suintaient d'eau glacée qui nous tombait dans les cheveux et le cou. Au passage, j'avais récupéré une lampe-torche pour éclairer nos pas, mais la lueur était faible et nous trébuchions sur les anfractuosités inattendues du chemin, nous retenant l'un à l'autre en riant tout bas.

Nous étions comme deux enfants, un jour d'école buissonnière.

— Où est-ce que tu m'entraînes ?

— Viens. Je veux te montrer quelque chose.

— Benjamin, j'ai un peu peur.

— Moi pas, rétorquai-je, sincère, songeant à l'IRM et à la panique de Benjamin Teillac, mon autre moi, confronté au confinement.

J'étais lui, pourtant, mais cette différence parmi beaucoup d'autres me faisait préférer, chaque jour davantage, la version passée de moi-même. Le Benjamin de 1944 se jouait de la claustrophobie, comme des terreurs irrationnelles qui encombraient trop souvent l'esprit des hommes. Jamais il ne se serait laissé voler sa femme, priver de son fils, et encore moins mettre à la porte par un roquet arrogant comme Haetsler. Et jamais il n'aurait été affublé d'une maladie aussi stupide que l'épilepsie, c'était évident.

Benjamin Sachetaz était respecté de ses hommes, aimé sans conditions par un frère qui ne le partageait qu'avec Dieu, et puis il avait Mélaine.

J'avais Mélaine, Seigneur, par-dessus tout. Je l'avais sauvée sur le pont, et elle avait fait de même, en nous ramenant Cyrille et moi chez son père et en nous y cachant des Allemands. Peu importaient les obstacles, peu importait ce que je savais de l'avenir, le nôtre et puis celui du monde... Mélaine et moi étions l'un à l'autre, notre amour définitivement scellé lorsqu'elle s'était offerte, sur le chemin de la montagne.

— Quand la guerre sera finie, soufflai-je, serrant ses doigts dans les miens, quand tout sera achevé, alors je t'épouserai. Cyrille dira la messe, et puis nous irons en procession jusqu'à l'auberge de la Corsetière, en dansant tout au long du chemin. Il y aura des rires et des chants, nous inviterons tout le village, et même ceux des fermes d'en haut, au-delà du Giffre et qui nous connaissaient enfants. À la Corsetière, Marguerite aura mis des nappes brodées sur les tables, et puis des bougies et des bouquets de fleurs...

— Quelle sorte de fleurs ? m'interrompit Mélaine, sérieuse.

— Des fleurs des champs, de celles qui poussent libres

au bord des sentiers, semées au gré du vent.

Je me retournai pour l'attirer à moi et lui voler un baiser.

— J'aime les fleurs des champs, approuva-t-elle, les paupières plissées comme elle visualisait l'auberge de montagne, les tables dressées en terrasse avec sur chacune, la flamme dansante d'une bougie brillant dans le crépuscule, et l'orchestre tout au fond.

— Il y aurait deux violons, et un accordéon.

— Mon père voudrait sûrement jouer un air d'harmonica en notre honneur.

— Nous le laisserions faire.

— Il joue abominablement.

— Tout de même. Je ne peux pas lui refuser ce plaisir, alors que je lui prends sa fille.

— Mettons un seul air. Et assez tard dans la nuit, pour que le gros des invités soit déjà parti.

— C'est entendu.

— Et que penses-tu que nous mangerions ?

— Il y aurait du mouton, et puis le quart d'un bœuf que l'on rôtirait à la broche, des carottes, des fèves, des panais et des citrouilles, des fromages à profusion, et puis des desserts, aussi, des gâteaux extraordinaires à plusieurs étages, des croquembouches dégoulinants de caramel, des tartes meringuées...

— Tu comptes donc inviter tout le canton ? s'amusa-t-elle.

— Ce seront des noces dignes d'une reine. On en parlera encore, des années plus tard, comme du plus bel événement qui ait eu lieu à Saint-Calixte.

Nous avions marché tout en rêvant à voix haute et Mélaine, toute à la féerie que je créais pour elle, ne reprit pied dans la réalité qu'au moment où la galerie s'élargissait, débouchant avec brusquerie sur une rivière souterraine, qui coulait sans bruit.

Du plafond, des failles dans la crevasse dispensaient

une lumière naturelle qui rendait l'eau, pure et transparente, d'un vert phosphorescent. Sur les murs, des cristaux incrustés dans la pierre scintillaient doucement, contribuant à donner à l'endroit une atmosphère mystérieuse, presque magique. La rivière se perdait un peu plus loin, s'engouffrant sous la roche en bouillonnant.

Émerveillée, Mélaine s'assit sur la pierre, les jambes pendant dans le vide, ses pieds surplombant le cours d'eau d'un bon mètre. Le nez en l'air, elle contempla un très long moment la voûte au-dessus de la rivière, d'où pendaient des stalactites nacrées et des concrétions ajourées comme de fines dentelles.

— Je ne savais pas qu'il y avait un tel endroit au bout de ces galeries, fit-elle enfin, le ton songeur.

— Il reste tant de lieux magiques à découvrir ensemble...

Je m'étais assis à côté d'elle, et j'entourai ses épaules de mon bras tandis qu'elle se blottissait contre moi. Nous restâmes ainsi, immobiles, conscients de ce que ce moment volé à la guerre et au chaos du dehors avait de précieux, jusqu'à ce que le froid humide traverse nos vêtements. Nous revînmes sur nos pas, alors, toujours enlacés, nous murmurant des mots tendres et rivalisant de projets d'avenir toujours plus irréalisables et grandioses.

Était-ce parce que je savais que le temps nous était compté que je m'appliquais avec tant d'imagination à lui dépeindre un futur sans aucune ombre, un monde où nous ne vivrions que d'amour et serions éternellement heureux ?

Mon nom, sur le monument aux morts, me disait pourtant que rien de tout cela ne pourrait exister. Fusillé, déporté, dans tous les cas j'allais mourir, demain ou dans deux mois, mais avant la fin de la guerre, c'était écrit, certain. Je n'épouserais pas Mélaine, nous n'aurions ensemble ni de maison tout au bout du chemin des carrières, à côté du vieux cèdre bleu, ni d'enfants roux qui lui ressembleraient.

Notre histoire était un leurre, une illusion.

— Benjamin ?

— Oui ?

— Tu étais sérieux, tout à l'heure, quand tu disais que tu voulais m'épouser ?

— Si tu veux bien de moi.

Elle eut un sourire éclatant. Elle me força à m'arrêter, approchant ses lèvres des miennes, puis elle souffla, doucement :

— Je le veux.

24

Lorsque nous revînmes dans la salle commune, presque vingt minutes après, Cyrille, Ferrant et un groupe d'inconnus avaient rejoint Augustin. Le géant noir et mon frère parlementaient sur un ton qui était presque de dispute, et je lâchai aussitôt la main de Mélaine pour m'approcher d'eux. Silencieuse, elle se coula dans l'ombre pour sortir discrètement, le regard de son père braqué sur elle jusqu'à ce qu'elle ait quitté la pièce. Puis le Sterne me fixa, d'un air peu amène qui me laissa penser qu'il avait compris ce qui se passait entre sa fille et moi, et qu'il n'appréciait pas. Il y avait dans son expression un avertissement net, et nous nous affrontâmes un moment du regard avant qu'il ne me lâche, le premier, pour reporter son attention sur Cyrille.

Par extraordinaire, celui-ci semblait nerveux, un tic de tension crispant sa lèvre tandis qu'il écoutait Augustin.

— ... Et moi je dis que c'est une folie de vouloir passer par la Dent Blanche ! En cette saison, déjà pour des hommes valides et entraînés, l'entreprise serait périlleuse, mais imaginer franchir le col avec des enfants et des femmes, dont une enceinte, qui plus est...

Mon regard, en réaction, se reporta sur le petit groupe qui, un peu à l'écart près de la cheminée, attendait en silence l'issue de la confrontation. L'enfant dont parlait Augustin, blonde et bouclée, dormait sur les genoux de sa mère, presque une jeune fille encore, à la peau diaphane et à l'air épuisé. À côté d'elle, une brune très typée d'une vingtaine d'années avait posé ses mains en protection sur son ventre arrondi. J'avais assez transporté de femmes enceintes dans mon ambulance pour deviner qu'elle était à terme, ou que peu s'en fallait. Alors que je songeais à Quentin, le bébé que dans mon autre vie je n'avais pas réussi à sauver, la scène de l'accouchement dans une cabane de montagne, à laquelle j'avais rêvé comme en prémonition, me revint avec brutalité, et je les reconnus. Les deux femmes, la fillette blonde, et aussi l'homme, un gaillard immense, encore plus grand qu'Augustin, dont les yeux verts tranchaient avec la carnation sombre et les cheveux noirs de jais.

— De toute manière, disait Cyrille excédé, on ne t'oblige à rien ! Ce n'est pas moi qui t'empêcherai de rester là planqué bien au chaud, Gus, si tu ne te sens pas à la hauteur de ce que Tom a demandé !

La température des galeries, malgré la pauvre cheminée, devait à grand peine friser les quinze ou seize degrés, et l'expression « bien au chaud » était très relative, mais elle piqua Augustin au vif, comme mon frère l'avait sans aucun doute escompté. Il se redressa de toute son imposante carrure, et un bref instant je crus qu'il allait lever son poing et l'écraser dans la figure de Cyrille. Mon frère était toujours habillé en civil, et si aucun des maquisards n'aurait voulu attirer sur lui les foudres de Dieu en frappant l'un de Ses serviteurs, sans soutane Cyrille n'était plus qu'un homme, et rien ne le protégeait de la colère de ses semblables. D'un pas de côté, je me plaçai à côté de lui, mon bras collé au sien, défiant Augustin du regard. Ferrant, entre eux, n'avait pas esquissé un mouvement.

— Tu m'accuses de lâcheté, curé ?

— Je dis juste que s'il faut, nous nous passerons de toi. Benjamin connaît le chemin comme sa poche, il les conduirait en Suisse les yeux fermés ! Pas vrai ? ajouta-t-il à mon intention, sans me regarder.

J'approuvai, d'un borborygme conciliant, bien que les arguments d'Augustin ne me paraissent pas inappropriés. De nouveau, je me tournai vers le petit groupe, m'attardant sur le ventre arrondi de la femme brune. Les paupières à demi closes, elle était en train de s'endormir.

— Je n'ai jamais refusé d'exécuter un ordre, Cyrille, tu le sais, marmonna Augustin.

Le regard de mon frère se fit soudain aigu.

— Comme je sais que la nécessité de sauver ta peau, quelquefois, prévaut sur celle de tes frères d'armes.

L'allusion, violente, à l'attitude d'Augustin sur le pont lorsque j'avais été blessé le fit tressaillir, et il me jeta un regard de désarroi extrême. Mal à l'aise, je posai une main sur l'avant-bras de mon frère.

— Cyrille. On s'en est expliqués entre nous. N'y reviens pas.

— Dieu pardonne. Moi je ne suis qu'un homme, répliqua-t-il, presque inaudible.

J'allais renchérir, mais Augustin trancha, le ton rogue :

— C'est bon. Nous irons dès ce soir, puisque c'est si important. La lune est dans son premier quart, mais dès que la neige se remettra à tomber on risquera de se perdre ou de rester bloqués dans la passe. Tu en prends la responsabilité, curé.

Puis il se détourna, lâchant encore, sombrement :

— Je vais préparer les sacs. Nous prendrons seulement Marcel, en plus de nous trois. Inutile d'être trop nombreux à partir au casse-pipe.

— C'est toi qui décides, Gus, répliqua Cyrille, redevenu accommodant maintenant qu'il avait remporté l'affrontement.

J'attendis qu'Augustin s'éloigne avec Ferrant pour me pencher vers mon frère, murmurant à son oreille pour n'être entendu que de lui :

— Cyrille, je crois qu'elle est trop enceinte, tu sais.

Il me dévisagea, presque amusé.

— On ne peut pas être trop enceinte, Benjamin, répliqua-t-il finalement, du ton patient d'un père expliquant quelque évidence à son enfant.

— Au moment d'accoucher, si.

— Elle ne va pas acc...

— Si. Dans la montagne, cette nuit, alors que nous n'aurons même pas franchi la passe. Elle va accoucher, son bébé va mourir et je crois bien que même elle, elle n'en réchappera pas, rétorquai-je, le ton pressant.

Son expression, au fil de mes paroles, s'était modifiée, mais alors que je me serais attendu à ce qu'il se moque de moi, Cyrille me fixait d'un air grave, presque désolé. Il resta un moment silencieux, comme s'il méditait ce que je venais de dire, puis il demanda, avec une lenteur bizarre :

— Tu me dis qu'il ne faut pas les emmener ?

— Je dis juste qu'il vaudrait mieux attendre.

— Rien ne dit qu'elle accouchera cette nuit. D'après Stévenin, ajouta-t-il en désignant d'un geste le colosse aux yeux verts, il y en a encore pour quinze jours.

— Il se trompe.

— Parce que tu es médecin, maintenant ?

— Non, mais...

Sans me laisser finir ma phrase, Cyrille me saisit soudainement le bras et m'entraîna à sa suite dans le dédale des galeries.

J'avais posé ma lampe en revenant avec Mélaine et nous n'en avions pas pris d'autre, négligeant d'actionner l'interrupteur de la salle commune pour éclairer les quelques ampoules qui couraient au plafond du boyau principal.

Dans la pénombre, il me remorqua par le bras, le pas sûr, dépassant les chambrées pour me faire entrer vingt mètres plus loin, dans une sorte de renfoncement de cinq mètres de côté où nous stockions nos maigres réserves de nourriture. Sans me lâcher, il fouilla sa poche, en sortit une boîte d'allumettes et en craqua une sur la paroi rocheuse, allumant une bougie posée sur une caisse, devant l'entrée. Puis il repoussa la planche qui tenait lieu de porte, tira deux caisses vides de l'amoncellement qui encombrait le fond du local, m'en désigna une, le geste impérieux, tandis qu'il prenait place sur l'autre.

— Assieds-toi, ordonna-t-il, le ton sec.

Troublé, j'obéis, m'installant en face de lui, hypnotisé par son regard clair où pour le moment, rien ne transparaissait plus de sa tendresse coutumière.

— Tu as des clopes sur toi ? questionna-t-il, incongru.

— Euh, oui, mais... Tu ne fumes pas, rappelai-je, dérouté.

— Ne dis pas de conneries, rétorqua-t-il, tendant la main vers moi.

Hésitant, j'y déposai mon paquet, attendis qu'il se serve, observant avec étonnement la manière dont il allumait sa cigarette, ses gestes trahissant effectivement l'habitude.

Quelle importance ? me dis-je. Quelle importance qu'il fume ou pas ?

Je me sentais mal, angoissé comme un coupable pris en faute et qu'on va juger. Il me rendit mon paquet et je me servis à mon tour, sans trouver dans la première bouffée de poison, ni dans les suivantes, l'apaisement que j'aurais espéré.

— Voilà, dit Cyrille. Nous sommes seuls, sans autre témoin que Dieu. Maintenant, parle.

— Co... Comment ?

Son regard transparent se durcit, la flamme dansante de la bougie se reflétant dans ses prunelles d'une façon un peu inquiétante.

— Tu es mon frère, Ben, et je t'aime plus que tout, tu sais ça, n'est-ce pas ?

Incertain, je hochai la tête, puis j'écrasai sur le sol sablonneux ma cigarette à peine entamée, trop nerveux brusquement pour fumer. Du regard, il avait suivi mon geste, comme perdu dans ses pensées, mais lorsqu'il parla de nouveau sa voix était claire et posée :

— L'autre jour, quand tu as été blessé, l'hémorragie et la douleur t'ont fait dire certaines choses. Est-ce que tu t'en souviens ?

- Je... Pas vraiment, mais...

- Tu as cité des noms. Des gens que personne ne connaît, qui n'appartiennent à aucun réseau, et que tu m'as demandé de prévenir. Tu as parlé d'un certain Auberviliers, d'un Pierrick et d'un David. Et aussi d'un Haetsler, que tu évoquais comme s'il s'agissait d'un supérieur. Tu disais qu'il fallait que tu sois à la hauteur, que tu remplisses tes missions sans te faire prendre, ou sinon tu aurais des comptes à lui rendre.

Bouche entrouverte, je le dévisageais sans mot dire, peinant à intégrer ce qu'il me disait. Avec brusquerie, il se leva, sa cigarette aux lèvres, ses yeux rivés aux miens. Tétanisé, je ne bougeai pas, même quand il fut devant moi et d'un geste brutal, m'agrippa par les épaules et me poussa en arrière. Sans que je puisse me retenir, il me projeta contre la paroi, si violemment que l'arrière de ma tête heurta le rocher. Aussitôt, je sentis un liquide chaud couler dans ma nuque, tandis que le bras de Cyrille venait s'écraser dans mon cou, son corps contre le mien, bloquant mes mouvements.

Affolé, je me débattis, réveillant la douleur de mon flanc,

sentant distinctement la plaie se rouvrir sous le pansement. Puis le canon de son arme vint se poser sous mon menton et je m'immobilisai, incapable de penser à quoi que ce soit. À moitié étouffé par sa poigne, j'émis un gémissement animal. Son visage se matérialisa, proche à toucher le mien, et je vis que ses yeux étaient noyés de larmes.

— Haetsler, dit-il, Haetsler, c'est un nom allemand.

De nouveau, je geignis, m'agitant faiblement, écrasé entre lui et le rocher. Il maintenait son avant-bras enfoncé dans mon cou, m'empêchant de parler, et ma respiration commençait à devenir sifflante. Mon champ de vision se brouillait progressivement, et je me sentis ployer sur mes jambes, mon cerveau privé d'oxygène menaçant de se mettre hors-jeu.

Cyrille dut s'en rendre compte, et son étreinte se relâcha très légèrement, me permettant de reprendre une inspiration douloureuse, tandis qu'il demandait, la voix hachée par les sanglots :

— Je t'en prie, Ben, je t'en supplie. Dis-moi que je me trompe. Dis-moi que tu ne collabores pas, pour l'amour de Dieu !

Il marqua une pause, pas suffisante pour que je puisse répondre. Son revolver était toujours enfoncé sous ma mâchoire. Il tremblait tellement que je songeai, avec un drôle de détachement, que le coup allait finir par partir tout seul. Est-ce que j'aurais le temps d'entendre la détonation ? Est-ce que j'aurais le temps de savoir, avant d'être mort ?

— Pourquoi est-ce que tu n'as installé qu'une seule charge, sous le pont ? Tu n'aurais pas agi autrement si tu avais voulu rater ton coup !

— Tu sais très bien que... je n'avais plus le temps... Et puis... Le pont a explosé. Cyrille... Lâche-moi...

Il poursuivit, sans tenir compte de ma remarque, pas

plus qu'il ne faisait mine de vouloir me libérer :

— Le Sterne dit qu'alors que tu étais chez lui, il t'a surpris à fouiller dans son armoire.

— Je pensais que c'était lui, qui... était de mèche avec les Schleus... Je pensais...

— Tu as posé beaucoup de questions. Et tu avais l'air d'en savoir très long, sur le sort que les Allemands réservent à leurs prisonniers. Tu as dit à Noël qu'il y avait des camps d'extermination, où les nazis assassinaient des innocents en masse... Comment est-ce que tu peux en être aussi sûr ?

— Je...

— Lorsque nous étions dans la cache du plancher, poursuivit Cyrille, le débit de plus en plus rapide et saccadé, quand la Gestapo a débarqué, il a fallu que je me couche sur toi et que finalement je t'assomme, tellement tu bougeais... Comme si tu voulais que les Schleus nous trouvent.

— J'étais blessé, délirant, tu l'as... dit toi-même. Je ne savais plus... plus ce que je faisais.

— C'est ce que j'ai cru d'abord, en effet. Mais il y a eu le reste. Comment dois-je interpréter la façon récurrente dont tu m'annonces depuis quelques jours que je vais mourir ? Ton insistance ne colle pas avec une mise en garde de hasard, mon frère, elle ressemble bien plus à une menace. Est-ce qu'on t'a chargé de m'éliminer ? Est-ce que c'est une façon pour toi de te dédouaner par avance de ton crime, de te défendre à l'heure du jugement en disant que tu m'avais prévenu ?

Mes yeux s'agrandirent, horrifiés.

— Comment peux-tu me soupçonner une seconde de te vouloir du mal, Nom de Dieu ?

Le juron était venu tout seul. Immédiatement, je sentis la pression du revolver disparaître, et la seconde d'après le poing qui tenait l'arme s'abattit sur ma tempe. Je m'effondrai, à moitié assommé, puis Cyrille s'agenouilla devant moi, me plaquant au mur de nouveau tandis que son arme reprenait sa place.

— Ne jure pas au nom du Seigneur ! rugit-il.

Je pleurais franchement maintenant, reniflant pitoyablement, les joues inondées de larmes, du sang coulant dans ma nuque et sur ma tempe.

Ardemment, je priai le Dieu que je venais d'insulter pour qu'il me laisse partir, pour que mon âme ou ma conscience, quelle que soit la façon dont il fallait nommer mon moi pensant, retourne dans le futur, loin de Cyrille et de ses accusations, loin de cette arme posée sur mon cou. Je voulais fuir, je voulais me libérer avant qu'ivre de colère et de déception il me tue, je ne voulais pas être conscient de l'irréparable, j'avais peur, de mon frère, de la mort et de l'inconnu.

Ce n'était pas réel. C'était impossible, on ne pouvait pas revenir en arrière, pas revivre le passé ni dans cette vie ni dans aucune, il s'agissait d'un cauchemar, d'un effet indésirable du médicament d'Auberviliers, et j'allais nécessairement dissiper l'illusion maintenant que j'avais enfin réussi à m'en persuader.

Je fermai les yeux, aussi fort que je pouvais, puis les rouvris, suppliant Dieu de me transporter en 2014, dans le jardin paisible de David et Thibault.

Mais je ne pus que plonger dans le regard clair et impitoyable de Cyrille.

— Et cet Allemand, que vous avez trouvé sur votre route avec Mélaine, en venant ici, et que tu as laissé foutre le camp ?! Comment justifies-tu ça, hein ? Comment est-ce que tu l'expliques ?

Il ne criait pas. Sa colère était sourde et désespérée, ce qui était bien pire encore que s'il m'avait hurlé ses soupçons à la figure. Je me laissai aller en arrière, entre les caisses de pommes de terre et les sacs de riz.

— Comment est-ce que tu es au courant ? balbutiai-je.

— Mélaine l'a dit à son père, qui me l'a dit. Et n'essaie pas de me raconter le contraire, j'ai bien vu la tête que tu faisais, lorsque tantôt à l'église je t'ai parlé de l'officier qui avait échappé à Étienne et à ses gars.

— Je ne dis pas le contraire, soufflai-je machinalement, défait.

Le canon du revolver, comme en réaction, s'enfonça dans mon cou un peu plus profondément.

— Lorsqu'il a su, Noël voulait t'abattre sans sommation. C'est moi qui lui ai demandé de te laisser une chance de t'expliquer.

Je soutins son regard incolore, accroché au mien. Il pleurait toujours, silencieusement, mais je le connaissais assez pour savoir que rien ne saurait le détourner de son devoir, pas même l'amour qu'il me portait.

— Et c'est toi qui vas te charger de me tuer, si je ne peux pas te convaincre ? demandai-je, d'une voix que je m'efforçais d'empêcher de trembler.

— Dis-moi la vérité, Benjamin, répliqua-t-il.

— Lâche-moi d'abord. Tu me fais mal, je veux m'asseoir.

— Tu ne vas pas chercher à foutre le camp ?

— C'est toi qui tiens le revolver, remarquai-je, puis, voyant qu'il ne semblait pas convaincu : Tu as ma parole.

Aussitôt, il recula, redressant la caisse qui avait volé quand il s'était levé pour fondre sur moi. Il s'assit dessus, le revolver toujours dans la main mais canon vers le sol, presque comme s'il avait oublié qu'il le tenait.

— Je t'écoute.

Ankylosé, je me redressai, tâtant machinalement mon crâne là où j'avais cogné le rocher, pour constater que je ne saignais plus. Sans lâcher Cyrille des yeux je m'assis, adossé à la paroi, fouillant ma poche pour y récupérer mes cigarettes. Je pris le temps d'en allumer une, puis fis glisser le paquet dans sa direction. Il eut une légère hésitation, puis se servit. Pour la seconde fois, malgré mon trouble, je tiquai sur cette manière très particulière qu'il avait d'allumer sa Gitane, en inclinant le cou de sorte que la cigarette vienne au contact de l'allumette, presque à l'horizontale. Je secouai la tête, agacé de moi-même et de cette attention portée à des détails stupides quand ma vie était en jeu.

— Très bien. Tu veux connaître la vérité, je vais te la dire. Essaie de ne pas m'interrompre, tu veux bien ?

Il acquiesça silencieusement, tandis que je réfléchissais à la meilleure manière de commencer.

— Je m'appelle Benjamin Sachetaz, dis-je, et je suis ton frère. Nous avons grandi ensemble, dans une ferme de Saint-Calixte, en Haute-Savoie, où nos parents pratiquaient l'élevage...

Je vis que Cyrille esquissait une mimique impatientée, ouvrant déjà la bouche. Je levai la main.

— Tu as promis de ne pas m'interrompre, rappelai-je, exhalant une longue bouffée de fumée avant de reprendre, les yeux à demi-fermés : Je me souviens de ces années d'enfance, de notre vie à la ferme, de nos courses dans la montagne, aussi bien sans doute que toi tu t'en souviens. Nous avons été heureux, jusqu'à ce que père meure dans la Marne, pendant la Grande Guerre. Mère était si triste que nous n'avons, sans nous l'avouer, qu'attendu d'avoir l'âge de pouvoir partir, fuir Saint-Calixte et ses fantômes. Tu es entré au séminaire, moi à Saint-Cyr et ce n'est qu'en m'éloignant de toi que j'ai compris que nous ne pouvions pas vraiment nous passer l'un de l'autre. Quand tu es revenu pour diriger la paroisse du village, il y avait déjà quelques années que mère était partie sur la Côte. Nous nous sommes réappropriés la maison de notre enfance, nous en avons chassé les ombres pour n'en garder que ce qui était bon, et à nouveau nous y avons été heureux. Je venais en permission, tous les deux ou trois mois, tu me manquais mais nous nous écrivions. Puis ensuite il y a eu la guerre, la défaite, Vichy. Comme tous les militaires de carrière j'ai été enrôlé dans l'armée d'armistice, puis lorsqu'elle a été dissoute, j'ai suivi Tom et j'ai pris le maquis. J'imagine que c'est à ta demande que nous nous sommes retrouvés dans le même réseau...

Ce n'était pas tout à fait une question, mais ma pause lui fit comprendre qu'il pouvait confirmer, ce qu'il fit, hochant la tête avec une timidité vague, comme s'il craignait d'être rabroué de nouveau. C'était une drôle de réaction, quand on pensait que c'était toujours lui qui tenait l'arme.

— Nous avons combattu ensemble, durant ces quinze longs mois. Très vite, Tom Morel, parce qu'il te connaissait d'avant la guerre et savait que tu étais de confiance, t'a fait grimper dans la hiérarchie de l'Armée Secrète, jusqu'à devenir un homme-clé de la Résistance en Haute-Savoie.

Je m'interrompis de nouveau, songeur, puis je soufflai, le regardant dans les yeux :

— C'est étrange, quand on y réfléchit, de savoir à quel point tu auras œuvré pour libérer la France, sans que l'Histoire ne retienne ton nom. Tom sera célèbre, lui, il incarnera peut-être le plus grand héros de la Résistance, il symbolisera la lutte de toute une patrie face à l'ennemi, mais toi, son ami, son frère d'armes, un de ses plus proches alliés, tu tomberas dans l'oubli.

Je me tus, observant Cyrille qui me rendait mon regard, assis calmement sur sa caisse comme un bon élève à son étude.

— Tu t'arroges de bien curieuses prérogatives, chuchota-t-il comme le silence se prolongeait, de prétendre prédire l'avenir, qu'il s'agisse de ma destinée ou du devenir de cette pauvre femme et de son bébé.

— Je ne prétends pas prédire l'avenir, Cyrille. Je le connais. Je m'appelle bien Benjamin, mais mon nom de famille est Teillac, je vais fêter mon trente-cinquième anniversaire mais ce sera en 2014 et pas en 1944. Dans cette vie qui n'est pas la nôtre, et que jusqu'ici je vivais sans même savoir que tu existais, j'ai été marié plus de quinze ans à une femme qui s'appelle Sylvie, et dont j'ai eu un enfant, Pierrick. Elle m'a quitté pour mon patron, Franck Haetsler.

Je marquai une nouvelle pause, le temps de m'assurer qu'il avait bien saisi le nom. Un clignement de paupières, imperceptible, m'indiqua que c'était le cas.

— C'est alsacien, pas allemand, précisai-je, bien que ce ne soit pas très utile.

— L'Alsace est allemande, rétorqua mon frère, le ton neutre.

— Plus depuis 1945, répliquai-je.

Il encaissa, sa seule manifestation d'émotion consistant à changer le revolver de main.

— David, que j'ai cité l'autre jour, est mon meilleur ami. On travaille ensemble, ou du moins... On travaillait. J'étais ambulancier, mais j'ai été mis à la porte.

— Par Haetsler, précisa Cyrille, le ton lent.

Son regard était flou, et il m'était impossible, pour le moment, de deviner ce qu'il pensait. J'avalai ma salive.

— Oui. Il a pris le prétexte de ma maladie, même s'il ne rêvait probablement que de se débarrasser de l'ex-mari de sa femme.

— Quelle maladie ? coupa à nouveau Cyrille, levant un sourcil.

— Je suis épileptique. Auberviliers est la neurologue qui me suit à l'hôpital.

— Une femme médecin ?

— Les temps ont changé, mon frère. Les femmes, à mon époque, ne sont plus cantonnées à tenir la maison ou à éduquer les enfants. Grâce à Auberviliers, j'ai été inclus dans un essai thérapeutique, pour tester le Xylophenolate, un nouveau médicament. J'ai commencé à le prendre la semaine dernière, et c'est depuis ce moment que je...

Je m'interrompis, cherchant la formulation adéquate pour décrire ce qui m'arrivait, et ce fut Cyrille qui finit par compléter, le ton froid :

— ... Que tu voyages dans le temps.

— Je ne voyage pas dans le temps. Au moment où nous parlons, Benjamin Teillac continue de vivre sans que j'en aie conscience, de même que moi, j'ai vécu ma vie ici pendant des années.

— Néanmoins tu te souviens de notre enfance. De la mort de père. De Saint-Cyr, du départ de mère pour Nice... Tu te souviens de tout...

— Pas de tout. Le Henri dont tu parlais l'autre jour, je ne sais pas qui c'est. Mais dans l'ensemble, oui, c'est un peu comme si chaque fois que je revenais, le disque dur de mon cerveau faisait la mise à jour de tout ce que j'ai raté.

— Qu'est-ce que c'est, un disque dur ?

Il plissait les yeux, concentré, et sa question m'arracha un petit rire fatigué.

— Quelque chose qui n'a pas encore été inventé, éludai-je.

Il hocha la tête, comme si ma réponse le satisfaisait. Mordillant sa lèvre inférieure, il regardait sans le voir le revolver qu'il manipulait comme on tripote un objet pour s'aider à réfléchir. J'aurais autant aimé qu'il le pose avant qu'un accident arrive, mais je ne voulais pas le brusquer, et je patientai en silence, attendant qu'il parle.

— Tu penses que c'est à cause de ton médicament ? demanda-t-il enfin.

— Je n'en suis pas sûr. Mais je crois. J'avais eu des flashs, avant, pendant les crises ou en dormant, mais je n'ai vraiment commencé à me souvenir qu'après le début de l'étude. Et ce n'est que depuis que je prends le Xylophenolate que les événements s'enchaînent, je veux dire, dans une logique chronologique.

— Ma mort faisait partie de tes... visions d'avant ?

L'allusion me fit crisper les mâchoires, comme chaque fois que j'y pensais. Cyrille m'observait sans émotion manifeste.

— Je l'ai rêvée à plusieurs reprises, dis-je.
— Comment est-ce que je vais mourir ?
— Cyrille, je ne crois pas que...
— Comment est-ce que je vais mourir ? répéta-t-il, le ton égal.
— Tu... Tu seras fusillé.

Il n'eut aucune réaction, déclarant simplement, après quelques secondes :

— Ce n'est pas incohérent.

Il me semblait, pourtant, que quelque chose dans sa voix s'était modifié, comme une digue lâche sous la pression et libère une partie du flot. Ce n'était pas encore un raz-de-marée, pas encore, mais sa muraille d'indifférence, habituellement infranchissable, commençait à se lézarder.

— C'est ce que c'est, pour toi, Benjamin ? Un rêve ? reprit-il, avec une lenteur qui ne présageait rien de très bon.

— Je ne sais pas.

Il se leva, puis tourna sur lui-même, embrassant le cellier d'un large geste de la main qui tenait l'arme.

— Tout ça n'est pas réel, si je comprends bien ? Je ne suis pas réel, c'est ça ? La guerre, Hitler, les centaines de morts qui tombent chaque jour sur les champs de bataille, tout cela n'existe que dans le... le... disque dur de ton cerveau ? C'est ça ?

Je me levai à mon tour, m'approchai de lui au moment où il pivotait, et nous nous retrouvâmes face à face. De sa main libre, il saisit la mienne, la posa sur sa poitrine, à l'endroit du cœur.

— Tu le sens battre, pourtant, non ?

— Cyrille...
— Et si ce que tu dis est vrai, si rien de tout cela n'est réel, poursuivit-il, sa voix enflant brusquement tandis qu'il brandissait le revolver et me posait le canon au milieu du front, qu'est-ce qui se passera, si je tire ?

Sa fréquence cardiaque, sous mes doigts, s'était emballée tandis que ses yeux s'assombrissaient d'un coup.

— Cyrille, calme-toi.
— Dis-moi ce qui se passera, Ben, ordonna-t-il, le ton dur.

Je pris une inspiration.
— Si tu tires, alors tu me tues.
— On ne peut pas mourir en rêve.
— Ce n'en est pas un. Certains pensent... Certaines personnes, des sages, des philosophes, pensent qu'on a plusieurs vies, qu'on ne meurt dans une existence que pour se réincarner dans la suivante.
— C'est un blasphème. Tu oublies que c'est à un prêtre que tu parles !
— Je ne blasphème pas, Cyrille. Moi aussi, j'essaie de comprendre. Peut-être... Je dis bien peut-être que ce qui m'arrive est juste un bug dans le programme... Une oscillation de ma conscience entre deux espaces-temps, qui n'aurait jamais dû se produire.

Le revolver était toujours collé sur mon front, et Cyrille se décala pour me fixer dans les yeux, les paupières plissées.
— Un bug dans le programme, j'imagine que c'est encore quelque chose qui sera inventé dans le futur, en même temps que le disque dur de ton cerveau ?
— Tu comprends vite, quand tu veux, acquiesçai-je, le ton neutre.

Il eut un instant d'hésitation, puis avec lenteur, il recula, ôtant son revolver de ma tête. Je ne pus retenir un soupir de soulagement.

— Tu es fou à lier.
— Ça fait aussi partie des explications possibles.

Les gestes saccadés, comme après un effort physique particulièrement éprouvant, il rengaina son revolver à l'arrière de son pantalon, puis se frotta les yeux, longuement.

— Il faut que je remette ma soutane, dit-il, comme pour lui-même. J'ai l'impression d'être déguisé, dans ces vêtements.

Il abaissa ses mains pour me regarder, l'air pensif, avant de demander :

— Il y a toujours des prêtres, en 2014 ?
— Il y en a. Mais ils portent rarement la soutane, et on ne dit plus la messe en latin.
— Vraiment ? sursauta-t-il. Mais... En quelle langue, alors ?
— En français, évidemment. Depuis Vatican II, dans les années soixante, enfin, je crois bien... Je ne vais pas très souvent à l'église...

Il secoua la tête, en dénégation, cette dernière révélation ayant finalement l'air de le perturber beaucoup plus que ce qui avait précédé.

— En somme, finit-il par souffler, il y a au moins une chose dont je suis à peu près sûr...
— Laquelle ?
— Tu ne travailles pas pour les Schleus. Un cinglé dans ton genre, il y a longtemps qu'ils l'auraient passé par les armes, déclara-t-il en sortant.

Je restai seul un moment avant de me décider à le suivre, déboussolé à retardement et incapable de dire s'il me croyait ou non.

25

Nous passâmes la fin de l'après-midi à nous préparer.

Augustin et Marcel, secondés par Mélaine, avaient rassemblé dans des sacs à dos les vivres et les armes, tandis que le Sterne et mon frère s'absorbaient dans leurs cartes d'état-major. Aucun des deux ne m'avait proposé de me joindre à la discussion concernant le choix du meilleur parcours, et je n'avais pas non plus cherché à m'y immiscer.

Depuis que je lui avais raconté mon ahurissante histoire, Cyrille m'évitait, ne m'adressant pas la parole et agissant exactement comme si je n'étais pas là. Son attitude, pour blessante qu'elle soit, était sans doute compréhensible et je m'efforçais de ne pas m'en formaliser, songeant qu'à sa place, je n'aurais peut-être pas fait preuve du même stoïcisme. Quant à Ferrant, je savais qu'il ne me faisait plus confiance, je le lisais dans les regards qu'il me lançait en coin, quand il pensait que je ne le surveillais pas.

Me réfugier auprès de la douce Mélaine aurait été tout aussi malvenu, même si j'en mourais d'envie, la dévorant des yeux chaque fois qu'elle passait devant moi. Pour échapper à ce climat de suspicion pesant, je m'étais finalement désintéressé d'eux pour me préoccuper de la famille, silencieuse et apeurée, qui attendait dans l'indifférence générale la fin des préparatifs destinés à la sauver.

Dans des bols, je versai à chacun une ration de soupe, accompagnée du pain que Mélaine et moi avions rapporté de Saint-Calixte, puis tournant le dos à Cyrille et Ferrant, d'un geste je les invitai à venir prendre place à l'autre bout de la table.

Sans un mot ni un regard, le Sterne se décala pour laisser de l'espace à la fillette, que j'installai en équilibre sur trois couvertures pliées pour que ses coudes viennent à hauteur de la table. Elle était famélique, son petit visage creusé par des cernes de privations et de fatigue, et le sourire de reconnaissance qu'elle m'adressa quand je lui tendis la cuillère me brisa le cœur.

— Comment est-ce que tu t'appelles ?

À ma surprise, elle ne répondit pas tout de suite, coulant un regard interrogateur en direction de son père qui hocha la tête en signe d'assentiment.

— Ruth, souffla-t-elle alors, d'une très petite voix.

— C'est son vrai prénom, précisa son père, ouvrant la bouche pour la première fois, mais elle ne sait plus si elle a le droit de le révéler. Il y a des semaines que nous vivons sous de fausses identités en attendant de pouvoir passer en zone libre. Ma fille a si bien appris son rôle qu'elle a du mal à comprendre pourquoi maintenant elle ne doit plus s'appeler Claire Stévenin.

Il avait un accent yiddish très prononcé, et je songeai que franciser son nom ne pouvait pas être en effet un artifice suffisant pour abuser les nazis très longtemps.

— Il arrive aux Allemands de tolérer les Juifs, lorsqu'ils leur sont utiles, ajouta-t-il, comme en réponse à mes pensées. Quand la guerre a éclaté, j'étais archiviste à la préfecture de Bourg-en-Bresse. Ils m'ont laissé plusieurs mois en poste, avec pour mission principale de répertorier ceux qu'ils appelaient « mes semblables » et de les dénoncer à Vichy. En échange, ma famille et moi pourrions vivre en territoire occupé sans être inquiétés. Nous étions même autorisés, au début, à ne pas porter l'étoile jaune... Mais ils ont fini par s'apercevoir que non seulement je falsifiais les listes, mais que j'avais aussi volé des documents, donné à la Résistance de nombreuses informations et facilité des dizaines d'attentats. Nous avons dû fuir avec Myriam, ma femme, ma fille et puis Rachel, ma sœur, malgré sa grossesse qui normalement, ne devrait pas l'autoriser à entreprendre un tel périple.

Il poussa un soupir, puis serra avec tendresse la main de la femme enceinte, assise à côté de lui.

— Quel autre choix avais-je..., soupira-t-il. Son mari a été raflé à Lyon, il y a quinze jours. Ils l'ont emmené à la prison de Montluc, pour l'interroger, et il n'est jamais réapparu. C'est à ce moment-là que l'un des vôtres est venu nous prévenir que j'allais être arrêté. Nous avons réussi à partir juste à temps, en abandonnant tout ce que nous possédions.

Il se tut à nouveau, me regardant avec acuité. Il avait les yeux d'un vert profond, pas aussi fascinants que ceux de Cyrille, mais son regard comme son visage ne m'étaient pas inconnus.

— Est-ce que nous nous sommes déjà rencontrés ? demandai-je.

— Je ne crois pas, non.

Un léger gémissement de Rachel m'empêcha de le questionner davantage, et nous nous tournâmes tous les deux vers elle pour la dévisager.

— Vous avez des contractions ? demandai-je, alarmé, en la voyant poser une main crispée sur son ventre tendu.

— Quelques-unes..., rétorqua-t-elle, la voix un peu hachée. C'est comme cela depuis le début de la grossesse, ne vous inquiétez pas.

Elle craignait visiblement que dans son état nous décidions finalement de ne pas l'emmener, et c'était, à vrai dire, la réaction la plus rationnelle. Fugitivement, je fus traversé par la vision de son enfant mort-né, posé sur son ventre dans la cabane glacée. Je dus fermer les yeux quelques secondes, le temps de me reprendre.

— C'est votre premier enfant ?

— Oui.

— Quand est-ce que vous devez accoucher, exactement ?

— La sage-femme a dit qu'il s'en fallait de deux semaines, au moins, répondit Stévenin pour elle, le ton légèrement menaçant. Il n'y aura pas de problème.

Une grimace de douleur muette, sur les lèvres de sa sœur, ponctua sa phrase comme pour lui donner tort. Un coup d'œil à ma montre m'indiqua que trois minutes seulement la séparaient de la contraction précédente.

Je me mordis les lèvres, cherchant d'instinct le regard de Cyrille, et je fus surpris de le trouver. Mon frère avait interrompu sa conversation avec le Sterne et me dévisageait avec acuité, l'expression interrogatrice. J'avalai ma salive.

— Rachel, que diriez-vous de venir vous allonger un moment ?

Sans attendre sa réponse, je me levai et contournai la table pour lui prendre la main, l'invitant à me suivre. Retrouvant mes habitudes d'ambulancier, je passai en sécurité un bras autour de sa taille et l'autre sous son avant-bras, prêt à la rattraper si elle tombait, mais elle marcha sans difficulté jusqu'à la première chambrée, où je l'aidai à s'allonger sur un bat-flanc. Avec douceur, je la guidai pour l'installer sur le côté gauche, en chien de fusil, les genoux légèrement repliés.

— Vous êtes bien, comme cela ?

— Oui, merci.

Agenouillé devant le lit, je posai doucement la main sur son ventre que je trouvai durci. Sans un mot, je levai ma montre à hauteur des yeux, comptai vingt secondes à la trotteuse avant que les muscles ne se relâchent. Sous mes doigts, je sentis quelque chose passer, puis disparaître dans les profondeurs.

Le pied du bébé, probablement.

— Qu'est-ce que vous faites ? demanda la voix de Stévenin, dans mon dos.

Je ne m'étais pas rendu compte qu'il m'avait suivi. Je rétorquai, sans quitter la montre des yeux :

— Elle a des contractions rapprochées. Nous ne pouvons pas partir si ça ne s'espace pas.

— Comment ? Mais Tom avait promis que vous nous feriez passer cette nuit !

Une autre contraction débutait. Rachel serra les dents, sa main se crispant sur les draps tandis qu'elle fermait les yeux.

Moins de trois minutes, constatai-je, sentant poindre un début d'affolement que je me fis violence pour ne pas laisser deviner.

— Tom n'est pas celui qui devra s'occuper d'elle et du bébé, si l'accouchement se produit en pleine montagne ! rétorquai-je.

— Parce que vous, vous avez plus d'expérience, sans doute ? siffla-t-il, exaspéré.

— Il en a.

Le ton assuré de Cyrille, debout près de la porte, nous fit nous retourner tous les deux. Le regard de mon frère passa sur moi, vide d'expression, puis ses lèvres se fendirent d'un mince sourire tandis qu'il posait une main rassurante sur l'épaule de Stévenin.

— Retournez près de votre épouse et de votre fille. Rachel doit pouvoir se reposer jusqu'au départ.

Ses mots semblèrent rassurer légèrement Stévenin qui hocha la tête, jetant un dernier regard vers sa sœur avant de sortir de la chambre, tandis que Cyrille me rejoignait au chevet de la femme enceinte. Il s'assit par terre, observant le visage de Rachel dont les traits s'étaient détendus, bien qu'elle n'ait pas rouvert les yeux.

Sans un mot, il patienta les vingt minutes qui suivirent, tandis que je mesurais la durée des contractions et leur espacement. J'en comptai quatre, régulières et assez longues pour pouvoir signifier un début de travail, puis contre toute attente elles cessèrent totalement, aucun soubresaut ne venant plus agiter le ventre gravide, au point que Rachel finit par s'endormir, indifférente à notre présence muette.

— C'est fini ? demanda Cyrille à mi-voix, quand je me décidai à retirer ma main du ventre où je sentais le bébé bouger très doucement.
— Il semble.
— Qu'est-ce que tu comptais ?
— Le score de Malinas. C'est une évaluation chiffrée qui nous permet d'estimer si l'accouchement est imminent, pour savoir si on peut transporter ou si on doit appeler le Samu.
— Le samu, répéta Cyrille, incertain.
Je lâchai un soupir découragé et il secoua la tête, murmurant très bas, comme s'il s'excusait :
— Je ne crois pas que je veuille savoir ce que c'est qu'un samu, Benjamin. Est-ce que... Est-ce que tu penses qu'elle va accoucher rapidement ?
— Je te l'ai dit. Elle va accoucher dans la montagne...
— Et elle perdra l'enfant, compléta Cyrille, ses yeux pâles rivés aux miens.
— Je ne vois pas pourquoi on en parle. Tu ne me crois pas.
Il resta silencieux quelques secondes, puis il finit par dire, songeur :
— Même si c'était le cas, qu'est-ce que ça changerait ? Si notre futur est ton passé, alors tout est déjà écrit, et son sort comme celui de son enfant sont scellés, n'est-ce pas ?
— On peut ne pas l'emmener. On peut la garder ici pour qu'elle accouche au chaud, dans des conditions qui ne seront peut-être pas idéales, mais qui vaudront toujours mieux qu'une cabane ouverte à tous les vents.
— Non. On ne peut pas. Tu as entendu son frère, si on n'emmène pas Rachel avec nous, il refusera de partir, et il est absolument essentiel qu'il soit à Zurich avant demain soir.
— Qui est-il de si important ? demandai-je, interloqué.
— C'est ce qu'il sait, qui est important. Il a travaillé au

contact des Allemands durant des mois, il a eu accès à des dizaines de dossiers secrets du Reich. Les informations qu'il garde en mémoire sont de nature à faire basculer l'issue du conflit en notre faveur. Il faut qu'il puisse les transmettre à Londres. Rien n'est plus prioritaire que ça, tu comprends ?

— Ces informations, tu les connais ?

— Je ne te les révélerai pas, si c'est ce que tu veux savoir.

Il n'y avait pas d'animosité, dans son ton, mais il s'était légèrement raidi.

— Tu ne me fais vraiment plus confiance, Cyrille ? questionnai-je malgré moi. Comme Noël, tu es toujours persuadé que je suis un collabo ?

— Si j'en étais persuadé, tout à l'heure je t'aurais collé une balle dans la tête, répliqua-t-il calmement. Mais...

— Mais quoi ?

— Mais tu me fais peur, Ben.

Il n'attendit pas que je réponde, se relevant avec vivacité et souplesse. Je l'imitai, plus posément.

— Je vais dire aux sentinelles d'aller reconnaître les premiers kilomètres, puis si la voie est libre, nous partirons dans une heure, décida-t-il, d'un ton qui ne souffrait pas la contradiction, avant de demander : Il te reste une cigarette, s'il te plaît ?

J'acquiesçai, m'écartant d'instinct du lit où reposait la femme enceinte avant d'en sortir deux du paquet, les portant à ma bouche afin de les allumer ensemble, puis j'en tendis une à Cyrille, l'observant avec attention pendant qu'il recrachait sa fumée par le nez avec un contentement manifeste. Le voir tirer sur sa cigarette continuait à me perturber, sans que j'arrive à comprendre pourquoi.

Je devais le contempler avec un peu trop d'insistance car il tourna la tête vers moi, fronçant les sourcils.

— Qu'est-ce qu'il y a ?
— Cyrille... Depuis combien de temps est-ce que tu fumes ?

La question ne devait pas être de celles auxquelles il s'attendait, et ses sourcils s'arquèrent de surprise.

— Depuis combien de temps est-ce que je fume ? Pourquoi est-ce que tu me demandes ça ?
— Je ne sais pas. Il y a quelque chose qui me dérange.
— Quoi ?
— Je ne sais pas, je te dis. Réponds-moi, s'il te plaît.

Il eut une mimique pas très claire, pour signifier sans doute qu'il s'inquiétait de plus en plus pour mon état mental, mais contrairement à ce que je pensais il choisit de répondre, fronçant un peu le nez dans son effort de réflexion.

— Eh bien... Père est mort en 1916, et il me semble que j'ai commencé à fumer peu de temps après ses funérailles... Je devais avoir quinze ans... Quelle importance ? ajouta-t-il en haussant les épaules.

Je secouai la tête, incapable de lui répondre. J'avais cru que poser la question m'aiderait à me libérer de mon sentiment de malaise, mais ce n'était pas le cas. Était-il possible que je ne me soucie que des conséquences pour sa santé, dont bien sûr il ignorait tout ?

— Tu sais... Fumer entraîne tout un tas de maladies... Tu devrais essayer de ralentir, tentai-je, pas tellement convaincu.

Pour toute réaction, il eut un rire joyeux, qui fit tressaillir Rachel dans son sommeil.

— Ça te va bien, de dire ça ! s'amusa-t-il en désignant ma propre cigarette entre mes doigts. Et puis, je te rappelle que je vais mourir fusillé dans peu de temps, alors je ne pense pas qu'il y ait de mal à profiter des derniers plaisirs terrestres auxquels j'ai droit.

— Ce n'est pas drôle.

Pour toute réponse, il me claqua l'épaule, secouant la tête de l'air de celui qui renonce à raisonner son interlocuteur, tant ses arguments lui semblent fous.

Agacé de moi-même, je lui emboîtai le pas pour sortir de la chambre, refermant doucement la porte.

26

Je passai l'heure suivante avec Mélaine.

Malgré la neige et le froid, nous avions choisi de nous éloigner des galeries, hors de portée des regards de son père et de mon frère qui nous le savions, chacun pour des raisons différentes, auraient désapprouvé notre liaison. À une centaine de mètres du camp, dans les sous-bois, les gars avaient construit plusieurs cabanes faites de branchages et de planches, dissimulées sous les mousses et les arbustes, quasiment invisibles pour qui ne savait pas qu'elles étaient là.

L'accès aux galeries était gardé en permanence, par des sentinelles qui se relayaient jour et nuit. Ils patrouillaient silencieusement d'un poste d'observation à l'autre, et en investissant la cabane inoccupée, nous avions conscience qu'à tout instant, un des maquisards risquait de surgir et de nous surprendre en train de nous enlacer. Cette menace n'avait qu'amplifié le désir que j'avais d'elle, comme la certitude déjà résignée que c'était peut-être la dernière fois que je la tenais dans mes bras.

Je lui avais fait l'amour, avec une émotion un peu désespérée, puis je m'étais réfugié tout contre elle, la tête contre sa poitrine, écoutant son cœur. À la couche de brindilles et de feuilles mortes qui jonchait le sol, les veilleurs avaient ajouté de la paille pour s'isoler un peu du froid et passer leurs heures de garde dans un relatif confort. Les brins durs nous rentraient dans le dos et nous grattaient la peau, mais lovés l'un contre l'autre nous avions presque chaud.

Nous n'étions qu'à quelques dizaines de pas de l'entrée des souterrains où s'abritaient une trentaine d'hommes. Le silence était épais, troublé uniquement, de loin en loin, par le bruit sourd d'une plaque de neige qui tombait d'un arbre ou le frémissement furtif du passage d'un animal, un renard ou une biche, peut-être, se frayant un chemin au milieu des broussailles.

Je ne pouvais me défaire d'un mauvais pressentiment. J'avais l'impression que cette course nocturne à travers la montagne enneigée se terminerait mal, et pas uniquement pour Rachel et le bébé. J'oscillais entre pessimisme et révolte, rongé de questionnements sans fin qui me rendaient fou. Tantôt l'emportait la certitude que ni Cyrille ni moi, ni aucun de ceux dont s'affichaient les noms, au monument aux morts de Saint-Calixte, ne pourrions échapper à notre destin. Tantôt je me convainquais que tout avait une signification, et que la possibilité que me donnait Dieu d'être revenu du futur, pour vivre une seconde fois des événements déjà écrits, n'avait pas de sens s'Il ne me donnait pas aussi le pouvoir de les modifier.

J'avais tout dit à Mélaine.

Elle n'avait pas eu la même réaction de refus que Cyrille, peut-être parce qu'elle était plus jeune, plus innocente que lui, ou alors simplement parce qu'elle m'aimait de ce genre d'amour fou et absolu qui la rendait prête à accepter l'impensable, du moment que c'était moi qui l'affirmais.

Sa dévotion confiante me bouleversait.

Une seule chose, en fait, l'avait vraiment perturbée :

— Ainsi, tu es marié ?

À cette idée, ses jolis yeux sombres s'étaient emplis de larmes. Attendri, je l'attirai à moi un peu plus étroitement et la serrai dans mes bras, sans qu'elle oppose de résistance.

— Je l'ai été. Elle m'a quitté.

La nuance ne sembla pas la soulager.

— Tu as aussi des enfants ?

— J'ai un garçon. Il s'appelle Pierrick. Mais...

— Mais quoi ?

— Il vit avec sa mère. En fait, il... il ne veut plus me voir.

— Vraiment ? Mais pourquoi ?

Comme elle le demandait, je me rendis compte que par lâcheté sans doute, jusqu'ici j'avais plus ou moins réussi à éviter de me poser la question. Je mis du temps à formuler une réponse.

— J'imagine... J'imagine qu'il trouve que je ne suis pas un assez bon père pour lui. Haetsler a un appartement somptueux, une belle voiture, il lui paie des cours de violon et tout ce qu'il veut...

— L'amour ne se mesure pas à l'argent, Benjamin.

— Dans le monde où je vis, de plus en plus, malheureusement.

Elle marqua un temps, méditant peut-être ma réflexion avant de lâcher, sans me regarder :

— Mais ton monde, est-ce que tu serais prêt à l'abandonner pour autant ? Si tu devais choisir, est-ce que tu laisserais ta vie, ta femme et ton fils, le confort d'une existence sans guerre et sans le risque de te faire tuer chaque jour que Dieu fait ? Si tu devais choisir entre là-bas et ici, Ben, pour quelle vie opterais-tu ?

Elle avait posé la question d'un ton neutre, presque léger, mais je ne m'y trompais pas. Ce qu'elle voulait vraiment savoir, ce que toute femme aurait demandé à sa place, c'était celle qui aurait eu ma préférence, de Sylvie ou bien d'elle.

Sa jalousie calme me donnait le vertige, comme la façon parfaite dont elle avait intégré l'incroyable phénomène dont j'étais le jouet, bien mieux sans doute que je ne l'acceptais moi-même.

De nouveau, je mis quelques secondes à répondre.

— Je ne suis pas sûr d'avoir le choix.
— On l'a toujours.
— Je n'ai aucun pouvoir sur ce qui se passe, Mélaine. J'ai cru un moment que c'était une hallucination due à l'épilepsie, ou au médicament que je prends pour cette étude...
— Je ne suis pas une hallucination, coupa-t-elle, vexée.
Je souris, me penchant pour l'embrasser sur la tempe avec délicatesse.
— Je ne contrôle pas les choses, insistai-je. Peut-être que la prochaine fois que je repartirai, ce sera pour toujours. Peut-être que je ne reviendrai pas.
— Ou peut-être que tu resteras ici.
— Oui. Peut-être. Si je pouvais..., ajoutai-je, dans un murmure, si je pouvais, je crois que c'est ici que je voudrais rester.
— Même si tu dois mourir ? Même s'il est écrit que les Allemands finiront par te tuer ?
J'avalai ma salive.
— Je crois que oui.
Elle se retourna aussitôt, dans mes bras. Elle jubilait comme une enfant, et sa joie simple me fit éclater de rire.
— Je t'aime, lui dis-je, avec sincérité.
— Reste, alors, rétorqua-t-elle. Reste pour toujours, et débrouille-toi pour ne pas mourir tout de suite, parce que je veux t'épouser, porter tes enfants et vieillir à tes côtés.
— Dans la maison du chemin des carrières... complétai-je, dans un souffle. Celle qui est tout au bout, avec le cèdre bleu à côté...
— Ce sera la nôtre.
Je hochai la tête, refermant mes bras sur elle, et bien que ce soit impossible je priai Dieu pour qu'un jour cet avenir-là se réalise.
Vieillir aux côtés d'une femme comme elle, c'était tout ce qu'un homme pouvait souhaiter.

27

Et nous y fûmes. Dans la montagne, enfoncés dans la neige fraîche jusqu'à mi-mollet, crevant de froid, montant en file indienne vers un destin qu'en rêve j'avais déjà vécu.

La lune éclairait nos pas, les lumières des villages, dans la vallée, scintillaient dans l'obscurité, et jusqu'aux odeurs de résine et de bois mouillé tout y était, vif comme un souvenir essentiel où chaque détail aurait compté.

J'avais tout fait pour dissuader Stévenin d'emmener les femmes et l'enfant. J'avais été jusqu'à lui jeter à la figure que sa sœur mourrait avec le bébé si par malheur il choisissait ce moment pour venir au monde, mais je n'étais pas parvenu à le faire changer d'idée. L'accouchement n'aurait pas lieu avant début mars, et ils passeraient tous ensemble ou pas du tout, répétait-il en boucle, paisible, sans chercher d'autre argument que cette affirmation claire et définitive, me fixant dans les yeux jusqu'à ce que je capitule.

Marcel avait pris la tête, talonné par Cyrille. Mon frère avait remis sa soutane et je m'étais raidi en m'en apercevant, le souvenir de son exécution me sautant à la gorge chaque fois que je posais les yeux sur lui. En arrière du groupe Augustin fermait la marche, et je suivais Ruth et sa famille, soutenant la petite fille chaque fois qu'elle trébuchait.

Cette marche dans la nuit était une folie, ce périple de ceux que les hommes aguerris hésitent à entreprendre, et en temps normal aucune femme enceinte et aucune enfant n'auraient dû même l'envisager.

Je savais ce qui allait se passer. Je le savais, et ne rien avoir réussi à faire pour l'empêcher m'anéantissait. Être réduit à suivre et à attendre que l'inexorable se produise était une sensation épouvantable, chaque virage de la sente, chaque étoile déjà entrevus en rêve me rappelant cruellement les mots de Viviane, quand elle avait affirmé que le passé ne pouvait pas être changé.

Bien sûr, j'aurais pu ne pas les suivre. Ne pas les accompagner aurait pu être un moyen de modifier les choses, d'influer le cours du destin. Peut-être que sans moi ils se sentiraient moins forts puisque j'étais celui, Dieu me vienne en aide, qui du groupe savait le mieux les chemins secrets qu'il fallait emprunter... Mais peut-être aussi qu'ils se perdraient, qu'ils erreraient des heures durant dans la montagne, jusqu'à tomber sur des miliciens ou des douaniers qui les livreraient.

Peut-être qu'en ne montant pas, je les condamnerais plus sûrement encore, peut-être que ce ne serait plus seulement l'enfant de Rachel mais eux tous, qui périraient.

Cette responsabilité, même hypothétique, n'était pas de celles que je pouvais envisager d'assumer. J'avais suivi, résigné, accablé, l'esprit et le corps pesants, les membres gourds. Je peinais à progresser dans la neige, j'avais mal aux jambes et à la tête, et au ventre aussi. L'altercation musclée que j'avais eue avec Cyrille, quelques heures plus tôt, avait rouvert ma blessure à peine cicatrisée, et le bandage à moins de la moitié du parcours était déjà imprégné de sang. Je m'efforçais de ne pas y penser, de ne songer à rien, me répétant avec fatalisme que je n'avais plus à redouter des événements déjà vécus dont je connaissais l'issue. Ce n'était rien d'autre qu'une histoire ancienne et déjà morte, seul livre à portée que l'on choisit par dépit, pour tromper l'ennui d'un jour de pluie, et que l'on relit tout de même alors qu'on se souvient de la fin.

L'angoisse, pourtant, ne me quittait pas.

Marcel, plusieurs fois, était redescendu nous faire son rapport, s'adressant plus souvent à Cyrille ou même à Augustin qu'à moi. Les soupçons de Ferrant à mon égard étaient-ils parvenus jusqu'à lui, se méfiait-il de moi lui aussi, craignait-il que j'aie donné mon âme à l'ennemi ? Au moment où le chemin bifurquait, après le hameau de Seuillères, ruines d'altitude abandonnées des hommes depuis plusieurs décennies, c'était pourtant vers moi qu'il s'était tourné, pour confirmer le chemin.

Tout droit, c'était la route habituelle, par le col des Coux, que les douaniers gardaient mais dont presque tous étaient des nôtres. La passe était moins haute, plus accessible, et quand ceux de quart au moment où nous arrivions n'étaient pas des sympathisants de la cause, il suffisait de nous cacher et d'attendre, jusqu'à la relève suivante, que les gardiens des frontières détournent les yeux au moment où nous traversions.

Ferrant avait recommandé de ne plus y passer. Il disait qu'il fallait filer par la Dent Blanche, malgré le dénivelé et les kilomètres en plus, ce qui avec la neige signifiait peut-être cinq ou six heures d'efforts à ajouter, sans parler des rochers escarpés à franchir, sur les dernières centaines de mètres avant le col. Tandis que les Stévenin se restauraient, je les avais entendu parler, mon frère et lui, et le Sterne l'avait répété encore, les Coux étaient quadrillés par les Boches, la milice en renfort, les patrouilles doublées. La Dent Blanche, selon Ferrant, était le seul passage possible.

Marcel attendait mes directives, sûr de ce que j'allais répondre au point qu'il ne me prêtait même pas d'attention, chiquant de l'air morne qu'il arborait depuis notre départ du camp.

— On passe par les Coux, décidai-je.

J'eus au moins la satisfaction de le voir avaler sa chique de saisissement. Il toussa violemment, s'étouffant à moitié, et je poussai la charité jusqu'à lui taper dans le dos, regardant par-dessus son corps voûté la silhouette de Cyrille, qui redescendait.

— Quoi ? reprit Marcel en hoquetant, des larmes plein

les yeux. Mais Noël a dit que...

— Je sais ce que Noël a dit. La Dent Blanche est impraticable, surtout pour elles, ajoutai-je en désignant Rachel et la petite, serrées contre Stévenin pour tenter de se protéger du froid.

— Qu'est-ce qui se passe, Benjamin ? demanda Cyrille, avec une impatience inquiète que je me souvenais avoir déjà perçue la première fois dans sa voix éraillée, quand sur cette même route il m'avait posé cette question.

Me le rappeler aussi distinctement me donnait le vertige et je fermai les yeux, brièvement, avant de répondre :

— On ne peut pas passer par la Dent Blanche. Pas par ce temps. Il y a des heures de marche en plus, sans parler du danger de l'escalade, pour eux qui n'ont pas l'habitude.

— Tu proposes quoi, alors ?

— La seule option qui reste. Les Coux.

— Les Coux grouillent de Boches.

— Il suffit de se faire discrets. La passe est large, et il gèle. Ils ne doivent sûrement pas patrouiller très loin hors de leur cambuse, surtout de nuit.

Marcel et Augustin s'étaient automatiquement écartés quand Cyrille était intervenu. Ainsi qu'il convient de la part de soldats, ils attendaient à l'écart de recevoir les ordres, qu'ils ne manqueraient pas de désapprouver à voix haute mais qu'ils exécuteraient. Convaincre Cyrille me semblait une tâche autrement plus ardue, et je rassemblais mes arguments lorsqu'il reprit, baissant nettement le ton :

— Il y a une cabane.

— Pardon ?

— Il y a une cabane sur la route vers les Coux. L'ancien mazot des Brézillons, où les bergers dorment quand ils reviennent de l'estive. Le toit est à demi effondré mais il y a de quoi faire du feu, dormir, et c'est un endroit un peu plus acceptable qu'un talus couvert de neige pour faire venir un bébé au monde. Parce que tu penses toujours que

Rachel va accoucher, n'est-ce pas ? C'est pour ça, que tu veux nous faire aller par là malgré ce qu'a dit le Sterne ?

Je fronçai les sourcils, puis demandai, hésitant :

— Je pensais que tu ne me croyais pas ?

— J'ai observé. Elle se tient le ventre et elle ralentit à intervalles réguliers, au point que Stévenin doit presque la porter. Ils font de leur mieux pour que nous ne nous en rendions pas compte, mais le travail a commencé. Si on passe par la Dent Blanche, on n'aura jamais le temps d'arriver jusqu'au col. Et on est trop loin du camp, maintenant, pour espérer redescendre avant l'aube.

Il marqua une pause, reprenant une inspiration un peu sifflante avant de murmurer, avec beaucoup de réticence :

— Un ambulancier, en 2014, est-ce que ça connaît la façon de soigner une femme et son nouveau-né ?

Il me regardait dans les yeux, sans ciller, son beau regard pâle parfaitement inexpressif.

— En 2014, « ça » a quelques moyens techniques en plus à disposition, et encore ça n'y arrive pas toujours, répliquai-je, m'efforçant de rester aussi flegmatique que lui.

— L'homme ne doit pas s'opposer aux décisions divines.

— Surtout lorsqu'elles se sont déjà accomplies.

— Tu crois vraiment être capable de modifier le cours du destin ?

— Je ne sais pas.

— Qu'est-ce qui se passera ensuite ? En arrivant aux Coux ? Est-ce que c'est là-haut qu'on m'a arrêté ?

La manière dont il mélangeait dans un même jet le passé et le futur était troublante, comme l'absence d'angoisse dans sa voix. Il ne manifestait rien d'autre que la curiosité d'un enfant un peu impatient, cherchant à connaître la fin du conte alors que l'histoire n'en est qu'à la moitié.

— Je ne sais pas, Cyrille, répétai-je. Je ne me souviens pas de ce qui s'est passé après.

Il hocha la tête, l'expression grave.

— Je veux que tu gardes une seule chose en tête. Stévenin est tout ce qui compte. Si ça tourne mal, une fois au col, il faut que ce soit lui qui passe, à défaut de tous les autres, et même des femmes et de l'enfant. Tu m'as compris, Ben ? Quoi qu'il arrive, jure-moi que tu feras tout pour qu'il rejoigne Zurich sain et sauf.

Il attendit que j'acquiesce, bouleversé qu'il ait l'air brusquement de considérer comme un fait acquis, sur cette montagne même, la mort que je lui avais prédite, et pire encore qu'il accepte d'aller au-devant d'elle, parce qu'il croyait en moi beaucoup plus que je n'y croyais moi-même.

La responsabilité m'écrasait, et je le retins par l'épaule au moment où il se détournait.

— Cyrille !
— Quoi ?
— Je ne suis pas sûr de savoir, je veux dire... Peut-être que je ne pourrai pas les sauver, peut-être que le passé est écrit à jamais, et qu'il ne peut plus être changé.

Il sourit à demi, son visage éclairé par la lune comme il tournait brièvement la tête dans ma direction, puis il souffla, à peine audible :

— Mais nous gagnerons cette guerre, n'est-ce pas ?
— Oui. Nous gagnerons.
— Que la volonté de Dieu s'accomplisse, conclut-il.

Avant que j'aie pu répondre, il était déjà hors de portée de voix, transmettant les consignes à Marcel qui, sans doute parce que l'ordre venait de lui, ne rechigna même pas.

Nous progressâmes encore une heure, la neige de plus en plus épaisse, le vent plus froid. Nous ne parlions presque pas, avançant dans une espèce de semi-léthargie, le temps rythmé par les haltes que nous imposait Marcel, le seul que la fatigue ne semblait pas affecter.

À la lisière des derniers arbres, il décida une nouvelle

pause, et les femmes et l'enfant d'un seul mouvement se laissèrent glisser dans la neige, n'en pouvant plus. D'un mot, je m'assurai machinalement qu'elles allaient bien, faisant mine de ne pas remarquer l'attitude crispée de Rachel, ni le fait que sa jupe était mouillée, trop haut pour qu'il puisse s'agir de traces laissées par la neige fondue.

Tendu, je m'éloignai d'elles, tirant de ma poche mes cigarettes et mon briquet. En l'allumant, une nouvelle sensation de déjà-vu m'assaillit, désagréable, et je regardai fixement l'objet, cherchant à comprendre le message que m'envoyait mon inconscient.

— Tu m'en donnes une ?

Ses pas étouffés par la neige, je n'avais pas entendu Cyrille approcher et je sursautai violemment, répandant dans la poudreuse le contenu du paquet. Il s'accroupit avec moi pour ramasser les cigarettes, volant au passage celle que j'avais dans la bouche pour la glisser entre ses lèvres.

Je me figeai, comme frappé par la foudre.

— Tu fumes, laissai-je tomber, atone.

Il leva un sourcil, mi-déconcerté, mi-moqueur.

— Je m'étonne que de tous les bouleversements qui émaillent en ce moment ton existence, ce soit décidément mon goût pour le tabac qui te perturbe le plus... remarqua-t-il, me tendant mon paquet rempli.

Je négligeai de le prendre, le saisissant aux épaules avec brusquerie.

— Cyrille, tu ne comprends pas. Je viens juste de comprendre pourquoi le fait que tu fumes m'obsède à ce point. C'est parce que c'est nouveau.

— Nouveau ? Benjamin, je fume depuis plus de vingt-cinq ans.

— Non. Pas la première fois. Pas dans mes rêves. Tout était identique, tout, jusqu'aux moindres détails, jusqu'aux mots près, à l'exception d'une chose. Tu ne fumais pas. Tu avais les cigarettes en horreur, parce que quand père était tombé malade, le voir cracher du sang dans son mouchoir avant de t'embrasser pour te dire bonsoir, les derniers mois, t'avait profondément marqué. Tu détestais me voir fumer, tu me harcelais pour que j'arrête.

— Eh bien, j'imagine que pour toi, c'est un progrès de ne plus m'avoir sur le dos...

Je le secouai brutalement, agacé qu'il refuse de comprendre.

— Tu vas m'écouter, nom de... ?!

Je me repris à temps, ravalant ma salive et passant outre l'éclat métallique qui venait de briller dans ses yeux.

— Cyrille, ce que je veux dire, c'est qu'il y a quelque chose de différent. Le passé n'est plus tel que je l'avais rêvé.

— En quoi est-ce que le fait que je fume ou pas peut avoir la moindre importance ? répliqua Cyrille.

Buté, il commençait lui aussi à s'agacer, je le sentais. Sans le lâcher, je le forçai à se relever.

— Tout n'est pas écrit. Le passé peut être modifié.

Je marquai une pause mais il resta silencieux, méditant mes paroles, l'expression difficile à interpréter.

— Rachel a perdu les eaux, repris-je. Il faut rejoindre la cabane.

Il opina distraitement, me laissant prendre du champ sans chercher à me suivre. Avec une vigueur nouvelle, je donnai le signal du départ. J'étais pressé maintenant de rejoindre le mazot, quand durant tout le chemin je m'étais efforcé de ne pas songer à ce qui nous y attendait, certain que je ne pourrais qu'assister, impuissant, à la mort du bébé sitôt qu'il serait né.

La terreur me glaçait, celle de ne pas être à la hauteur, de ne plus rien savoir des gestes de sauvetage patiemment appris, au cours de la formation que Haetsler m'avait payée après le décès de Quentin. Ma bouche était sèche, mes mains se mettaient à trembler dès que je posais les yeux sur Rachel, qui avait de plus en plus de peine à avancer. Mais au moins, j'étais sûr d'une chose. J'allais essayer. J'allais tout mettre en œuvre pour sauver cette femme et son bébé, pour changer l'histoire, sans scrupule et sans crainte, parce que si vraiment Dieu existait c'était ce qu'Il voulait.

Que je sauve cet enfant, et mon frère aussi.

Lorsque Ruth tomba et ne se releva plus, je me baissai naturellement et la pris dans mes bras, conscient que je l'avais déjà fait, évitant d'instinct le mouvement qui la première fois avait réveillé la blessure de mon flanc. Je la serrai contre moi, étreint par une drôle d'émotion.

— Tout va bien se passer, Ruth. On va s'en sortir, je te le promets.

— Mon lieutenant, fit Augustin, au moment précis où je m'attendais à l'entendre, tu ne vas pas réussir à la porter. Passe-la moi.

Je secouai négativement la tête, sur le point de lui répondre, lorsque des pas précipités, venus de plus haut, nous firent tourner la tête. Nous scrutâmes la pénombre, devinant plus que nous le voyions Marcel qui redescendait en courant. Nous étions en queue de groupe, presque à cinquante mètres de distance, mais le silence parfait de la montagne faisait écho au moindre chuchotement et nous distinguâmes clairement la voix de l'éclaireur qui interpellait Cyrille :

— Une patrouille !

Je bondis en avant pour les rejoindre, la petite fille inerte toujours lovée dans mes bras, aussitôt imité par Augustin.

— ... À un kilomètre d'ici, tout au plus, disait Marcel, le débit précipité. Ils viennent dans notre direction !

J'ouvrais la bouche pour parler, lorsqu'une douleur abominable me traversa le crâne, aussi aiguë que si une flèche acérée venait de s'y planter. Bizarrement, je réussis dans un reste de conscience à ne pas lâcher la petite, mais je m'effondrai sur les genoux en étouffant un cri, le champ de vision obscurci et un goût de sang dans la bouche.

— Comment est le tracé ?
— Les ondes Alpha sont toujours anarchiques.
— Ben, qu'est-ce qu'il y a ?

Des trois voix mêlées, celle de Cyrille était la seule que je reconnaisse et je m'y raccrochai, luttant de toutes mes forces pour ne pas perdre connaissance. De façon très floue, je sentis qu'on me retirait la petite des bras, tandis que le visage de mon frère apparaissait devant moi, ses traits brouillés au point que seule la transparence caractéristique de son regard me permettait d'être certain que ce soit lui.

— Cyrille... Les Allemands... Je suis touché, je crois...

On m'avait tiré dessus. La patrouille nous avait repérés et je venais de recevoir une balle dans la tête. C'était la seule explication que je pouvais trouver à la douleur qui avait explosé sous mon crâne. Terrifié, je cherchai à l'aveugle la main de Cyrille puis m'y cramponnai.

— Il faut tenter un second choc.
— Je n'en suis pas certaine... Ce n'est pas le traitement conventionnel d'un état de mal.
— Il dit qu'il est blessé ! Gus, aide-moi ! cria Cyrille, sa voix affolée surnageant nettement de nouveau, couvrant les autres tandis que je sentais plusieurs mains soulever mes vêtements, palpant mon corps à la recherche d'une blessure cachée.
— Je me fous du fait que ce soit conventionnel ou pas ! Vous aviez dit que c'était le seul moyen de le sortir du coma, bordel de merde !
— Monsieur Messardier, je vous prie de changer de ton ou de sortir !
— David... ? balbutiai-je, écarquillant les yeux comme si

je m'attendais à voir brusquement surgir dans le dos de Cyrille le visage bienveillant de mon meilleur ami, alors qu'à l'époque où nous nous trouvions il n'était même pas encore né.

Je me sentais partir.

— Benjamin, qu'est-ce que tu dis ? entendis-je encore, la voix de mon frère soudain bizarrement lointaine et déformée.

Je tentai de serrer ses doigts plus fort dans les miens, comme pour le retenir autant que pour rester auprès de lui, mais l'obscurité noyait peu à peu ses traits. Dans un dernier sursaut de refus, je réussis à me redresser, sentant un flot d'acidité refluer aussitôt dans ma bouche, et je vomis en jet, à peine conscient des mains qui me basculaient sur le côté.

— Nom de Dieu..., souffla une voix étranglée, qu'il me fallut quelques secondes pour identifier comme celle de David.

— Ne... jure pas... dis-je. Cyrille... ne veut pas que... que...

Ma bouche était pâteuse, ma langue collée au palais. Parler était difficile, presque douloureux, et je m'interrompis, peinant à retrouver ce que je voulais dire, exactement.

— Benjamin ? Vous nous entendez ?

Voix de femme. Connue, même si je n'arrivais pas vraiment à mettre un visage dessus. On m'essuya la bouche, on me bascula sur le dos puis on me saisit aux aisselles et on me souleva, pour me remonter dans le lit. Je me laissai faire, la tête dodelinante et le corps à l'abandon, totalement embrumé.

— Benjamin, si vous comprenez ce que je dis, ouvrez les yeux.

Je tentai de déglutir, avec difficulté, puis j'entrouvris les paupières, les refermant immédiatement, ébloui par la clarté de la pièce, contrastant trop violemment avec la nuit que je venais de quitter.

— Ladislas, baissez la lumière, s'il vous plaît. Merci. Ouvrez les yeux, Benjamin.

Elle insista plusieurs fois avant que j'obtempère, blessé à nouveau par la lumière qui me fit larmoyer. Dans mon champ de vision approximatif, je reconnus David, yeux rouges et sourire rayonnant, et Auberviliers, debout à côté de lui.

— Bienvenue parmi les vivants, Monsieur Teillac. Nous avons bien cru que nous vous avions perdu.

— ... La... patrouille... On m'a... tiré dessus...

— Personne ne vous a tiré dessus, Benjamin. Nous avons simplement tenté un traitement de la dernière chance, et il a marché.

— Que... Quel... traitement ? balbutiai-je, toujours incapable d'émerger.

Je devinai sa main qui se posait sur mon épaule.

— Vous êtes encore sous l'effet de la sédation. Reposez-vous, maintenant. Nous aurons tout le temps d'en parler quand vous vous réveillerez.

Elle se tut, ensuite, et je ne fus pas long à replonger dans l'obscurité.

28

J'alternai pendant les douze heures qui suivirent des périodes de conscience brève entrecoupées d'un sommeil lourd et peuplé d'hallucinations, qui faisaient coexister deux mondes inconciliables où Cyrille conduisait une ambulance, Mélaine rencontrait Sylvie et Pierrick maniait un fusil.

Je m'éveillai en criant, au milieu de la nuit d'après et David, qui somnolait à côté de mon lit, de saisissement faillit tomber de son fauteuil. Lorsqu'il posa sa main sur mon avant-bras, j'eus un mouvement de recul brusque, serrant mon poing pour me défendre avant de le reconnaître.

Nous restâmes quelques secondes à nous dévisager, aussi tendus l'un que l'autre, puis j'abaissai mon bras avec un soupir fatigué, me laissant retomber sur mes oreillers.

— Ben ? Tu me reconnais ?

— Bien sûr, que je te reconnais, rétorquai-je, d'un ton d'évidence. Ne sois pas ridicule.

— Je ne suis pas ridicule. La dernière fois que tu t'es réveillé, tu t'es mis à me parler allemand.

— Allemand ? Qu'est-ce que j'ai dit ?

— Aucune idée. J'ai fait espagnol seconde langue, je te rappelle. En tout cas, tu avais l'air en rogne.

Il se voulait léger mais je sentais bien qu'il était secoué. Sans trop bouger, je décalai la tête pour l'examiner malgré le contre-jour, lui trouvai l'air exténué, les joues mangées par les cernes et le visage amaigri.

Cette dernière constatation m'alarma, un peu à contretemps.

— David... Combien de temps est-ce que... est-ce que je... ?

Il me coupa avant que je termine la phrase, me fixant dans les yeux.

— Tu es resté dix jours dans le coma.

— Dix jours ? répétai-je, hébété. Je... Je ne comprends pas.

— On t'a trouvé dans l'église d'un bled paumé de Haute-Savoie, en train de convulser. Il n'y a pas de témoin, personne n'a su dire ce que tu foutais là, ni depuis combien de temps la crise durait. On t'a évacué en hélico, sur Grenoble d'abord, puis ici parce que tu participais à cette saloperie d'étude, et qu'ils pensaient que c'était le Xylophenolate qui prolongeait l'état de mal et t'empêchait de te réveiller. Pour te dire la vérité, tout le monde s'attendait à ce que tu aies la vivacité d'une plante verte, quand tu sortirais du coma.

Il marqua une pause, guettant ma réaction. Avec lenteur, je me redressai sur le lit. Tout mon corps me faisait mal, chaque muscle aussi douloureux que si on m'avait roué de coups. Si vraiment il y avait dix jours que je n'avais pas bougé un œil, ça n'avait rien d'étonnant.

— Avant-hier, reprit David, les crises ont recommencé, alors qu'elles s'étaient quasiment arrêtées. Ils ont vidé les stocks de Valium de la pharmacie de l'hôpital pour te les balancer dans les veines, mais rien n'y a fait. Auberviliers a fini par dire que si ça continuait, tu allais passer en mort cérébrale, et c'est là qu'elle a décidé d'essayer la sismo.

— La sismo ? Tu veux dire les électrochocs qu'on utilise chez les patients psychiatriques ?

Bien que les psychiatres prétendent que ce traitement archaïque était pour certains malades mélancoliques le seul recours efficace, ficeler le patient à un lit pour lui balancer une décharge électrique me paraissait une pratique affreusement barbare, dont j'avais peine à croire qu'elle ait été utilisée sur moi.

— C'est pourtant la seule chose qui ait marché. Quand tu es revenu, tu n'avais pas tout à fait les yeux en face des trous, et malgré le coma tu avais dû salement ressentir le choc parce que tu as dit qu'on t'avait tiré dessus.

— C'est l'impression que j'ai eue. Comme Marcel venait juste de nous annoncer que...

Je m'interrompis de moi-même, sentant le rythme de sa respiration se modifier, son expression se faisant glaciale.

— Mar-cel... ? répéta-t-il, détachant les deux syllabes avec une sorte de dégoût.

— J'étais là-bas, David. Je crois que les règles temporelles ne sont pas les mêmes ici et dans le passé, parce que même si je suis resté beaucoup plus longtemps que les autres fois, je ne pense pas que ça ait duré dix

jours. Trois ou quatre, je dirais, tout au plus...
— Ben...
— David, tu dois me croire, implorai-je, peinant brusquement à soutenir son regard durci.
— Non, Ben. Tu n'étais pas en 1944, tu étais ici, en soins intensifs à l'hôpital, tu n'as pas bougé de ton lit et pour l'amour de Dieu, épargne-moi tes salades au sujet de ta conscience voyageant à travers le temps ! Tu as failli crever, tu comprends ?! Ton âme n'est partie nulle part, ton cerveau n'a rien fait d'autre pendant dix jours que d'affoler les moniteurs auxquels tu étais branché avec, je cite, des réactions électriques anarchiques inappropriées, et en aucun cas compatibles avec la moindre forme de pensée ! Je le sais, j'ai demandé ! Ton activité cérébrale, pendant dix jours, c'était l'équivalent de la friture sur les ondes radios entre deux stations, d'accord ?! Ils ont même évoqué la possibilité de te débrancher, si ton cœur n'avait pas tenu le coup, je pensais ne jamais te revoir, nom de Dieu, alors fais-moi grâce de tes conneries de vies antérieures et de mission à accomplir pour que De Gaulle te félicite, parce que je crois que je ne vais pas réussir à le supporter !

Sa voix avait enflé au fil de la tirade pour se briser d'un seul coup. Incrédule, je le regardai se renfoncer dans son fauteuil et brusquement fondre en larmes, le corps secoué de sanglots. Viviane choisit ce moment-là pour entrer dans la chambre, se figeant sur le seuil en découvrant son frère en pleurs.

— Mauvais timing, observa-t-elle finalement, le ton neutre. Je repasserai plus tard.

David se leva aussitôt, évitant mon regard autant que le sien, s'essuyant les yeux du dos de la main.

— Non, reste. J'ai besoin de prendre l'air, de toute façon.

Il avait disparu avant que je puisse dire ou faire quoi que ce soit pour le retenir, remplacé par la grosse Viviane qui m'embrassa avec gentillesse, puis se cala dans l'étroit fauteuil avec quelques difficultés.

— Tu nous as fait peur, Ben.

— Je sais. Je suis désolé.

— Lorsque les médecins nous ont dit que tu étais foutu, enchaîna-t-elle avec son tact coutumier, j'ai cru que David allait se pendre. C'est le contrecoup. Il va falloir lui laisser du temps.

Je remuai dans le lit, mal à l'aise.

— Bien sûr. Je comprends.

— Qu'est-ce que tu faisais là-bas ?

— De quoi est-ce que tu parles ?

— Tu le sais très bien, de quoi je parle. Qu'est-ce que tu étais allé faire dans cette église ? Et surtout ne me réponds pas « prier », je suis sûre que tu n'es même pas capable de réciter le Notre Père en entier !

— En entier, rétorquai-je sèchement, et aussi en latin. Mon frère est prêtre, il me traîne à la messe à chacun de ses sermons.

Un silence lourd ponctua ma phrase, uniquement troublé par le bruit régulier du moniteur cardiaque, rythmant mon pouls.

— Tu recommences, finit par dire Viviane, d'un ton de constatation résigné.

— Viv, il faut que tu me renvoies.

— Pardon ?

— Une patrouille ennemie est en train d'arriver droit sur nous, il faut que je retourne aider Cyrille et les autres.

— D'après ta théorie, Benjamin Sachetaz ne s'est pas évaporé dans les airs, que je sache. Il est toujours là-bas, sans que tu en aies conscience, d'accord, mais j'imagine que ce n'est pas toi qui vas lui expliquer comment se servir d'un fusil, remarqua-t-elle, la voix un peu vibrante, avant d'enfouir le visage dans ses mains brutalement tandis qu'elle soufflait, pour elle-même : Seigneur, je n'arrive même pas à croire que je suis en train de dire une chose pareille...

— Il sait tenir un fusil. Mais pas faire un accouchement ni réanimer un nouveau-né. Viviane, tu dois me renvoyer.

— Même en admettant que je décide d'adhérer à ton délire et que je veuille t'aider... Comment veux-tu que je fasse ? La dernière fois que j'ai essayé de te mettre sous hypnose tu as fait une crise d'épilepsie. Auberviliers a été claire là-dessus, Ben. Après les dix jours que tu viens de traverser, tu ne t'en remettrais pas. Au lieu de poursuivre des chimères, tu ferais mieux de te reposer et de reprendre des forces avant l'opération.

— Quelle opération ?

— La neurologue ne t'en a pas parlé ?

— Je ne l'ai pas vue. De quoi est-ce que tu parles ? Qu'est-ce que c'est que cette histoire d'opération ?

Je m'étais assis dans le lit, inquiet. Sur le moniteur, ma fréquence cardiaque accéléra et une alarme se déclencha, provoquant presque immédiatement l'arrivée de deux infirmières qui entrèrent sans frapper. Je reconnus la seconde, la stagiaire de la cafétéria sur laquelle David avait exercé ses charmes sans objet. Elle m'adressa un sourire gêné, restant en retrait tandis que sa collègue fondait sur le moniteur pour mettre fin à la sonnerie stridente, puis nous considérait tour à tour, avec l'air répressif d'un gardien de prison qui vient de mettre au jour une tentative d'évasion.

— Il vient de sortir du coma. Les émotions fortes sont proscrites, rappela-t-elle à Viviane, parlant de moi exactement comme si je n'étais pas là, avant d'ajouter, en tapotant mon oreiller : Il doit se rallonger. Il a mal à la tête ? Il a de la peine à respirer, une impression de malaise ?

Les questions devaient s'adresser à moi, malgré l'étrange manière de les formuler. Vaincu, j'obéis et me recouchai, tandis qu'elle refixait une des électrodes du moniteur qui s'était décrochée. J'étais toujours tachycarde, mais je n'éprouvais aucun malaise. Je le lui dis, sans qu'elle ait l'air de s'en réjouir particulièrement.

Je m'apprêtai à lui poser des questions au sujet de l'opération quand Auberviliers entra dans la chambre, suivie de près par David.

— Eh bien, attaqua-t-elle, du ton artificiellement joyeux qu'on emploie en rencontrant des amis que l'on n'aime pas, il est enfin réveillé !

Je la suivis des yeux comme elle venait se camper au bout de mon lit d'un air de propriétaire, examinant d'un œil concentré ma feuille de température.

— Oui, il est réveillé, confirmai-je, et il aimerait assez qu'on arrête de s'adresser à lui à la troisième personne comme un vieillard sénile, il n'a pas perdu tous ses neurones dans la bataille.

— Ce qui, soit dit en passant, relève du miracle, ponctua Auberviliers, le ton neutre, sans relever les yeux de sa lecture.

— Je prends note. J'irai mettre un cierge à l'église du coin en sortant d'ici, et en attendant, j'aimerais que vous m'expliquiez ce que c'est que cette histoire d'opération !

J'avais haussé le ton, sur les derniers mots, et le moniteur bipa de nouveau.

— Calmez-vous, Monsieur Teillac, ou il va falloir que nous vous sédations.

— Je suis très calme. Je voudrais que vous répondiez à ma question, s'il vous plaît, docteur, repris-je, m'efforçant de diminuer l'agressivité dans mon ton.

La perspective de cauchemarder de nouveau pendant des heures à cause de leurs calmants était tout sauf réjouissante.

D'un signe de la tête, Auberviliers congédia les deux infirmières, puis vint s'asseoir sans façon au bord de mon lit, tandis que Viviane se renfonçait dans le fauteuil, l'air inquiet. David était resté debout, dos au mur et bras croisés.

— Benjamin, commença Auberviliers, avant tout je tiens à m'excuser. J'ai plus que ma part de responsabilité dans ce qui s'est passé.

— Je ne comprends pas.

— Je n'aurais jamais dû vous inclure dans l'étude Tornade. Vous vous souvenez, lorsque vous avez fait cette crise dans l'IRM, et que nous avons discuté dans mon bureau ?

Elle marqua une pause, et je hochai la tête, attendant la suite.

— Je vous avais dit que ce qui s'était passé remettait votre participation à l'étude en question. C'était vrai, et j'aurais dû m'y tenir. Bien sûr, seul un cas aussi singulier avait été décrit avant le vôtre, mais j'aurais dû penser...

— Qu'est-ce que ça veut dire ? Quel cas singulier ?

— L'étude Tornade est une expérimentation de grande ampleur, Benjamin. Le Xylophenolate a été testé sur plusieurs autres volontaires dans le monde avant votre groupe, et tous les effets indésirables sont scrupuleusement rapportés. Or, il semble qu'un cas de décompensation psychotique sévère ait été décrit en Angleterre, il y a trois mois. On n'est pas tout à fait sûr que le raptus schizoïde ait été directement provoqué par la molécule, mais...

— Parlez français, s'il vous plaît, docteur. Nous ne comprenons rien, coupai-je, captant le regard un peu effaré de Viviane.

Ce n'était pas tout à fait vrai. Pour ma part, sans être médecin j'avais assez l'habitude de lire des rapports médicaux dans toutes les spécialités pour avoir, au moins dans les grandes lignes, compris ce qu'Auberviliers venait de dire. Sans même avoir besoin de croiser son regard, je savais que c'était également le cas de David, mais j'avais besoin de rassembler mes pensées.

— Les psychoses sont l'ensemble des pathologies psychiatriques non perçues comme anormales par le malade, à l'inverse des névroses où le patient a conscience de son trouble. On y retrouve la schizophrénie, les troubles bipolaires, certaines formes extrêmes de phobies et de troubles obsessionnels compulsifs...

— Je ne suis pas psychotique.

— Bien sûr que non. Vous êtes juste persuadé que votre conscience voyage entre deux époques, que vous êtes un ambulancier en 2014 et aussi un héros de la Résistance fusillé par les Allemands il y a soixante-dix ans, répliqua-t-elle, le ton froid.

Je me mordis les lèvres, renonçant à la corriger pour lui dire que je n'avais aucune idée de la manière dont j'étais mort, exactement. Ce n'était pas le meilleur moyen de la convaincre que j'étais sain d'esprit.

Mon regard passa sur David, qui fixait toujours son carrelage, les mâchoires contractées, sur Viviane qui me contemplait d'un air désolé.

— Cet autre cas, en Angleterre... Qu'est-ce qui lui est arrivé ? finis-je par demander, pressentant que je n'aimerais pas ce qui allait suivre.

— Il prétendait qu'il était investi d'une mission, lui aussi. Il était persuadé de faire partie des gardes chargés d'escorter Jeanne, la Pucelle d'Orléans, jusqu'à Rouen où elle devait être jugée pour faits de sorcellerie.

— Jeanne la Pucelle ? Vous voulez dire... Jeanne d'Arc ?

— Je ne pense pas qu'il y en ait d'autre. Dans son délire, l'homme pensait appartenir à une société secrète chargée de la délivrer au dernier jour de son procès, pour la soustraire au bûcher.

Elle marqua une légère pause avant d'ajouter, sans émotion :

— Il a été le seul étonné d'avoir échoué. En émergeant de sa bouffée délirante, il a même demandé à l'équipe médicale de lui trouver un manuel d'histoire, pour vérifier si la Pucelle avait vraiment brûlé. Lorsqu'il a été sûr que c'était le cas, il a arraché ses électrodes et ses perfusions et il s'est balancé par la fenêtre.

Nouveau silence.

— En France, nous prenons toujours la précaution d'installer nos locaux au rez-de-chaussée.

— Je ne suis pas sûr d'apprécier votre humour, docteur.

— C'est pourtant la meilleure arme contre la folie et la peur.

— C'est ce que vous pensez ? Que je suis fou ?

— Vous souffrez de psychose hallucinatoire sévère, décompensée par les traumatismes psychologiques auxquels vous avez dû faire face, ces derniers mois. Je me suis entretenue avec mes collègues du service de psychiatrie. Vous serez transféré cet après-midi. Vu votre bonne réaction à la sismothérapie, nous prévoyons pour commencer de poursuivre cette cure avec une série de huit nouveaux électrochocs. Vous n'avez aucune inquiétude à avoir, ils se passeront sous anesthésie générale, vous ne sentirez rien. Ensuite, nous pourrons vous opérer. Vous n'avez pas à vous en faire, Benjamin. Tout se passera parfaitement bien.

— Attendez une minute... Je ne comprends pas. De quelle opération est-ce que vous parlez ?

— C'est une nouvelle technique américaine. Il s'agit d'introduire un implant au niveau du thalamus, la zone du cerveau qui régule les émotions et la mémoire, et qui dans votre cas est déficiente, ce qui provoque l'épilepsie et les hallucinations. Le rôle de l'implant est de réguler les influx électriques qui circulent dans cette région, et...

— Il est hors de question que vous implantiez quoi que ce soit dans mon cerveau ! la coupai-je plutôt faiblement, déboussolé par l'irréalité de la situation.

Savamment, Auberviliers accentua son sourire, me tapotant le genou à travers le drap comme on contient les effusions d'un chien trop démonstratif.

— Je comprends, Benjamin, mais encore une fois, je vous assure que vous devez me faire confiance. Et de toute façon, vous n'avez pas vraiment le choix, ajouta-t-elle, l'air faussement navré.

Dire qu'à une époque, j'avais fantasmé sur cette femme... Je décalai ma jambe pour échapper à son contact, totalement horrifié.

— Vous êtes en train de me dire que vous m'internez contre ma volonté ?

— Hospitalisation à la demande d'un tiers. Je ne vous fais pas l'injure de vous rappeler ce que c'est. Je suis désolée, Benjamin, vous ne pouvez pas pour le moment être considéré comme assez sain d'esprit pour être laissé face à vous-même.

J'écarquillai les yeux, anéanti. De nouveau, mon regard se braqua sur David, comme je comprenais brusquement pourquoi il évitait le mien.

— Qui a signé la demande ? demandai-je, la gorge nouée. L'HDT nécessite l'engagement d'un tiers, une personne qui prend la responsabilité d'exiger l'enfermement dans un asile de fous. C'est toi qui as signé, David ? Tu vas oser me regarder en face, pour me l'avouer ?

Il tourna la tête, avec lenteur, les yeux noyés de larmes. Je n'attendis même pas qu'il ouvre la bouche, submergé par une rage incontrôlable. Je bondis hors du lit et me jetai sur lui.

— Salaud !

Nous tombâmes ensemble au sol, rudement. Ivre de colère, je refermai mes mains sur son cou, indifférent aux cris d'Auberviliers et de Viviane, qui s'étaient toutes les deux précipitées pour me faire lâcher prise.

— Tu étais mon ami ! hurlai-je, postillonnant à sa figure tandis qu'il suffoquait. Comment est-ce que tu as pu me faire ça ? Ils veulent me lobotomiser, nom de Dieu !

— Benjamin ! Calmez-vous ! Lâchez-le, pour l'amour du ciel !

David cherchait l'air, l'écume aux lèvres, et au moment où ses yeux se révulsaient, des mains d'une force incroyable s'abattirent sur mes poignets et les tordirent, jusqu'à ce que je lâche prise. J'eus le temps d'apercevoir l'avant-bras tatoué d'un colosse tout en muscles, qui l'instant suivant me plaqua au sol. Je me débattis, cherchant à griffer et à mordre sans y parvenir, impuissant à les empêcher de baisser mon caleçon. La seconde suivante une aiguille s'enfonça dans ma fesse gauche, m'arrachant un cri de douleur.

Ma vision se troubla presque instantanément, et je me rendis à peine compte qu'on me lâchait. Je restai au sol, haletant à plat ventre, la pièce tournant autour de moi, incapable de bouger, dévasté d'angoisse et d'une terreur sans nom.

J'entendis alors, sans la voir, la voix d'Auberviliers qui murmurait, tout près de mon oreille :

— Ce n'est pas lui, Benjamin. Ce n'est pas David qui a signé. C'est votre ex-femme, Sylvie.

Tout devint noir et je perdis connaissance.

29

Ce fut le froid qui me réveilla.

Allongé sur une surface dure, je mis plusieurs minutes à ouvrir les yeux, priant sans trop d'espoir pour qu'il s'agisse du sol du mazot des Brézillons, espérant que le silence si parfait qui m'environnait ne soit dû qu'à la neige étouffant les bruits, et peut-être à la nuit.

Les prières engagent surtout ceux qui les formulent.

Lino blanc, murs capitonnés, dans un coin, scellée au sol, une banquette avec une couverture trouée, dont les arêtes tranchantes avaient été limées et les angles doublés d'une mousse renforcée. De l'autre côté, des WC à la turque avec un rouleau de papier posé par terre, et un orifice minuscule dans le mur sans robinet visible, comme on en trouve dans les trains pour se laver les mains.

— Merde, dis-je tout haut.

Au moins, on ne m'avait pas passé la camisole de force, c'était déjà ça. À part en essayant de m'étouffer avec le papier-chiottes, je ne voyais pas bien, de toute façon, comment j'aurais pu me faire du mal ici, sans même parler d'attenter à mes jours.

Avec précaution, je me redressai, tous les membres endoloris et la pensée très ralentie. Au pli du coude, je sentais le renflement d'un pansement, recouvrant la veine où ils avaient dû m'injecter assez de tranquillisants pour assommer un cheval. Sans surprise, j'avais l'entrejambe humide et ma langue me faisait mal.

Toujours lentement, je me mis debout, pivotant sur moi-même en examinant les murs et le plafond, cherchant l'œil de la caméra sans le repérer. Je n'avais aucune idée du temps qu'avait duré mon inconscience, mais cela avait visiblement suffi pour qu'ils m'embarquent dans une ambulance jusqu'à l'hôpital psychiatrique. J'espérais seulement que ce n'était pas David qui s'en était chargé.

David... En songeant à lui, l'accès de folie qui m'avait saisi en apprenant qu'on allait m'interner me revint de plein fouet et je vacillai, foudroyé par la culpabilité et la honte.

Qu'est-ce qui m'avait pris, bon sang ? Si le vigile ne nous avait pas séparés, je crois bien que j'aurais pu le tuer, alors qu'il n'était en rien responsable de ce qui m'arrivait. Trahi par celle dont j'avais pensé si longtemps qu'elle serait la seule femme de ma vie, ignoré par mon fils, David était le seul qui soit toujours resté à mes côtés, son amitié fidèle et absolue. Lorsque Sylvie m'avait quitté, après l'abominable intervention au cours de laquelle le petit Quentin était mort, ou plus récemment quand mon épilepsie s'était emballée et que Haetsler m'avait mis à la porte, David avait été là, soutien indéfectible et patient.

Il fallait vraiment que je sois devenu fou, pour le soupçonner une seule seconde de...

Les yeux dans le vide, je ne réussis pas à penser au-delà, foudroyé brusquement par l'évidence, et très doucement je glissai à genoux, portant mes deux mains à ma bouche pour étouffer un gémissement de désespoir.

Auberviliers avait raison. J'étais en train de perdre la raison.

Les cinglés, les dingues vrais de vrai, j'en avais assez côtoyé au cours de ma carrière d'ambulancier pour savoir qu'ils ne se croyaient jamais fous, qu'ils étaient les victimes innocentes d'une erreur d'appréciation, que c'étaient les psys, et les juges, et leur famille et leurs amis et le monde entier qui se trompaient sur leur compte, qui les privaient de leurs droits élémentaires et les empoisonnaient sciemment à coups de neuroleptiques.

Comme les pires criminels toujours innocents, les détraqués n'étaient jamais à court d'arguments quand il s'agissait de plaider leur cause. Ils savaient argumenter, expliquer, trouver une logique aux événements les plus absurdes, leur folie et leur violence ne s'extériorisant vraiment que lorsqu'ils se sentaient menacés ou incompris.

Je n'étais pas différent.

Je m'étais convaincu que mes rêves étaient réels, que mes hallucinations existaient bel et bien, alimentant mon propre délire avec les documentaires de Thibault et, sans doute, quelques vieux souvenirs de vacances dans une montagne qui n'était peut-être même pas en Haute-Savoie.

Rien n'existait. Ni Cyrille, ni Mélaine, pas plus que Ferrant et les autres. Rien de tout ce que j'avais cru vivre dans le maquis de Saint-Calixte ne s'était produit, ni en 1944 ni jamais.

Assis par terre, recroquevillé sur moi-même, mes bras enserrant étroitement mes genoux, je m'étais mis à me balancer d'avant en arrière, fixant le néant.

Il fallait que je réagisse, que je me reprenne. Au-delà de la détresse, je me rendais compte que j'éprouvais contre toute attente du soulagement.

La psychose est une pathologie psychiatrique non perçue comme anormale par le malade.

C'était ce qu'Auberviliers avait dit. C'était ce que j'étais, un malade, mais maintenant j'étais conscient de mon trouble. Comme le meurtrier se repent et implore le pardon, j'étais prêt à reconnaître l'inanité des visions qui m'assaillaient depuis des jours. Je voulais qu'on m'aide, et j'étais disposé à accepter tout ce qu'Auberviliers me proposerait, les drogues et aussi les électrochocs, et même de me faire implanter un interrupteur sous le crâne, si vraiment elle pensait qu'il fallait en arriver là.

Tout, pour que ça s'arrête. Tout, pour me sentir normal à nouveau.

— Vous disiez qu'il saurait quoi faire ! Vous disiez qu'il avait l'habitude !

Quelque chose venait de me heurter violemment l'épaule et je sursautai, hagard et perdu, examinant la pièce vide.

— Elle ne respire pas ! Curé, je vous en conjure, faites quelque chose !

— Ben, pour l'amour de Dieu...

Encore hébété, j'eus un mouvement de recul, instinctif et brutal, au contact de doigts venus se poser sur ma nuque, cherchant à me libérer de leur emprise. Mais la main ne bougea pas, m'obligeant au contraire à tourner la tête de force, jusqu'à me faire mal.

Cyrille était devant moi, son regard d'un bleu clair invraisemblable toujours aussi difficile à soutenir. J'eus une sorte de frisson, un tremblement de tout le corps qui était d'effroi et de refus.

— Non..., soufflai-je, à peine audible. Je ne veux pas...
— Benjamin, je t'en prie. La petite est en train de mourir.

Déboussolé, j'observai la scène, la sensation de déjà-vu me donnant envie de hurler. Rachel allongée sur le dos, jambes encore écartées, le bas de son corps noyé de sang. Stévenin, les yeux fous, berçant d'un air absent un nourrisson minuscule et à la peau bleue, tandis que Myriam psalmodiait en hébreu, cramponnée à la main de l'accouchée, sanglotant et gémissant.

Avec rudesse, Cyrille me força à me pencher vers lui, murmurant alors à mon oreille, certain que je serais seul à entendre :

— Je t'ai cru, Ben. Je t'ai cru, Dieu m'est témoin, pour aberrante qu'ait pu sembler ton histoire. Je t'ai cru quand tu disais que tu venais d'ailleurs, je t'ai cru quand tu parlais de la guerre et des atrocités nazies, quand tu disais que bientôt il y aurait la victoire, même si tu m'avais prédit aussi que je ne la verrais pas. J'ai cru ce que tu disais sur les camps, ce que tu sais de l'avenir, de ces inventions étranges que je ne peux même pas concevoir. Je t'ai cru, Ben, parce que le Seigneur a dit à Ses disciples, heureux celui qui croit sans avoir vu. Et je t'ai cru aussi parce que tu étais mon frère, et que jamais tu ne m'as menti.

Il s'interrompit, pour reprendre haleine. Son front reposait sur ma tempe, inondé de sueur, et sa main sur ma nuque était tremblante. Je sentais son souffle chaud, sur ma peau, j'entendais sa voix éraillée, fêlée, son timbre familier associé à mes souvenirs les plus anciens et les plus chers.

Se pouvait-il que je sois le jouet de mon imagination ?

Est-ce que rien de tout ceci n'était vrai ?

Je fermai les yeux, fort, assailli de sentiments contradictoires, déchiré par la peur et par un début de panique.

— Cyrille, non... Je ne peux pas.

— Benjamin, je t'en prie. Le bébé se meurt. Tu es le seul à pouvoir l'aider.

— Ce n'est pas réel...

— J'ai confiance en toi. S'il te plaît...

Mon regard, malgré moi, dériva vers Stévenin et le petit corps niché au creux de ses bras. Il s'était joint à sa femme et récitait lui aussi la même succession de mots étranges, dans la langue de Dieu. Leur litanie était un chant, une plainte, leur douleur semblable à celle que j'avais vu peinte sur le visage des parents de Quentin, quand ils avaient compris que tout était fini.

Plus jamais. C'est ce que je m'étais juré à moi-même, ce jour-là.

La peur panique que m'inspirait la seule idée de devoir réanimer un nourrisson m'avait torturé tout au long de ma formation, et j'avais secrètement espéré ne jamais y être confronté. Mais la peur était préférable à l'impuissance, et l'action prévalait sur le doute.

Je m'ébrouai, prenant une longue inspiration avant d'ordonner à Stévenin :

— Passez-moi l'enfant.

Curieusement, il n'eut pas la moindre hésitation, me tendant à bout de bras le petit corps sans vie comme une offrande à un dieu.

L'enfant morte avait la beauté d'un ange.

Je l'allongeai avec précaution sur la vieille couverture que Cyrille venait d'étendre sur le sol jonché de terre, de brindilles et de feuilles. L'auriculaire emmailloté dans le tissu de ma chemise, déchiré à la hâte faute de mieux, je dégageai la petite bouche entrouverte, en retirant les quelques glaires sanglantes qui auraient empêché l'air de passer.

Stévenin et sa femme avaient interrompu leurs prières tandis que Cyrille, collé à moi, à mi-voix entamait la sienne.

Credo in unum Deum, Patrem omnipotentem, factorem caeli et terrae, visibilium omnium et invisibilium.

Bientôt, il n'y eut plus pour mesurer le temps que nos deux voix, mon frère qui dans un murmure scandait le Credo, et moi qui comptais le nombre de pressions sur la petite poitrine, quinze en tout, avant d'insuffler mon air dans sa bouche et son nez.

Deum de Deo, lumen de lumine, Deum verum de Deo vero
Nous attendions.

Genitum, non factum, consubstantialem Patri : per quem omnia facta sunt.

Qui propter nos homines, et propter nostram salutem decendit de caelis.

Au moment où je me positionnais, prenant mes repères à genoux au-dessus du bébé dans une posture que je sois sûr de pouvoir maintenir longtemps, j'avais ordonné à Cyrille de me prévenir chaque trois minutes et il s'y tenait, l'œil fixé à sa montre, se contentant de serrer ma cuisse sur laquelle sa main familièrement reposait, plutôt que d'interrompre sa prière pour me parler.

Et resurrexit tertia die, secundum Scripturas. Et ascendit in caelum : sedet ad dexteram Patris. Et iterum venturus est cum gloria, judicare vivos et mortuos : cujus regni non erit finis.

Je cessais le massage, alors, juste le temps de chercher le pouls, de poser mon oreille tout contre la petite poitrine dans l'espoir d'entendre les battements du cœur de l'enfant, mais jusqu'ici j'avais toujours été déçu. Quatre ou cinq fois, peut-être. Je ne savais plus vraiment.

Obstiné, je repris la réanimation, m'interdisant de

réfléchir à autre chose qu'à la pression de mes doigts, qu'à la puissance de mon souffle et qu'à la nécessité de compter en rythme, de un à quinze, et de recommencer.

Si elle survivait... Si la petite fille renaissait à la vie, alors le reste serait possible, rien ne serait écrit et Cyrille, Mélaine et moi, nous aurions droit à un avenir ensemble. Auberviliers et la cellule capitonnée étaient très loin de mon esprit, refoulées, bannies, comme s'étaient évanouies mes promesses de revenir à la raison et la terreur de devenir fou.

Je n'étais pas fou. Dieu n'aurait pas confié à un fou la mission de sauver une aussi petite enfant.

La main de Cyrille, doucement, serra ma cuisse, ses yeux pâles rivés aux miens.

Confiteor unum baptisma in remissionem peccatorum. Et expecto resurrectionem mortuorum. Et vitam venturi saeculi.

Je me penchai, ma joue contre le ventre du nourrisson, mon oreille contre son cœur.

Il battait.

— Amen, soufflai-je, la voix tremblante.

L'émotion me submergeait et mes yeux s'embuèrent. Je me redressai, bouleversé et encore incrédule. Était-il possible que j'aie réussi ? En ramenant à la vie cette enfant destinée à mourir avais-je réellement modifié l'ordre des choses, avais-je influencé mon propre passé en lui offrant un futur ?

J'avais du mal à penser, la joie immense de savoir la fillette en vie assombrie par le sentiment irrationnel d'avoir commis une faute impardonnable.

J'avais changé le passé. J'avais réécrit l'histoire, annulant sciemment ce que Dieu avait décidé tandis qu'à mes côtés mon frère Le priait. Cette enfant allait vivre grâce à moi, elle allait vivre parce que Benjamin Teillac n'avait pas pu sauver Quentin, et s'était juré de tout faire pour qu'un tel malheur ne se reproduise pas.

La tête me tournait, mais je soulevai la petite fille et l'embrassai délicatement sur le front, au moment où elle ouvrait la bouche et poussait enfin son premier cri.

— Mazel Tov, chuchota Stévenin, effleurant les cheveux de l'enfant miraculée, tandis que Cyrille se signait.

Je déposai l'enfant dans les bras de sa mère, et elle me gratifia alors d'un sourire épuisé et lumineux, balayant sans le savoir tous mes doutes et ma peur, bien mieux que n'importe quel discours de raison.

— Comment allez-vous l'appeler ?

— Jezabel...

— C'est un prénom de reine, approuvai-je.

Nous la contemplions tous, fatigués et heureux, oublieux pour un temps du chaos qui au-delà des murs branlants du mazot secouait le monde. La porte qui s'ouvrait rompit le charme, apportant en bourrasque un vent glacial qui charriait de gros flocons de neige.

Marcel apparut, embrassant la scène d'un regard peu ému.

— Le môme est vivant ? questionna-t-il, l'air plutôt contrarié.

— Elle est vivante, et c'est grâce à Ben, répliqua Cyrille, une fierté palpable dans sa voix.

— Grâce à qui, peu importe, mais ce qui est sûr, maintenant, c'est que Rachel ne risque pas de franchir le col avec sa pisseuse. La neige tombe, il fait un froid de gueux.

— Quoi ? Non ! protesta Stévenin, son expression extasiée remplacée aussitôt par un masque de révolte tandis qu'il se tournait vers Cyrille. L'abbé ! poursuivit-il. Vous aviez juré que vous nous feriez passer tous ensemble, vous m'aviez donné votre parole !

— C'était sans compter que Rachel accouche, Stévenin ! Soyez raisonnable, mon frère n'a pas sauvé votre nièce pour que nous la soumettions si vite au froid et à la neige.

Elle n'y survivrait pas, vous pouvez le comprendre, tout de même !

— Qu'est-ce que vous suggérez, exactement ? D'attendre le printemps ?

— Seulement une accalmie, et que le blizzard cesse. Nous vous avions dit que la passe serait délicate pour des femmes et une enfant, mais pour une accouchée et son nouveau-né elle est suicidaire. Acceptez de les laisser toutes ici, Stévenin, je les confierai à la garde de mes hommes, je réponds d'eux comme de moi-même.

— L'abbé a raison, murmura Rachel.

Cyrille tourna la tête vers elle, surpris de la voir se ranger à son avis.

— Mon Père, reprit-elle, respectant le titre bien que leurs religions ne soient pas les mêmes, il s'agit simplement de différer le passage, n'est-ce pas ? Vous nous aiderez à fuir, ma famille et moi ?

— Je vous l'ai promis. Mais votre frère doit partir. Il doit être à Zurich demain soir. Benjamin et moi, nous l'accompagnerons jusqu'au col, et...

— Non.

Le ton de Stévenin était froid et buté, et Cyrille se rembrunit, sa patience habituelle soumise à rude épreuve. J'écoutais l'échange, sans dire un mot ni chercher à prendre parti.

— Je veux que ma femme et ma fille viennent aussi.

— Stévenin...

— C'est mon dernier mot, Sachetaz.

— C'est du chantage. Cela n'a rien des façons de faire d'un homme d'honneur, remarqua Cyrille, calmement.

— Vous me parlez d'honneur, l'abbé, mais vos desseins n'ont rien de noble, eux non plus. C'est ce que je sais qui vous importe, ce que j'ai là – il montra sa tempe du bout de son index – que vous cherchez à préserver à tout prix. Ne m'en veuillez pas. Quand on a une monnaie d'échange, il faut savoir s'en servir. Que j'accepte de laisser ma sœur et ma nièce devrait vous suffire, comme gage de ma collaboration. La Résistance veut connaître les secrets que je détiens sur les nazis, je veux savoir ma famille hors de danger. Pour moi, rien n'est plus important. À vous de décider.

Le silence retomba, pesant, uniquement troublé par les bruits de succion de l'enfant que Rachel avait mis au sein. Cyrille avait écouté l'argumentaire, sans manifester d'émotion, et mit quelques secondes avant de parler.

Puis il remarqua, le ton indéfinissable :

— Les Juifs sont connus pour être durs en affaire.

— Une des rares qualités que l'on nous prête, par les temps qui courent..., répliqua Stévenin en souriant.

— La petite pouvait à peine marcher. Mon frère a dû la porter sur près du tiers du chemin.

— Elle a dormi. Elle est vaillante. Elle ne nous ralentira pas, je m'en porte garant.

— Cyrille..., intervins-je, allons dehors. Il faut qu'on discute.

Il me lança un regard aigu, hésitant visiblement à abandonner la négociation qu'il avait entamée avec Stévenin, puis finit par acquiescer, contrit.

— Je reviens, lâcha-t-il, avant de m'emboîter le pas sans enthousiasme.

J'attendis qu'il ait fermé la porte et que personne ne puisse plus nous entendre, sachant d'instinct qu'il n'aurait pas admis que devant témoin, je m'oppose à lui :

— Nous avons parcouru l'essentiel du chemin. Il reste moins d'une heure de marche jusqu'au col. Je crois que nous devrions les emmener.

— C'est ça... Pour que tu t'évapores ensuite, et que tu me laisses me démerder comme tout à l'heure face à la patrouille ?

Un temps.

— Tu t'en es aperçu ?

— Évidemment, imbécile, lâcha-t-il avec un peu de rancœur, en haussant les épaules.

Son air bougon m'arracha malgré moi un sourire.

— Cyrille, remarquai-je doucement, je ne choisis pas. Ni quand je pars, ni quand je reviens.

— C'est bien ce qui m'inquiète. Si nous montons tout à l'heure, si nous décidons de franchir la passe avec Stévenin et sa famille, qu'arrivera-t-il si ta conscience s'évanouit encore, si tu repars là-bas et que tu me laisses seul ?

— Tu me crois donc ? ne pus-je m'empêcher de demander, dérouté.

— Je te l'ai dit, répliqua-t-il avec simplicité.

Je hochai la tête, sa remarque me rappelant désagréablement dans quelle posture difficile j'avais abandonné mon alter-ego du XXIe siècle.

— Qu'est-ce qu'il y a ? demanda Cyrille presque immédiatement, percevant mon trouble.

— Disons... Disons que tout le monde n'a pas ta largesse d'esprit. Quelques-unes des personnes à qui j'ai tenté d'expliquer ce qui m'arrivait, là-bas en 2014, se font du souci pour ma santé mentale.

— Du souci à quel point ? questionna-t-il, et à son expression, je sus qu'il avait parfaitement compris que le problème était plus sérieux qu'aurait pu le laisser supposer ma réflexion.

Qu'il me connaisse aussi bien était à la fois déroutant et rassurant.

— Eh bien... Assez pour me protéger de moi-même et du mal qu'ils supposent que je pourrais me faire.

— Je ne suis pas sûr d'avoir saisi.

— Mon médecin m'a transféré en secteur fermé, dans un centre hospitalier spécialisé.

— C'est le terme moderne pour « asile de fous » ?

questionna Cyrille, le ton neutre.

J'esquissai une mimique entendue.

— C'est absurde. Te boucler dans une chambre d'hôpital ne peut pas empêcher ta conscience de se promener où bon lui semble. La preuve..., ajouta-t-il, me désignant d'un geste descendant de sa main comme au théâtre on présente la vedette du spectacle.

— Auberviliers... ma neurologue, rappelai-je, le hochement de tête de Cyrille me faisant immédiatement comprendre qu'il se souvenait de son nom, Auberviliers pense que ce qui m'arrive est une décompensation psychiatrique en rapport avec un effet secondaire du Xylophenolate. J'ai été exclu de l'étude, cela va sans dire.

Je marquai une pause, puis après une légère hésitation je lui parlai du reste, des électrochocs et de l'opération du cerveau, sentant à cette évocation une flambée d'angoisse me tordre le ventre. Cyrille me contemplait, les yeux écarquillés.

— C'est absurde, répéta-t-il. Tu n'es pas fou.

— Tu es malheureusement le seul à le penser. Dommage que tu ne puisses pas en toucher un mot à ma neurologue, tentai-je de plaisanter, la gorge un peu nouée.

Il cligna des paupières, plusieurs fois, son regard pâle fixant la cime des conifères sombres, sur l'autre versant de la montagne.

— Et si on le faisait ?

— Pardon ?

— Je veux dire... Peut-être que je pourrais lui laisser une preuve de ta présence ici aujourd'hui, que je cacherais dans un endroit assez sûr pour qu'elle y reste pendant les soixante-dix prochaines années... Tu n'aurais qu'à lui indiquer le lieu, quand tu retourneras. Puisque tu es bouclé chez les fous, ton médecin ne risquera pas de t'accuser de l'y avoir mis toi-même.

— Quelle genre de preuve ?

— Une lettre où je rapporterais tout ce que je sais devrait suffire. Il y a une pierre descellée, derrière l'autel, dans mon église...

Il s'interrompit d'un coup, l'air inquiet :

— Mon église sera encore là en 2014, n'est-ce pas ?

— Elle y sera, confirmai-je, vaguement attendri, avant d'ajouter : Je me souviens de la cachette dans le mur. Là où tu laisses les clés de la sacristie.

Il me sourit, satisfait.

— Parfait, alors. Je m'en occuperai dès que nous serons redescendus d'ici, déclara-t-il, comme si écrire un courrier à un correspondant du futur qui n'était même pas encore né faisait partie des tâches qu'il accomplissait tous les matins.

Je hochai la tête, un peu déboussolé.

— Je ne sais pas si ça marchera, mais... Merci.

— Ne me remercie pas. Tu es mon frère, répliqua-t-il, comme si cette seule explication pouvait justifier n'importe quoi.

Pour lui, c'était probablement le cas.

— Allons chercher les sacs, ajouta-t-il, retrouvant la voix autoritaire qu'il avait pour s'adresser à ses hommes comme il changeait de sujet. Il ne reste que quelques heures avant le lever du jour, il faut nous mettre en route.

— Alors ? Pour Myriam et sa fille, qu'est-ce que tu décides ?

— On les emmène, trancha-t-il. Une foutue connerie, à mon avis, rappelle-moi de te le reprocher longtemps si on en réchappe.

— Sans faute. Et tu sais aussi bien que moi que c'est le seul moyen de convaincre Stévenin de continuer.

— On laisse Rachel et le bébé à la garde d'Augustin. Marcel montera avec nous. Et souviens-toi de ce que je t'ai dit, Ben. En chemin, s'il y a du grabuge, tu sors Stévenin de la trajectoire des balles en le portant sur ton dos s'il faut, et tu ne le lâches qu'une fois arrivé en Suisse, c'est clair ?

— C'est clair, mon père, répliquai-je en esquissant un salut militaire, d'une façon qui se voulait comique sans être vraiment réussie, mais qui le fit éclater de rire.

30

Nous étions repartis, laissant Augustin, Rachel et la petite Jezabel en arrière pour nous jeter à l'assaut des derniers deux ou trois cents mètres de dénivelé avant le sommet. Il était une heure du matin et la neige avait cessé de tomber, le froid moins vif, comme si la colère de la montagne s'apaisait.

Contrairement à ce que Stévenin avait affirmé, la petite Ruth avait crié grâce au bout de dix minutes, s'asseyant brusquement dans la poudreuse, boudeuse, pour décréter qu'elle n'irait pas plus loin. Son père l'avait portée pendant une demi-heure, puis j'avais pris le relais lorsque j'avais senti que son pas faiblissait.

La relève des douaniers avait lieu tous les jours à cinq heures. Je n'avais aucune idée de la nature des renforts dont le Sterne avait parlé, ni du nombre d'hommes qui gardaient la frontière, mais si nous voulions avoir une chance de traverser la passe sans être interceptés, nous avions intérêt à arriver largement avant l'aube.

L'œil rivé à ma montre, je forçai encore l'allure, guettant le virage qui semblait ne jamais devoir arriver, là où la sente s'incurvait en épingle à cheveux au-dessus du ravin, passage en dévers vertigineux qu'il fallait se coller au rocher pour franchir sans encombre. Quinze jours plus tôt, ici même, un du maquis de Manigod qu'on appelait Stanislas, guide de haute montagne chevronné, conscrit de Cyrille et avec qui nous étions amis, avait dévissé et entraîné dans le vide toute sa cordée. Aucun de leurs corps n'avait pu être récupéré.

Au moins, avant d'arriver au col c'était l'unique passage ardu, contrairement à la passe de la Dent Blanche et ses interminables lacets, et je me félicitai de n'avoir pas écouté le Sterne.

— « L'ordre ancien s'effondre, les temps changent, une vie nouvelle fleurit sur les ruines... » murmura Stévenin qui cheminait à côté de moi, répugnant visiblement à s'éloigner de sa fille endormie dans mes bras.

Je tournai la tête vers lui, étonné.

— Vous connaissez Schiller ?

— Cela vous étonne ? L'Allemagne est un grand pays, elle n'a pas engendré que des dictateurs, elle a aussi produit des génies, rétorqua-t-il, souriant à demi.

J'opinai, méditant le propos, mais n'eus pas le temps d'y répondre.

Alors que nous longions la falaise, un grondement venu d'en haut enfla soudain ; je l'identifiai aussitôt, abominablement impuissant. Marcel et Cyrille, qui quelques pas au-dessus encadraient Myriam, s'étaient figés en même temps que nous, le regard braqué vers le sommet où un nuage de neige et de rocaille dévalait la pente à l'allure d'un cheval lancé au grand galop.

— Une avalanche ! balbutia Stévenin, les yeux agrandis d'effroi.

— À l'abri ! cria Cyrille, revenant le premier de sa stupeur tandis qu'il s'élançait, entraînant Myriam, vers un groupe de rochers plats qui surplombait le sentier.

Talonnés par Marcel, ils se ruèrent sous les pierres qui offraient, effectivement, la seule protection naturelle contre le cataclysme, nous encourageant à les rejoindre à grand renfort de gestes et de cris.

Nous étions beaucoup plus loin. Nous nous étions mis à courir, presque au même instant qu'eux, mais nous avions au moins une quinzaine de mètres de plus à franchir, dans la poudreuse jusqu'aux genoux. Je portai toujours Ruth qui, consciente de ma panique à défaut de la réelle nature du danger, s'était mise à hurler dans mon oreille, impossible à calmer.

L'avalanche se rapprocha à une allure folle, impensable, et je compris soudain que je n'arriverais pas à rejoindre le promontoire rocheux à temps. J'allais mourir enseveli, sous les yeux de mon frère impuissant, jamais je n'atteindrais les Coux et moins encore Zurich, je n'épouserais pas Mélaine et elle ne porterait pas mes enfants.

Mes jambes cessèrent de fonctionner, et je me figeai si brutalement sur la sente que je tombai à genoux. Ruth, toujours cramponnée à moi, poussa un gémissement animal et se recroquevilla contre ma poitrine, ses ongles enfoncés dans la chair de mon cou. J'aperçus encore la silhouette de Myriam, accablée d'horreur, qui tentait de se précipiter vers nous, et la double étreinte de Marcel et Cyrille, qui la retenaient.

Au tonnerre de la montagne qui se disloquait se mêla le hurlement de mon frère, plainte d'agonie qui me transperça le cœur. Malgré la distance et l'obscurité de la nuit, nos regards se croisèrent une dernière fois, le mien déjà résigné, le sien habité d'une douleur folle, inhumaine.

Le flot implacable me frappa de côté, avec une violence foudroyante qui m'arracha l'enfant des bras. Je sentis mes pieds décoller du sol, mon corps lapidé par un tourbillon sauvage de glace et de pierres, écartelé sous la violence des éléments déchaînés.

Je mourus moins de trois secondes après que l'avalanche m'atteignit, sans en avoir totalement conscience, le corps autant que l'esprit bizarrement anesthésiés.

Il était évident que le sabotage du pont de la Chère et quelques autres faits d'armes du même ordre m'interdisaient l'entrée directe au paradis, mais le purgatoire était radicalement différent de l'idée que je m'en faisais.

J'étais allongé sur un lit inconfortable, pieds et poings attachés aux montants, un ressort acéré me rentrant dans le dos. Au-dessus de ma tête, les lampes d'un scialytique m'aveuglaient d'une lumière crue, il y avait une odeur synthétique dans l'air, de citron et de produits désinfectants.

J'avais mal au crâne, et la bouche terriblement sèche.

— Salut, Ben.

Avec difficulté, je tournai la tête vers l'origine de la voix, ne reconnaissant David qu'à ce moment-là. Assis sur un tabouret métallique, le dos très droit, les jambes élégamment croisées et ses mains reposant sur ses cuisses, il me contemplait sans ciller, le regard plutôt froid. Il me semblait qu'il y avait quelque chose d'anormal, chez lui, mais l'esprit encore sous le coup de la peur et de l'angoisse, je n'arrivais pas à trouver ce que c'était.

— Comment est-ce que je m'en suis sorti ? demandai-je, la voix râpeuse.

— Comment est-ce que tu t'es sorti de quoi ?

— De l'avalanche..., murmurai-je, fermant d'instinct les yeux au souvenir encore vif des tonnes de neige et de gravats s'abattant sur moi. Je portais la petite, je n'ai pas pu bouger assez vite... Mais, ajoutai-je, hésitant, si j'étais mort dans la montagne, tu ne serais pas planté le cul sur une chaise à côté de mon lit.

Une nouvelle fois, je forçai sur mes liens pour décoller le haut de mon corps du lit et l'observer, de la tête aux pieds.

Qu'est-ce qui ne collait pas, bon sang ?

Mon regard balaya la petite pièce aux murs blancs, la lumière verte au-dessus de la porte, s'attarda sur le chariot de réanimation, dans un coin.

L'hôpital. La pièce était différente de la cellule

d'isolement où j'avais d'abord atterri, mais pas tellement plus accueillante.

— Finement raisonné, observa David, avec son ton sarcastique habituel. Et pour ce qui est de l'avalanche...

— Une hallucination de plus, c'est ce que tu vas m'expliquer ?

— Un effet du sevrage, d'après Auberviliers. Ton taux sanguin de Xylophenolate est encore très élevé, mais malgré ça il semble que tu supportes plutôt mal la descente... Heureusement, nous avons trouvé une solution radicale, ajouta-t-il, souriant.

Je fronçai les sourcils, me demandant pourquoi il disait « nous ». Auberviliers, comme n'importe quel médecin, n'était pas du genre à s'enquérir de l'avis d'un ambulancier avant de prendre une décision. Je secouai la tête, tentative infructueuse pour chasser le vertige et la confusion.

— David... Détache-moi, s'il te plaît.

— Tu sais que je ne peux pas faire ça.

Son ton moralisateur commençait à devenir horripilant.

— Auberviliers te l'a interdit ? Elle a peur que je me jette sur toi ?

— C'est ce que tu as fait la dernière fois, je te rappelle, répliqua-t-il, sèchement.

Il se leva, ensuite, et je compris enfin ce que mon cerveau brouillé essayait de me montrer. Il portait une blouse blanche, qui ne ressemblait en rien à l'uniforme d'ambulancier dans lequel j'avais l'habitude de le voir. C'était une blouse de médecin, endossée par-dessus ses vêtements civils, et un stéthoscope s'enroulait autour de son cou.

J'avalai ma salive, sentant remonter une partie de l'angoisse indescriptible qui m'avait assailli quand l'avalanche avait dévalé vers moi.

— David, à quoi est-ce que tu joues ? Qu'est-ce que c'est que ce déguisement ?

Lentement, David se retourna. Il tenait entre ses doigts une énorme seringue qu'il remplissait, le geste sûr, d'un liquide aux reflets jaunâtres. Mon cœur tripla la cadence.

Affolé, je tirai violemment sur mes entraves, ne réussissant qu'à ébranler la structure métallique du lit qui protesta avec un grincement sinistre. David me coula un regard agacé, tandis que ses lèvres s'étiraient en un sourire qui n'avait rien d'amical.

— Ne t'impatiente pas, Ben. La rédemption est là.

— David... Qu'est-ce que tu fabriques ? soufflai-je, horrifié, tandis que maladroitement je tentais de me décaler vers le bord du matelas, aussi loin de lui que les liens me le permettaient.

— Tu ne sentiras rien, ne t'inquiète pas. Je vais mettre fin à tes souffrances.

Avec toujours cette lenteur élégante qu'il mettait dans chacun de ses gestes, il posa un genou sur le lit, calé solidement contre mon flanc. Le fait d'y appuyer réveilla immédiatement une douleur qui n'aurait pas dû s'y trouver, le souvenir d'une blessure d'une vie passée.

— Tu n'as rien, Ben, remarqua David, comme en écho à mes pensées. Jamais on ne t'a tiré dessus, jamais tu n'as participé au moindre sabotage, à Saint-Calixte ou ailleurs.

— Comment peux-tu savoir que... ?

— Hallucinations, inventions d'un esprit dérangé qui ne sait plus distinguer la réalité de ses délires schizophréniques. Il est temps d'y mettre un terme. Tu es fou, mon pauvre Benjamin. Fou à lier, précisa-t-il, désignant d'un air presque amusé mes membres entravés en même temps qu'il se couchait en travers de mon torse, son coude bloquant ma mâchoire pour dégager mon cou, m'empêchant totalement de bouger.

Paniqué, je tentai de le repousser en me cambrant violemment, mais il était plus lourd et plus fort que moi. L'aiguille pénétra dans ma jugulaire, et je me mis à hurler.

— Au secours ! Docteur Auberviliers, aidez-moi, je vous en prie !

À l'instant où il enfonça le piston, je sentis la brûlure acide du liquide qui se répandait dans mes veines.

— Votre tension est meilleure, aujourd'hui, et vous n'avez plus de fièvre. J'aime mieux ça. Lorsque la perfusion sera terminée, je vous ferai porter un plateau-repas. L'IRM a été décalée en fin d'après-midi. On viendra vous chercher.

Un temps. La très volumineuse infirmière qui venait de me bombarder de ces informations d'un air jovial sembla brusquement s'aviser que la façon dont je la dévisageais était inhabituelle. Froncement de sourcils, avant de me tapoter la joue comme on réprimanderait sans conviction un enfant pour qui on a un faible.

— Monsieur Teillac ? Vous allez bien ?

Incertain, j'amorçai un mouvement du bras, étonné de constater que rien ne m'en empêchait.

— Je ne suis plus attaché ? soufflai-je, observant ma main libre et mon poignet comme s'ils ne m'appartenaient pas.

La grosse infirmière ne s'alarma pas de ma question, allant même jusqu'à s'esclaffer un peu tandis qu'elle partait vers la porte, lâchant par-dessus son épaule :

— Vous êtes un petit rigolo, vous ! Comme si c'étaient des façons, attacher nos patients... !

Elle continua son soliloque jusqu'au couloir, puis la porte se ferma et je me retrouvai seul, totalement désorienté et un peu effrayé, aussi.

Qu'est-ce qui m'arrivait, bon sang ? Des deux hallucinations successives, parce qu'il me fallait admettre que c'était de cela qu'il s'agissait, ma mort dans un accident de haute montagne d'abord puis la transformation de mon meilleur ami en une sorte de médecin hystérique et sadique, je ne savais pas laquelle m'avait le plus perturbé, mais les deux étaient d'un réalisme assez incroyable pour que seule leur fin abrupte m'ait permis de comprendre qu'il s'agissait d'un tour de mon imagination.

Je n'avais pas quitté cette chambre, ni ce lit, et si les mesures coercitives semblaient avoir été un peu allégées, j'étais encore à l'hôpital, très probablement bouclé en secteur de psychiatrie.

J'avais peur de comprendre.

Je n'étais pas fou, pas plus que je ne vivais ma vie à l'envers, par une grâce surnaturelle dont j'aurais été le seul être au monde à avoir jamais bénéficié. Tout ceci n'était dû qu'aux effets secondaires du Xylophenolate, et le réalisme des hallucinations qu'il provoquait aurait abusé n'importe qui. Je n'étais qu'un drogué torturé par le manque, une loque que l'addiction avait fait plonger si bas que je n'arrivais plus à retrouver le chemin de la surface.

J'avais tant espéré que tout soit vrai, tant voulu y croire, en dépit de la logique et du bon sens. L'étude d'Auberviliers m'avait ouvert les yeux sur la médiocrité de mon existence, et les chimères qu'en échange elle m'avait permis d'entrevoir me manqueraient à tout jamais.

Défait, je mordis mon poing, fort, pour contrer le désespoir qui montait. Habité par le manque et l'impuissance, je n'entendis pas la porte qui s'ouvrait, ne m'avisant qu'après plusieurs secondes d'une présence immobile, au pied du lit.

— Bonjour, Benjamin.

Sursaut. Ouvrir les yeux.

Je me serais attendu à voir n'importe qui, sauf lui. Il avait considérablement maigri, ses muscles fondus aux os lui donnant l'air d'un cadavre, sa peau si pâle qu'elle prenait des reflets olivâtres. Son bon sourire de grand-père bienveillant, en revanche, n'avait pas changé.

— Monsieur Silverman..., soufflai-je, tandis qu'en

réflexe je me redressai sur mon lit.

Il était habillé d'un complet trois pièces à la coupe désuète, largement trop grand. Par une sorte de pudeur réflexe, je redressai la chemise d'hôpital qui bâillait sur mon torse, m'efforçant de dissimuler le cathéter de la perfusion comme on cache les stigmates d'une maladie honteuse.

— Je ne vous demande pas comment vous allez... Je sais assez le sentiment d'injustice abominable que déclenche cette question, dans les cas désespérés comme les nôtres.

— Pourquoi êtes-vous là, Monsieur Silverman ?

— Eh bien, disons que j'ai fini par me soustraire à l'autorité de la médecine pour me replacer sous celle de Dieu, dont je n'aurais jamais dû chercher à m'affranchir. En sortant de l'hôpital, je me suis étonné que votre ami David soit venu me chercher sans vous. Il m'a expliqué ce qui vous était arrivé, cette crise que tout le monde qualifie de psychotique. Ce doit être terrible, de n'être cru de personne. On doit finir par douter de soi-même.

— Pourquoi êtes-vous venu ? répétai-je, lentement.

Son regard me transperça, étonnamment vif dans son visage émacié.

— Parce que, dit-il posément, il y a très longtemps de cela, j'ai connu Benjamin Sachetaz. Et c'est à lui et à son frère que ma famille et moi devons la vie.

Bouche ouverte, éberlué, je le dévisageai longuement, incapable de dire quoi que ce soit.

— C'est drôle, reprit-il, tandis que son ton se faisait lointain, ses pensées filant dans les méandres de sa mémoire. Physiquement, vous ne lui ressemblez pas vraiment. Bien sûr, on retrouve dans votre complicité avec David un peu de celle qui vous unissait jadis à votre frère... Et puis vous aimez Schiller. Si vous voulez vraiment connaître la raison qui m'a poussé à venir jusqu'ici, j'imagine que ce serait celle-là.

Il eut une amorce de rire, bien que ce qu'il venait de dire n'ait rien de drôle.

— Vos mains tremblent, Benjamin, remarqua-t-il, le ton paternel.

Je déglutis, plusieurs fois, avant de réussir enfin à parler. Malgré les ravages causés par l'âge et la maladie, la ressemblance me sautait aux yeux, au point que je ne comprenais pas comment j'avais pu mettre si longtemps à le reconnaître.

— Vous êtes Jean-Baptiste Stévenin, laissai-je tomber, atone.

— Quelle curieuse impression... Je ne pensais plus que quiconque aurait jamais l'occasion de m'appeler à nouveau par ce nom...

Je me redressai sur le lit, basculant maladroitement les jambes sur le côté pour m'asseoir, puis je réussis à me lever, chancelant. Sur mon avant-bras, je sentis le pansement qui protégeait la perfusion se décoller.

— Monsieur Silverman, il faut que vous parliez au docteur Auberviliers. Ma neurologue, il faut que vous lui expliquiez...

— Que je vous ai connu dans votre précédente existence ? Allons, Benjamin, soyez réaliste... Qui écouterait un vieil homme comme moi, hanté par l'holocauste et le spectre noir des camps, le cerveau envahi par les métastases et un pied sur la première marche du tombeau... Elle ne me croirait pas plus qu'elle ne peut vous croire, vous... D'ailleurs, elle a peut-être raison. Peut-être vaut-il mieux vous protéger de vous-même et de ces réminiscences contre-nature. Le passé est déjà écrit, on ne devrait pas laisser à l'homme la tentation de le changer.

Je secouai la tête, tendant mes mains en avant pour agripper les revers de sa veste, mais d'un pas, il recula aussitôt hors de portée et mes doigts se refermèrent sur le vide.

— Est-ce que votre nièce est en vie, monsieur Silverman ? demandai-je, pressant.
— Pardon ?
— Jezabel. Votre nièce. Est-elle en vie ?
— Surprenante question, venant de vous... Bien sûr, qu'elle est en vie. Elle a eu une riche et longue existence, que sans doute il vous aurait plu de m'entendre vous raconter, si nous avions disposé de plus de temps... J'imagine que c'est toujours agréable de savoir que quelqu'un, quelque part, n'a dû sa survie qu'à vous.
— Elle était morte.
— Je ne comprends pas ce dont vous parlez, Benjamin.
— Jezabel était morte, monsieur Silverman. J'ai vu la scène de mes yeux, l'accouchement de Rachel au mazot, et cette enfant née sans vie, posée sur le ventre de votre sœur. J'ai pu changer le passé.
— Ce que vous dites n'a pas de sens.
— Parce que remonter le temps en n'étant qu'un spectateur passif et impuissant en a davantage, selon vous ?

Il baissa les yeux, visiblement troublé.
— Je n'aurais peut-être pas dû venir. Je vais vous laisser vous reposer, Benjamin. Faites confiance aux médecins, je suis sûr qu'ils vous soigneront très bien.
— Monsieur Silverman, attendez ! m'écriai-je, empêché d'avancer par la perfusion.
— Vous serez dans mes prières, mon petit.
— Qu'est-il arrivé ensuite, monsieur Silverman ? Quand nous avons laissé Rachel et la petite au mazot, et que nous sommes repartis vers la passe, qu'est-il arrivé ?
— Vous ne vous en souvenez pas ? questionna-t-il, à mi-chemin de la porte et du lit.
— Non. S'il vous plaît, dites-le moi.

Je m'interrompis, le temps d'une inspiration un peu chevrotante, puis je repris à mi-voix :

— Est-ce que mon frère... Est-ce que Cyrille a survécu ?
— Benjamin, je ne suis pas sûr...
— J'ai ramené votre nièce à la vie ! Et votre famille et vous n'avez échappé aux Allemands que grâce à ce que le maquis a fait pour vous ! Répondez-moi !

Il hésita, longuement, puis il laissa tomber d'un coup :
— L'abbé Sachetaz était un Juste. Un saint homme, qui est en paix auprès de son Dieu.

Il marqua une nouvelle pause, puis il se décida enfin, me fixant dans les yeux.
— Je ne sais que ce qu'on m'en a raconté. Des années après la fin de la guerre, quand le temps avait déjà fait son œuvre et émoussé le souvenir des hommes. Du col des Coux, seul celui de vos hommes qui s'appelait Marcel n'est pas revenu. Lors de l'attaque, nous n'avons dû notre salut qu'à la témérité de Benjamin Sachetaz, qui m'a fait passer par un chemin où nul autre que lui n'aurait osé s'aventurer. Ensuite, tandis que nous gagnions Zurich avec Benjamin, l'abbé Cyrille a rejoint la vallée avec Morel, le commandant des maquis. C'était en mars 1944, dans la nuit du 9 au 10. Il y a eu une altercation, des armes ont été sorties en surprise et Morel a été assassiné. Tous ceux qui se trouvaient là-bas ce soir-là, à Entremont, ont été arrêtés, et pour la plupart déportés dans les jours qui ont suivi.

— Cyrille aussi ? questionnai-je, quasiment inaudible.
— Cyrille était un des chefs de réseau. La Gestapo l'a torturé pendant plusieurs jours, puis ils l'ont passé par les armes. À ma connaissance, il n'avait pas parlé. Quant à son frère...

Il s'interrompit de nouveau, puis souffla :
— J'imagine qu'il ne serait pas bon de vous révéler ce qui est arrivé à son frère, vous ne croyez pas, Benjamin ?

Je me mordis les lèvres, la vision du corps de Cyrille ensanglanté, traîné dans la neige de la Kommandantur, revenant de nouveau me harceler.

— Je sais que Benjamin est mort, Stévenin, répliquai-je, utilisant pour la première fois spontanément, et sans même m'en rendre compte, le patronyme sous lequel je l'avais connu. J'ai vu son nom, au monument aux morts de Saint-Calixte.

Il hocha la tête, avec tristesse.

— Les choses sont ce qu'elles sont... Il a été tué en essayant de libérer Cyrille, avec l'aide de plusieurs hommes du maquis qui lui étaient fidèles. Un acte de bravoure suicidaire, qui n'avait aucune chance d'aboutir, et que votre hiérarchie a désapprouvé. Je suis sincèrement désolé. Bonne chance, Benjamin. Je vais prier pour vous, rappela-t-il, en refermant doucement la porte derrière lui.

Je ne cherchai pas à le retenir.

Hébété, je me laissai retomber sur le lit, fixant le mur nu devant moi.

Pour la première fois depuis des heures, il me semblait y voir enfin clair. Je savais ce qui me restait à faire. Je devais repartir, avec ou sans le médicament magique d'Auberviliers pour m'y aider.

— Tu l'as déjà fait, me rappelai-je à voix haute. Bien avant le début de l'étude, tu as été là-haut, au mazot des Brézillons, et tu en es revenu, sans drogue ni aucun autre artifice. Tu peux le refaire. Concentre-toi.

Mes mains se serrèrent sur les montants du lit, tandis que je m'efforçais de vider mon esprit. Mes mouvements brusques avaient achevé de décoller le sparadrap qui maintenait le cathéter en place, et un filet de sang s'échappait du point de ponction, coulant goutte après goutte de mes doigts sur le lino avec un bruit minuscule. C'était un choc mat, à peine audible, sur lequel je m'obligeai à me focaliser, néantisant le lit sur lequel j'étais assis, la chambre, l'hôpital, le monde et surtout l'époque à laquelle je sentais que je n'appartenais plus.

Je restai un temps infini, en transe, le corps annihilé et l'esprit ailleurs, mais quand finalement j'osai ouvrir les yeux, je me rendis compte que j'étais toujours au même endroit, stupidement prostré sur le matelas que mon sang inondait.

De frustration, je donnai un coup de pied dans le mât à perfusion, qui tomba au sol avec fracas. Finissant d'ôter le cathéter inutile, je recollai sommairement ce qui restait du pansement puis me couchai, calant l'avant-bras sous ma tête pour stopper l'hémorragie.

J'aurais dû sonner, sans doute, mais je savais d'expérience que le saignement s'arrêterait de lui-même. La dernière chose dont j'avais envie pour le moment était de subir la compassion abêtissante de la grosse infirmière, dont je m'étonnais que tout à l'heure elle ne m'ait pas parlé à la troisième personne du singulier.

Dans un soupir, je fermai les paupières et attendis que le sommeil m'emporte.

— Ben, qu'est-ce que tu as fait ?!

L'angoisse dans la voix de David me fit redresser d'un coup, les cheveux poisseux de sang séché et les doigts de la main droite fourmillant furieusement. Désorienté, je restai sans réaction tandis qu'il écrasait la sonnette d'alarme, puis se ruait en direction du couloir, s'arrêtant net tandis que surgissait le docteur Nathalie Auberviliers, suivie comme une ombre par la grosse infirmière, leurs deux visages tout contractés de désapprobation.

D'instinct, je me recroquevillai sur le matelas, tentant sans vraiment de succès de dissimuler mon bras couvert de sang.

— Vous vous ouvrez les veines, maintenant ? Sur l'échelle de l'équilibre psychologique, on ne peut pas dire que vous marquiez des points, remarqua Auberviliers, son impassibilité caustique contrastant étonnamment avec l'affolement de David.

La grosse infirmière avait entrepris de réparer les dégâts, m'étirant le bras au point de me déboîter le coude, mais je choisis prudemment de ne pas protester.

— Ma perfusion s'est arrachée. C'était involontaire.

— Nous allons vous reposer une voie, que je vous prierais de ne pas involontairement arracher à nouveau, ou alors nous devrons vous rattacher.

— Docteur, vous devez me réintégrer dans l'étude Tornade. Je peux vous fournir la preuve que je vous ai dit la vérité, et j'ai besoin du Xylophenolate.

Auberviliers leva un sourcil tandis que l'infirmière me piquait, avec une rudesse qui me fit grimacer.

— Quelle preuve ? questionna-t-elle, l'air modérément intéressée par la réponse.

— Dans l'église, à Saint-Calixte... Derrière l'autel, à hauteur d'homme à gauche du chœur, une pierre est descellée qui masque une petite cache, dans l'épaisseur du mur. Dedans, il y a une lettre, qui attend que vous la lisiez depuis soixante-dix ans. C'est mon frère qui l'a écrite, pour que vous sachiez que... que je vous dis la... vérité...

La tête me tournait, brusquement, et ma diction devenait difficile. Embrumé, je baissai les yeux vers mon avant-bras, où l'infirmière achevait de fixer une nouvelle perfusion.

— Qu'est-ce que... Qu'est-ce que vous m'injectez... ? balbutiai-je, luttant contre la torpeur qui m'envahissait.

— Une prémédication, avant l'anesthésie proprement dite.

— L'anesthésie... ?

— La séance de sismothérapie, Benjamin. J'imagine que vous vous souvenez ?

Je secouai la tête, mollement.

— Non... Nathalie, s'il vous plaît... David, dis-lui...

— Ben, il faut que tu fasses confiance au docteur Auberviliers. Elle ne veut que ton bien, je t'assure.

D'une façon très lointaine, je sentis ses doigts serrer les miens. Il continuait à me parler, sans que je comprenne un seul mot. Malgré mes efforts pour rester éveillé, je dus sombrer pendant un certain temps, car en soulevant les paupières je découvris une autre pièce, aux murs bleus, dont les stores étaient baissés et que n'éclairait que la lumière indirecte d'un négatoscope occupant toute la largeur de la paroi.

J'étais assis sur une espèce de fauteuil de dentiste, une lanière sur mon front maintenant ma tête plaquée contre un dossier très dur. Sur mes tempes et sur le sommet du crâne, je sentais une sorte de casque, et des électrodes étaient fixées à mes poignets et à mes chevilles. À nouveau, on m'avait attaché, si étroitement que je ne pouvais absolument pas bouger.

Une putain de chaise électrique, nom de Dieu.

De part et d'autre du fauteuil, Auberviliers et David m'observaient, portant tous deux masques et calots comme dans un bloc opératoire.

— Benjamin, vous nous entendez ?

— Sortez... Sortez-moi de là, soufflai-je, la voix rendue sifflante par l'angoisse.

— Nous allons vous endormir dans quelques minutes. Vous serez sous anesthésie générale, vous ne sentirez rien, ne vous inquiétez pas.

— Je... S'il vous plaît. Ce n'est pas nécessaire de faire ça...

— J'ai été à votre écoute, Benjamin, vous ne pourrez pas me dire le contraire. Il se trouve que je connais le petit village de Saint-Calixte. Ou du moins, le médecin généraliste qui y exerce, un sacerdoce, si vous voulez mon sentiment, de faire carrière dans un coin de montagne aussi reculé. Je l'ai appelé tout à l'heure, pendant qu'on vous préparait pour la séance. Il se souvenait très bien de vous, il a été le premier appelé sur les lieux, lorsque vous avez eu vos convulsions. Il a bien voulu faire un saut jusqu'à l'église, entre deux rendez-vous.

Elle marqua une pause, comme un acteur ménage le suspense en moment de révéler le nom de l'assassin. Si je n'avais pas eu les deux mains clouées aux accoudoirs, je lui aurais volontiers arraché les yeux.

— Il n'y avait rien, Benjamin. Mon confrère a bien trouvé la cache, là où vous l'aviez dit, mais elle était vide.

Elle me dévisageait, guettant ma réaction, l'air désagréablement satisfait.

— On va pouvoir y aller, André, indiqua-t-elle à quelqu'un, invisible dans mon dos, qui devait être l'anesthésiste.

Je sentis aussitôt le fauteuil s'incliner à l'horizontale, accompagné par le ronronnement de la mise en tension de l'appareil de sismothérapie.

Un frisson d'affolement me traversa le corps.

— Attendez ! Je sais ce qui s'est passé. M. Silverman me l'a dit. En redescendant du col des Coux, Cyrille s'est rendu directement à Entremont, puis il a été arrêté avant d'être repassé par le village. Il n'a pas eu le temps d'écrire la lettre, c'est tout, mais je vous jure que...

— Mais bon sang, Benjamin, est-ce que vous allez bientôt cesser de vous acharner dans votre délire ?! Ce ramassis d'absurdités n'a de sens que pour vous !

— Il faut que vous parliez à M. Silverman ! Il est au courant de tout, il sait ce qui s'est passé ! Il sait qui je suis.

Auberviliers poussa un très long soupir avant de demander, nettement à contrecœur :

— Qui est M. Silverman ?

David, qui jusque-là n'avait pas ouvert la bouche, fut plus rapide que moi à répondre, prenant la parole d'une voix hésitante :

— C'était un de nos patients. Nous le transportions régulièrement à ses chimios. Ben et lui avaient sympathisé.

— Il est venu me voir ce matin ! approuvai-je, reprenant espoir.

Ils allaient forcément comprendre, et renoncer à cette thérapie barbare. L'idée de Cyrille, de ce message transmis à travers les décennies, était sans doute soumise à trop d'aléas pour espérer qu'elle fonctionne, mais Silverman était encore là, lui, témoin vivant et la mémoire intacte. Il suffisait qu'Auberviliers l'appelle, il suffisait qu'il lui répète ce qu'il m'avait dit...

— Ben, fit David, très doucement, en se penchant vers moi. Jacob Silverman est décédé, il y a cinq jours. Je ne te l'avais pas dit pour ne pas te perturber davantage...

— Non. C'est impossible...

Je m'étais mis à trembler, des larmes d'horreur et de désespoir brouillant ma vue, inondant mes joues. Lorsqu'une main ferme posa un masque à oxygène sur ma bouche, je ne réagis même pas.

— Respirez profondément, monsieur Teillac. Laissez-vous aller.

Les yeux bleus de David étaient toujours fixés sur les miens. Je m'accrochai à son regard, devinant ses mots plus que je ne les entendais lorsqu'il murmura qu'il serait là à mon réveil, que tout allait bien se passer.

Bien sûr, rien ne pouvait être moins vrai.

31

— À couvert, mon lieutenant !

Un coup rude, dans mon bras gauche, me ramena à la conscience dans un sursaut. En une fraction de seconde, je pris la mesure de la situation, reconnaissant avec effarement le monticule de rochers plats derrière lesquels Marcel, Stévenin et moi étions réfugiés, cherchant tant bien que mal à nous protéger du feu nourri de l'ennemi.

Le cœur battant, je me retournai, cherchant à distinguer la sente, presque invisible dans la nuit, mais je n'eus pas le temps de me redresser totalement, la poigne de Marcel me plaquant de nouveau contre le rocher.

— J'ai dit à couvert, bon sang ! Tu cherches à te faire tuer ?

L'air encore plus mauvais que d'habitude, il épaula son fusil, puis canarda à l'aveugle avant d'abaisser le canon, le geste brutal.

— Marcel, où sont les autres ? Est-ce qu'ils ont survécu à l'avalanche ?

Il rechargeait, mais il interrompit son mouvement pour me dévisager, avec une expression qui n'était pas sans rappeler celle d'Auberviliers, la dernière fois que je l'avais vue.

Rémanence perturbante, même si je n'étais pas sûr, pour le moment, que ma situation soit tellement plus enviable que celle de Benjamin Teillac, cloué à son fauteuil de sismothérapie.

— Sacredieu, de quelle avalanche est-ce que tu parles ?

Il s'interrompit une seconde, sans doute pour me laisser répondre, puis comme je ne disais mot il reprit, le ton dénué de réelle émotion :

— Ferrant avait raison, quand il disait qu'ils avaient doublé la garde. Ils sont au moins une quinzaine à garder le col, et on va manquer de munitions. On aurait dû passer par la Dent Blanche, mon lieutenant. Il est encore temps de rebrousser chemin.

— Ne dis pas de connerie, répliquai-je entre mes dents, le lâchant des yeux pour retrouver mes repères, dans le paysage enneigé qu'assombrissait la nuit.

À côté de moi, Stévenin épaula son fusil, heurtant mon bras avec son coude. En réflexe, je levai les yeux vers lui et il me sembla presque entendre sa voix, affaiblie, vieillie de plus d'un demi-siècle, lorsqu'il m'avait raconté ce moment, cet épisode commun de notre existence qui pour lui était le passé, mais que j'avais l'impression de vivre pour la première fois.

Nous n'avons dû notre salut qu'à la témérité de Benjamin Sachetaz, qui m'a fait passer par un chemin où nul autre que lui n'aurait osé s'aventurer.

Je hochai machinalement la tête, les mots gravés dans mon esprit ne prenant vraiment leur sens que maintenant.

Je repris la parole, la voix ferme.

— On va redescendre, passer par la combe d'aval, et de là jusqu'à la forêt. La frontière est derrière, juste après les premiers arbres.

— Ton frère et les femmes n'ont pu traverser que par miracle, et maintenant les Schleus savent qu'on est là. Ils vont nous tirer comme des lapins, c'est du suicide, mon lieutenant !

— On va y arriver. Il fait encore nuit, et le temps qu'ils se repositionnent...

— Du suicide, Ben ! La passe est bourrée de crevasses, de ce côté.

— Je sais où elles sont.

— Pas de nuit, ni avec autant de neige ! Cette fois, on est bel et bien foutus. Notre seule chance, c'est de faire demi-tour. Il faut passer par la Dent Blanche, je te dis !

À côté de moi, Stévenin, qui depuis le début de la discussion n'avait pas ouvert la bouche, arma son fusil et tira, un seul coup, net et précis. En face, assourdi par la distance et la neige, un cri étouffé retentit, immédiatement suivi d'une nouvelle rafale.

Haletant, je me tassai un peu plus contre le rocher, les mains crispées sur mon arme au point que mes articulations blanchissaient. Il aurait probablement fallu que je me joigne à eux, que je me mette moi aussi à tirer au hasard, mais l'idée de blesser, voire de tuer un homme me révulsait. C'était absurde, inconvenant, quand sur le pont de la Chère j'avais provoqué la mort d'une demi-douzaine de personnes sans m'embarrasser d'aucun scrupule.

— Je ne veux plus, soufflai-je. Ni tuer, ni blesser personne.

— Qu'est-ce que tu racontes, mon lieutenant ? grogna Marcel, les yeux plissés, scrutant la nuit à la recherche de sa cible. Un soldat, c'est programmé pour ça. Se battre, déclencher des guerres et les gagner, et tuer pour ne pas être tué, tu devr...

J'étais moi aussi occupé à fouiller la nuit du regard, cherchant à repérer les silhouettes de Cyrille et des femmes, de l'autre côté. Je ne m'occupai pas de Marcel, et je ne compris pas tout de suite ce qui l'avait empêché de finir sa phrase, réagissant seulement quand son corps inerte s'affala contre le mien. La balle l'avait touché en pleine tête, arrachant la moitié de son visage, et muet d'horreur, je repoussai d'instinct le cadavre ensanglanté, luttant pour ne pas vomir.

À côté de moi, Stévenin continuait de tirer. Il n'avait même pas réalisé que Marcel venait d'être abattu. Si les Allemands l'avaient eu, cela voulait dire qu'ils avaient fini par repérer notre position et qu'ils avaient modifié leur angle de tir, analysai-je aussitôt, retrouvant malgré mon désarroi mes réflexes de soldat.

Comme pour me donner raison, un tir ennemi plus ajusté que les autres fit exploser la roche, dix centimètres au-dessus de ma tête. Sans réfléchir, je me jetai sur le côté, m'écrasant sur le corps de Stévenin qui bascula dans la neige en protestant.

— Sachetaz, qu'est-ce que vous fabriquez ?

— Vous êtes sourd, ou quoi ? Les Boches nous canardent, il faut qu'on bouge !

Il sembla enfin émerger de l'état d'obnubilation où il se trouvait, me fixant d'un œil égaré.

— Marcel... ?

— Il est mort. Relevez-vous, maintenant, ou on y passe tous les deux !

Avec rudesse, je le poussai en avant, la main écrasée sur sa nuque pour l'obliger à rester plié en deux.

Il fallait que je me décide. Soit nous rebroussions chemin, et suivant l'avis posthume de Marcel nous tentions notre chance par la Dent Blanche, soit nous essayions de passer ici, en espérant que la pénombre et l'effet de surprise jouent en notre faveur et que le temps que les Allemands nous repèrent, nous soyons en Suisse. Si Cyrille était de l'autre côté, dans ce bois que je ne devinais qu'à peine, si proche et si inaccessible à la fois, il ferait tout pour couvrir notre avancée, en espérant qu'il lui reste encore de quoi tirer.

Est-ce que, lors de la Seconde Guerre mondiale, les lunettes de vision nocturne avaient déjà été inventées ? C'était à Thibault, et pas à moi, qu'il aurait fallu poser ce genre de question. Je n'y connaissais rien, ayant toujours eu une sainte horreur de la violence et de la guerre, au point d'avoir écopé d'un six sur vingt en histoire au baccalauréat, parce que j'avais fait l'impasse sur tous les sujets s'y rapportant, soit probablement les neuf dixièmes du programme. Ce n'était que maintenant que je comprenais vraiment la raison de cette aversion.

Si c'est le cas, pensai-je, si les armées hitlériennes disposaient déjà de ce genre d'équipements en 1944, alors nous sommes morts.

Je retins Stévenin qui avançait comme un automate, le forçant à s'accroupir pour me faire face.

— Nous allons traverser, dis-je, le ton chargé d'autorité. En contrebas de la sente, juste après le virage. Il faudra courir vite, et rester baissé. Votre femme et votre fille vous attendent de l'autre côté. Le terrain est traître, gardez vos pas dans les miens. Et si je tombe, ne vous arrêtez pas.

Il respirait vite, roulant en tout sens des yeux hagards, très différent de l'homme sage et posé qu'il était finalement devenu. L'être humain était fait d'argile, que les épreuves et le temps façonnaient à l'image de ce que Dieu attendait.

— Allons-y, ordonnai-je, pressant, pour ne pas lui laisser le temps de trop réfléchir.

Je l'entraînai dans la sente, attentif au moindre bruit. Plus haut, la fusillade avait cessé, les Allemands attendant probablement que nous tentions de forcer le passage par le col.

Les douaniers, bien sûr, connaissaient le chemin d'aval par la combe et la forêt, mais en cette saison les passeurs n'osaient pas l'emprunter, à cause des rochers traîtres et des failles dissimulées. Cyrille et moi étions d'ici, enfants de cette montagne qui pour nous n'avait aucun secret. Il l'avait fait, et je pouvais le faire aussi.

De façon très floue, je me demandai si j'aurais osé m'y risquer, si Silverman ne m'avait pas affirmé que la première fois j'étais passé. C'était une question stérile, pour laquelle aucune réponse ne pouvait avoir de sens si rien n'était écrit.

— Rien n'est écrit, martelai-je en pensée. Ni la mort de Cyrille, ni la mienne. Nous allons réussir, à passer et à survivre, et à la fin de la guerre, j'épouserai Mélaine, et elle l'aura, sa maison, celle qui est au bout du chemin des carrières, près du cèdre bleu. Rien n'est écrit...

Les mots tournoyaient en boucle, comme un mantra. L'esprit concentré sur ma litanie, je redescendais aussi vite que possible, poussant Stévenin devant moi. Lorsque nous débouchâmes à la sortie du virage, je crus apercevoir la silhouette de Cyrille, ombre fugace entre les troncs, et cette vision acheva de me donner du courage.

Devant nous s'étendait la combe, une quinzaine de mètres, au plus, à franchir en terrain découvert, priant pour que l'ennemi ne nous repère pas. Comme un signe de

Dieu, des nuages voilèrent la lune au moment où je me jetai en avant, Stévenin m'emboîtant aussitôt le pas.

Nous parcourûmes une dizaine de mètres dans la poudreuse, de la neige jusqu'aux genoux, puis les balles se mirent à siffler. Du petit bois, des armes répliquèrent aussitôt, celle de Cyrille et probablement une seconde, dans les mains de Myriam. Au combat, les femmes d'Israël souvent égalaient les hommes.

— Courez ! criai-je à l'adresse de Stévenin. Nous y sommes presque, ne ralentissez pas !

Il ne répondit rien, et je crus tout d'abord qu'il avait été touché, ou pire encore, mais lorsque ayant enfin atteint la lisière des arbres je me retournai, je le vis à deux pas de moi, serrant dans ses bras sa femme éplorée.

Du col, les tirs avaient cessé. Nous étions passés.

Je m'étais laissé tomber sur le sol, épuisé par la course et par la tension, et j'y restai, secoué à retardement, jusqu'à ce que mon frère me relève, m'étreignant brièvement avant de s'écarter de moi.

— Vite. Il faut nous éloigner d'ici.

— Tu crois qu'ils vont nous suivre ? demandai-je, alarmé.

— Ni les douaniers français ni les Allemands ne s'aventureront en terre helvète, rétorqua-t-il, définitif. Ce sont les Suisses eux-mêmes, maintenant, qu'il faut craindre.

— Les Suisses sont neutres, rappela Stévenin, le ton incertain.

— Justement. Ils se foutent de savoir la nationalité comme les motifs de ceux qui violent leurs frontières. Pour eux, nous ne valons pas mieux que les nazis.

— Je croyais que vous aviez des contacts, l'abbé ? Des amis sûrs, de ce côté-ci, qui nous conduiraient jusqu'à Zurich. C'est ce que vous aviez dit.

— Je l'avais dit, en effet, mais mes amis nous attendent

toujours à la Dent Blanche, si toutefois ils sont encore en vie, rétorqua Cyrille, le ton étrange, avant d'ajouter, plus doux : Vous pouvez être fier de votre épouse, Stévenin. Elle est plus fine tireuse que nombre d'hommes que j'ai connus. Nous avons laissé votre fille un peu plus loin, près d'un grand chêne vert dont le tronc est creux. Myriam sait où. Passez en tête.

Comprenant qu'il voulait me parler sans être entendu, je laissai le couple prendre du champ, pressant machinalement ma main droite contre mon flanc.

— Ça va ? questionna aussitôt Cyrille, à qui mon geste n'avait pas échappé.

— Ma plaie s'est rouverte... Il y a déjà un moment, précisai-je, percevant la lueur d'inquiétude, dans son regard.

— Raison de plus. Il faut qu'on te trouve un toubib.

— Plus tard, Cyrille, tranchai-je, tandis que je me mettais en route, l'œil rivé sur la double silhouette de Stévenin et de Myriam, serrés l'un contre l'autre.

Les résineux poussaient serrés, piquetés de quelques chênes que le gui envahissait. Sous les frondaisons, la pluie ne devait pas filtrer davantage que la neige, et nous avancions au sec, le bruit de nos pas atténué par l'épais tapis d'épines et de feuilles qui recouvrait le sol. Après les heures passées à piétiner dans la neige et le froid, ce brusque changement d'environnement était curieux, presque inquiétant.

Je marchais un peu penché sur le côté droit, le coude collé au corps, déconcerté par la douleur qui m'avait abandonné pendant plusieurs jours pour revenir maintenant, sans que j'en comprenne la raison. Bien que sous la futaie le vent ne pénètre pas davantage que la neige, j'avais plus froid que tout au long de la montée ; je devais avoir de la fièvre.

D'instinct, je frappai alternativement mes deux pieds au

sol, fort, dans l'espoir de me réchauffer, ne réussissant qu'à exacerber la douleur qui me labourait le flanc.

Je pris sur moi, pour affermir ma voix avant de reprendre la parole.

— Marcel est mort.

— J'avais compris en ne vous voyant arriver que tous les deux, rétorqua Cyrille, le ton neutre.

Nous parlions tout de même de la mort d'un homme aux côtés duquel il s'était battu des années durant, et sa totale absence d'émotion me mit mal à l'aise.

Nous n'étions que des animaux, nous entretuant sans même savoir pourquoi.

— Tu penses trop, Ben, fit mon frère, dans mon dos.

— Marcel était ton ami, dis-je, m'efforçant sans trop réussir de tempérer le reproche, vibrant dans ma voix.

— Marcel nous avait vendus. C'était un traître. Pourquoi crois-tu qu'il ait tant insisté pour que nous passions par la Dent Blanche ? La Gestapo nous y attendait. À l'heure qu'il est, si nous n'avions pas changé de parcours, Stévenin serait aux mains des nazis et nous serions tous morts.

De nouveau, il avait parlé sans la moindre émotion, me poussant doucement comme saisi, je menaçai de m'arrêter à nouveau.

— Avance, Ben. Le temps est compté.

— Comment as-tu su ?

— Je ne suis pas un simple subalterne, Benjamin. Je suis un des chefs du réseau. C'est mon boulot d'être au courant de ce genre de choses.

— Et moi ? C'est ce que je suis, pour toi ? Un simple subalterne qui ne mérite pas qu'on l'informe que ceux qui se battent avec lui n'attendent que de lui planter un couteau dans le dos ?

Il eut un soupir fatigué, avant de lâcher, le ton las :

— S'il te plaît... Ne dis pas n'importe quoi.

— C'est pour ça que tu as accepté de changer de chemin, alors ? Ferrant et toi vous l'aviez déjà décidé bien avant que nous nous mettions en route ?

— Qu'est-ce que ça change, de toute façon ?

— Tu prétendais que tu me croyais, quand je disais que Rachel allait accoucher. Que c'était pour ça que tu voulais passer par les Brézillons.

— Ben, pour l'amour de Dieu... ! Je t'ai fait confiance, et j'ai eu raison. Tu as sauvé le bébé, tu t'es conduit en héros, et pour le reste... Pour le reste, Dieu me pardonne, tu es mon frère et je t'aime, mais tu ne peux pas me demander de renier mes convictions. L'âme ne peut pas sauter d'un corps à l'autre, et moins encore voyager à travers le temps.

— Pourquoi pas ?

— Parce que... Parce que ce n'est pas ce que Jésus nous a enseigné.

— Jésus n'est jamais né un 25 décembre, et probablement pas en l'an zéro de notre ère. Tout prouve qu'il a été marié, qu'il a eu une descendance et plusieurs faits scientifiquement avérés concordent pour établir que son corps n'a en fait jamais ressuscité. Tu as raison, mon frère. Tout n'est que question de foi.

— Alors, ne bafoue pas la mienne.

— Ce n'est pas ce que je fais. Je ne te demande pas de me préférer au Christ, Cyrille. Juste de me croire.

Nous avions fini par nous arrêter de marcher, figés à quelques pas l'un de l'autre. La douleur au ventre m'empêchait de me redresser tout à fait, et je tremblais maintenant d'une fièvre qui s'était installée de façon très brutale, mais je n'étais pas assez affaibli pour ne plus savoir ce que je disais.

— La lettre, repris-je, le ton lent. Elle n'était pas dans la cache. Auberviliers ne l'a pas reçue, parce que tu n'as jamais eu l'intention de l'écrire.

Il secoua la tête, doucement.

— Dieu seul décide du destin des hommes.

— Si tu veux mon sentiment, le destin des hommes, ton Dieu n'en a strictement rien à foutre !

Je repartis dans la sente, mobilisant tout ce qui me restait de volonté pour ne pas me retourner. Il ne chercha pas à me retenir, et après quelques secondes je l'entendis se remettre en marche à son tour, le pas régulier.

Je tremblais de froid, de fatigue et de chagrin mêlés. J'aurais voulu me coucher au sol, à l'instant même, m'endormir et ne plus jamais me réveiller. Tout, pour ne plus éprouver l'épuisement écrasant et surtout la colère qui me consumait, dirigée contre Cyrille, un peu, et surtout contre moi-même de ne pas être parvenu à le convaincre que je disais la vérité.

Lorsque nous arrivâmes à l'orée du bois, nous trouvâmes Stévenin et sa famille adossés aux derniers troncs, l'air désemparé. Devant nous, s'étendaient des champs couverts de neige et un assez gros bourg, maisons serrées autour de l'église comme des petits se pressent au flanc de leur mère pour se protéger du froid.

Le pas incertain, je m'avançai jusqu'au talus et m'y laissai tomber assis, avec l'impression terrible que je ne réussirais jamais à me relever.

Myriam me coula un regard interrogateur. Ni Stévenin ni Cyrille ne se préoccupaient de moi.

— Nos routes se séparent ici, attaqua mon frère.

Je relevai la tête, dans un sursaut.

— Le village que vous voyez en contrebas s'appelle Martigny. Maintenant, il n'y a que peu de risques que les douaniers suisses vous interpellent, mais si c'était le cas, il faudrait exiger de contacter Henri Levavasseur, à l'ambassade de France, à Berne. C'est un sympathisant de notre cause, et il connaît les enjeux de cette mission. Il vous aiderait à gagner Londres, mais pour des raisons que vous n'avez pas à connaître, je préférerais que vous ne l'impliquiez pas. Voici des devises suisses, ajouta-t-il, tendant à Stévenin, et non à moi, une liasse de billets, et des faux papiers d'identité pour chacun de vous. Si on vous contrôle, vous êtes tous cousins, vous habitez Genève et vous vous rendez à Zurich pour les funérailles d'une vieille tante que vous connaissiez très peu. Stévenin, parlez le moins possible, votre accent est impossible à dissimuler et il risquerait d'attirer l'attention, si par malheur vous tombiez sur un contrôleur zélé. L'argent vous laisse largement de quoi payer votre voyage en train pour Lausanne, et ensuite, Zurich. Le nom de guerre de votre contact est Balthazar. Il vous attendra sur le quai numéro trois, à midi juste. Il portera un béret basque, et un journal, *La Liberté*, plié sous le bras. Il paraît que c'est de l'humour suisse. Tom précise qu'il ne faut surtout pas chercher à le comprendre, encore moins à s'en amuser, les Suisses-Allemands ont une susceptibilité qui nous échappe tout à fait. Si vous ne vous êtes pas présentés à quatorze heures, Balthazar s'en ira et il ne reviendra pas.

— Mon Père, osa Myriam, comme mon frère s'interrompait enfin, vous ne venez pas avec nous ?

— Benjamin vous accompagnera. Je lui confierais ma vie sans la moindre hésitation, ajouta-t-il, me lançant un regard très appuyé.

Je me relevai, ralenti autant par la fièvre que par la fatigue.

— Cyrille... Il ne faut pas qu'on se sépare.

— C'est un ordre, Ben. N'oublie pas que tu as juré de m'obéir, et de préserver la vie de Stévenin et de sa famille. Tu t'en souviens, n'est-ce pas ?

En deux pas, il m'avait rejoint, son regard étincelant scrutant le mien. Son expression était si impérieuse que je me sentis obligé d'acquiescer, dans un murmure :

— Je m'en souviens. Je n'ai qu'une parole, et j'irai. Mais c'est à ton tour, de me promettre quelque chose. Ne va pas à Entremont ! Ne rejoins pas Tom là-bas.

Il se troubla aussitôt, répliquant, sur le même ton :

— Pourquoi ? Et d'abord, comment sais-tu que je dois y aller ?

— À ton avis ? lâchai-je, d'un ton d'évidence excédée, avant d'ajouter, pressant : Cyrille, je t'en prie, je comprends combien c'est difficile pour toi, mais tu dois me croire. Il y aura une embuscade. Tom et tous ceux qui se trouveront là-bas seront tués.

— Tom va être tué ? laissa tomber Cyrille, pâlissant nettement.

Un coup de feu, déchirant la nuit, nous fit sauter en l'air. En instinct, nous nous tournâmes pour scruter les profondeurs du sous-bois, sans voir personne.

— Il faut que vous partiez, reprit mon frère, l'anxiété qui l'avait habité l'instant d'avant remplacée par son autorité habituelle.

— Cyrille, je t'en prie.

— Ça suffit, Ben ! J'en ai par-dessus la tête de tes prophéties à dormir debout ! Personne ne peut voir l'avenir, personne, et toi non plus !

— Tu avais dit que tu me croyais...

— Eh bien j'ai menti, ça te va ?! Maintenant, fous-moi le camp !

Il me poussa en arrière, rudement, au point que je faillis tomber. Blessé, je me détournai, le temps suffisant pour me reprendre et pour dissimuler les larmes de dépit qui me montaient aux yeux. Stévenin, sa femme et sa fille étaient déjà à la moitié du champ, et je me mis résolument en route, hâtant le pas pour les rattraper.

Lorsque cinq minutes après, je risquai un regard en arrière, Cyrille avait disparu.

32

Tout le temps que dura le voyage jusqu'à Zurich et le retour, je bloquai mes pensées sur Mélaine, interdisant à mon esprit de s'égarer sur tout ce qui n'était pas elle. Mélaine était ma seule certitude, mon ancrage, mon port et mon refuge, au cœur du chaos.

De la Suisse, je ne retins rien d'autre que la succession de gares sans fantaisie et de wagons de Babel où toutes les langues de la planète semblaient cohabiter. Les Stévenin et moi gardâmes le silence l'essentiel du temps, continuant de nous comporter en fugitifs, ne descendant sur aucun quai en dehors des moments où il fallait changer de convoi. Nous quittâmes les Alpes au moment où le jour se levait, filant plein nord en longeant le Léman. À Lausanne, des militaires montèrent dans notre wagon mais ne s'intéressèrent pas à nous. On nous contrôla une fois, à Berne, mais nos papiers étaient assez brillamment falsifiés pour qu'on ne nous pose pas la moindre question.

Ce ne fut pourtant qu'en posant le pied sur le quai numéro trois de la gare de Zurich, après un peu plus de cinq heures d'un voyage sans histoire, que je me remis à respirer normalement.

Balthazar, notre contact, faisait les cent pas sous le panneau des départs, le béret enfoncé sur le crâne comme un bonnet de marin. Il nous repéra de loin, agitant son journal sans la moindre discrétion, et nous souhaita la bienvenue avec un accent improbable et presque incompréhensible. J'accompagnai mes protégés jusqu'à la voiture qui attendait à l'extérieur de la gare et qui, m'expliqua notre guide en détachant chaque mot pour rendre son français intelligible, les conduirait directement à l'aéroport.

Myriam et sa fille, rompues de fatigue, me saluèrent à peine et s'engouffrèrent dans le véhicule aux vitres teintées. Quant à Stévenin, il me tendit la main, serrant la mienne avec force en me regardant dans les yeux.

— Ce serait le moment, mon ami, de citer une dernière fois Schiller, remarqua-t-il en souriant.

— Ah, quel beau jour, lorsque le soldat retournera enfin à une vie réelle, à l'humanité, soufflai-je, lui rendant son sourire.

—Lorsque tous les casques et toutes les armures seront ornés de verdure, dernier larcin fait aux champs..., compléta Stévenin, sans lâcher ma main, avant d'ajouter, le ton doux : Prenez soin de vous, Benjamin. Vous êtes un homme bon. Vous me manquerez.

— Ne vous inquiétez pas. Nous nous reverrons.

— Je l'espère, répliqua-t-il, sincère, avant de rejoindre sa famille à l'arrière de la voiture, qui démarra aussitôt.

Je restai longtemps sur le quai, fixant le point où ils avaient disparu, l'extrême tension qui m'avait habité des jours durant retombant lentement pour laisser place à un sentiment de vide et d'intense fatigue. Durant quelques minutes, je considérai l'idée de rester ici, dans cette ville étrangère qui vivait en paix, à l'abri de la tourmente qui ensanglantait le monde. Ma mission était terminée, et je n'avais plus le sentiment d'appartenir ni à cette existence, ni à l'autre. Personne, en dehors de Mélaine, ne semblait croire à mon histoire, et ce fut elle, encore, qui me donna l'impulsion qui me manquait, le courage de remonter dans le train.

J'étais malade.

Ma plaie s'était infectée, et la fièvre ne descendait plus. Je passai les heures de retour à somnoler sur mon siège, grelottant de froid, et j'aurais raté ma correspondance si le contrôleur, un Suisse-Allemand jovial qui ne parlait pas un traître mot de français, ne m'avait pas tiré du sommeil au moment de descendre à Lausanne.

J'aurais été incapable de passer par les cols, quand je pouvais à peine traîner un pied devant l'autre. Avec le reste de l'argent laissé par Cyrille je poussai jusqu'à Genève, où je retrouvai par miracle l'hôtel du Léman, établissement miteux au possible mais dont la patronne, Clarisse, était cousine avec un de mes bons copains de régiment. L'évocation familiale réveilla aussitôt les instincts protecteurs de la gironde Clarisse, qui m'installa dans la chambre la plus luxueuse de l'endroit, où j'avais droit à mes propres toilettes et à un lavabo dans un coin. J'y restai deux jours, dormant l'essentiel du temps, veillé par la patronne en personne. Elle insista pour montrer ma blessure à une sorte de sorcière valaisanne qui préconisa des cataplasmes à base d'ail et de thym, et contre toute attente la fièvre finit par tomber, le troisième matin.

Je pus joindre un ami de Tom, à Évian, dont il m'avait toujours dit qu'il était fiable et qu'en cas de besoin, je pourrais lui demander tout ce que je voulais.

Tout ce que je voulais, dans le cas présent, c'était retourner en France, entreprise qui s'avéra beaucoup plus simple que d'en sortir. Je repassai la frontière la nuit suivante, caché dans le double plancher d'un camion transportant du fromage que les douaniers ne contrôlèrent même pas. Le chauffeur me laissa à Saint-Julien-en-Genevois, et de là je repris le train.

J'arrivai à Saint-Calixte en début d'après-midi, et je me rendis directement chez Ferrant. Ce fut Mélaine qui m'ouvrit, demeurant quelques secondes figée de surprise avant de se jeter dans mes bras et de fondre en larmes.

— On te croyait mort ! sanglota-t-elle dans mon cou, inondant ma chemise.

Ému, je murmurai des paroles d'apaisement tandis que Noël, d'un mouvement preste, me saisissait le poignet et me faisait entrer.

— Tu as mis le temps, fit-il, le ton froid.

— Nous étions à Zurich dans les délais, me défendis-je, agacé de me justifier constamment devant lui.

— Je sais. Balthazar me l'a fait savoir. C'était il y a trois jours.

— Merde, Noël, qu'est-ce que tu insinues ?

Il souffla fort, gonflant ses joues, puis son expression se modifia, s'adoucissant comme son regard passait sur sa fille, toujours pendue à mon cou.

— Baste, tu as raison, mon gars. Excuse-moi. Viens t'asseoir, tu as une mine de déterré.

Il me désigna la chaise où je m'étais installé la fois précédente, et Mélaine prit place à mes côtés, sa main serrée sur la mienne en possession comme si elle craignait que je m'en aille. Devant son père, je n'osais pas lui dire combien elle m'avait manqué, me contentant, regard en coin, de la dévorer des yeux. Je brûlais d'envie de me retrouver enfin seul avec elle, mais Ferrant revenait déjà de la grande armoire où il était allé fouiller.

Il posa sur la table une bouteille et deux verres. En trempant les lèvres dans le mien, je compris pourquoi il avait volontairement oublié Mélaine ; sa gnôle devait titrer autour des soixante degrés. Je reposai la boisson, sans boire, tandis que Noël humait la sienne.

— Ton frère me répétait assez que tu étais digne de confiance, mais que veux-tu... Après ce qui s'est passé, on finit par voir le mal partout...

Je fronçai les sourcils, empêché de le questionner davantage par les pleurs soudains d'un enfant, venus du fond de la maison.

— C'est Jezabel ? Rachel et sa fille sont ici ?

— Augustin les a ramenées. Le maquis, ce n'est pas un endroit pour un nouveau-né.

— La milice ne va pas être longue à s'apercevoir que tu les caches. Il faut que nous les fassions passer. Qu'est-ce que Tom en pense ?

Il ne répondit pas. Du fond de la pièce, Mélaine qui revenait avec le bébé dans les bras me jeta un long regard muet, où filtrait le désarroi. Craignant de comprendre, je me levai d'un coup, renversant mon verre.

— Noël ! Qu'est-ce qu'il y a ?

— Tom est mort, Ben. Il a été tué hier soir à Entremont, assassiné en traîtrise par un enfant de salaud dont je ne veux même pas prononcer le nom. Le réseau est désorganisé, il se dit que ce serait Anjot qui prendrait la relève, mais il n'a pas l'envergure de Tom, et rien ne dit qu'il saura comme lui fédérer les hommes. Les nazis vont pousser leur avantage, c'est certain. Les arrestations ont déjà commencé. Tous ceux qui se trouvaient là-bas, à Entremont...

— Noël, l'interrompis-je, la gorge serrée, parfaitement conscient de la façon dont il évitait mon regard. Où est Cyrille ?

Il avala sa salive, péniblement, réponse en soi. Les jambes molles, je me rassis.

— Ils l'ont arrêté. Ils l'exécuteront sans doute dans les heures qui viennent, si ce n'est déjà fait. Je suis navré, Benjamin.

— Je lui avais dit de ne pas y aller..., soufflai-je, anéanti. Je l'avais prévenu de ce qui arriverait...

— Il croyait que sa vie était dans les mains de Dieu. Il a dit que tu comprendrais, et que tu lui pardonnes. Il savait que tu serais en colère, et il voulait que je te rappelle qu'il n'avait rien juré.

Respirant par à-coups, j'enfouis mon visage dans mes mains tremblantes. Ce n'était pas possible. Ça n'aurait pas dû se passer comme ça.

— Cyrille a aussi dit qu'il te croyait. Que s'il a prétendu le contraire, dans la montagne, c'était simplement parce qu'il savait qu'autrement, tu n'aurais jamais accepté que vous vous sépariez.

Il se tut, me laissant quelques minutes de répit pour digérer la nouvelle, mais j'en étais incapable, mon cerveau tournant à vide, refusant l'évidence.

— Il faut que tu partes. Ils te cherchent, ils ont mis ta tête à prix. J'espérais que tu aurais le bon sens de rester en Suisse, mais maintenant que tu es là... Je veux que tu emmènes Mélaine avec toi. Grâce aux informations de Stévenin, Londres va organiser des parachutages en masse aux Glières, dans les prochains jours. Nous tiendrons tête à l'ennemi, aussi longtemps que nous pourrons... Un combat pour l'honneur, nous le savons tous. Je veux que tu protèges ma fille, Ben. Que je puisse mourir serein, avec la conviction qu'elle est en sécurité.
— Papa..., protesta faiblement Mélaine.
— Je comprends, murmurai-je. Je veillerai sur elle, tu as ma parole. Mais il y a quelque chose que je dois faire avant.
Je me levai, leur double regard braqué sur moi. Je m'attendais à ce qu'ils me questionnent, mais aucun des deux n'ouvrit la bouche. En silence, je remis ma veste, adressant un dernier sourire à Mélaine, qui berçait doucement la petite Jezabel contre son sein.
— Il te va bien, ce bébé..., murmurai-je.
Elle ne répondit pas, et je crus tout d'abord qu'elle m'en voulait de partir à nouveau et de la laisser. Lorsqu'elle disparut à l'arrière de la maison, sans m'avoir adressé le moindre salut ou signe de connivence, j'éprouvai un sentiment d'abandon douloureux.
— Tu as la figure de celui qui s'apprête à faire une connerie, remarqua Ferrant, l'air fataliste, en me serrant la main.
Il avait certainement raison, et je me contentai de hausser les épaules, renonçant à lui opposer le moindre argument.
Mélaine, vêtue d'un pantalon et d'un manteau sombre, ses cheveux roux entièrement dissimulés sous un bonnet de laine noire, m'attendait sur le chemin, à cent mètres de là.

— Pas un mot, Sachetaz. Rien de ce que tu pourras dire ne me fera changer d'avis. Je t'accompagne, que tu le veuilles ou non. On a toujours besoin d'une femme, avec soi.

33

— On arrive trop tard, dit Augustin. Il est déjà face aux fusils, on ne peut plus rien faire.

La Kommandantur était telle que dans mon souvenir, noire et hostile. On y sentait déjà le Mal enraciné, qui demeurerait tapi dans l'ombre bien après que les hommes au cœur impur aient quitté les lieux. Le diable habitait ici, et dans la cour s'agitaient ses soldats.

Nous avions pourtant fait au plus vite, la douceur et le charme de Mélaine n'ayant pas été de trop pour convaincre Augustin et deux de ses hommes de nous suivre dans notre expédition. Nous avions tous embarqué dans la vieille camionnette de Ferrant pour foncer jusqu'au quartier général des nazis, nous parquant sur la route en surplomb, dissimulés par un petit bois.

Quand nous étions arrivés, Cyrille avait déjà été traîné devant le peloton d'exécution.

Il n'y était pas seul, et c'était là le seul détail différant de l'épouvantable vision que j'avais eue de cette scène à plusieurs reprises. Devant le mur d'enceinte de la Kommandantur, sept hommes étaient alignés, mains dans le dos face aux fusils. Cyrille était le deuxième en partant de la gauche, reconnaissable à ses cheveux blonds et à sa soutane claquant au vent.

— Non, dis-je, bizarrement conscient que j'avais déjà prononcé ces mots. C'est impossible. Il faut qu'on le sorte de là.

— Benjamin, ils sont une centaine de SS là-dedans, on ne réussirait qu'à se faire tous tuer. Ce n'est pas ce que

Cyrille voudrait, il...

— Ta gueule ! coupai-je, avec la même violence désespérée que la première fois, sachant en m'élançant qu'ils allaient m'empêcher d'avancer.

Ce fut le cas, et à nouveau je tombai, gémissant de douleur comme dans mon rêve en atterrissant sur mon flanc blessé.

Et à nouveau, j'entendis les fusils tirer.

— Cyrille ! Ils l'ont tué, Gus, ils l'ont tué !

— Mon lieutenant, pour l'amour du ciel, ferme-la ! gronda Augustin, son corps massif écrasé sur le mien.

En bas, dans la cour, deux corps sur les sept étaient tombés. Mais pas le sien.

— Les salauds..., souffla encore mon compagnon, son poids m'empêchant presque de respirer. Une fausse exécution, il paraît que c'est leur grand jeu. Une sorte de roulette russe, balles réelles ou à blanc, les tireurs eux-mêmes ignorent si leur coup sera mortel ou non. À ce qu'on dit, ils tiennent même des paris...

— Tais-toi ! coupai-je, à genoux dans la neige, les larmes ruisselant sur mes joues, les yeux fixés sur Cyrille, chancelant, qu'ils détachaient du poteau d'exécution. Tais-toi, Gus, tais-toi, tu m'empêches de réfléchir.

Il n'était pas mort. Pour le moment, c'était tout ce que mon esprit malmené réussissait à formuler.

— Regarde, mon lieutenant. On dirait qu'ils se préparent à l'emmener ailleurs.

En silence, je hochai la tête, observant mon frère, escorté par trois soldats, se diriger vers une des berlines noires garées dans la cour. À peine les portières fermées, la voiture se mit en route, dérapant sur la neige. Elle quitta l'enceinte gardée par deux SS qui saluèrent à l'hitlérienne, avant de disparaître sur la route de Saint-Sixt.

— Merde ! On va les perdre !

D'un seul élan, nous nous ruâmes tous les cinq vers la

camionnette dont je pris le volant, bousculant Augustin qui s'installa d'assez mauvaise grâce sur le siège passager.

— Tu ne veux pas que je conduise, mon lieutenant ?

— Je sais tenir un volant, ne t'inquiète pas.

— Dans l'état de tension où tu es, si, à vrai dire, je m'inquiète un peu.

J'avais démarré sur les chapeaux de roue et je renonçai à répondre, ne voyant pas de quelle manière lui expliquer que durant quinze années de ma vie, conduire en état de tension était exactement ce à quoi j'avais occupé mes journées.

En matière de tenue de route, les camionnettes des années quarante ne valaient pas les ambulances de Haetsler, mais je réussis tout de même à rejoindre la départementale en moins de dix minutes. Trois kilomètres plus loin, je retrouvai la traction noire, arrêtée à un passage à niveau.

Nous les rejoignîmes au moment où le gardien donnait le dernier tour de manivelle pour relever les barrières et où ils redémarraient.

— Gus, passe à l'arrière. Tu es trop reconnaissable.

Il obtempéra, sans un mot, tandis que je me calais dans le sillage de la berline, les doigts douloureux de trop agripper le volant. Par la lunette arrière, je devinais les cheveux blonds de Cyrille, encadré par deux soldats sans doute armés jusqu'aux dents.

Évidemment, je pouvais toujours provoquer un accident, leur rentrer dedans et les pousser hors de la route, mais c'était courir le risque que mon frère soit blessé ou tué, le risque aussi de provoquer un combat rapproché arme au poing que je n'étais pas vraiment sûr de gagner.

J'en étais encore à me poser la question quand ils tournèrent à gauche, dans une rue à angle droit qui longeait la voie ferrée. Je continuai tout droit sans hésiter, malgré l'exclamation de protestation d'Augustin.

— Qu'est-ce que tu fous, mon lieutenant ? Ils vont nous semer !

— Je sais où ils vont. La route qu'ils ont prise dessert uniquement la gare. Soit on va les retrouver au carrefour suivant, soit ils vont prendre le train.

— Peut-être aussi qu'ils cherchent un coin tranquille pour lui tirer une balle dans la tête !

— Ils l'auraient exécuté tout à l'heure, lorsqu'il était au bout de leurs fusils. Gus, je crois qu'il va falloir que tu te calmes, répliquai-je, m'efforçant sans que cela paraisse de juguler la bouffée d'angoisse que sa suggestion venait de déclencher.

— D'accord. Qu'est-ce que tu proposes, alors ?

— De faire la seule chose sensée qu'il y ait à faire. Je prends le train aussi.

— Tu quoi ?! s'étrangla Augustin.

— Parfait, intervint la petite voix de Mélaine. Dans ce cas, je t'accompagne. On a toujours besoin d'avoir une femme avec soi, ajouta-t-elle, son joli visage apparaissant entre les deux sièges tandis qu'elle brandissait devant moi deux faux permis de libre circulation avec nos photos. Nous sommes M. et Mme Puivallée, un couple de commerçants du Berry, propriétaires d'une métallerie, qui profitent de la guerre pour vendre aux Allemands de quoi fabriquer les armes avec lesquelles ils nous assassinent.

Elle éclata d'un rire soudain et joyeux, qui cadrait mal avec le propos.

— Un rôle de composition ! précisa-t-elle.

— En dehors du fait que nous y soyons mari et femme, je ne suis pas sûr qu'il me plaise tellement, maugréai-je pour le forme, tandis que je m'engageai sur la route qui ramenait vers la gare.

Lorsque je revenais en permission, le train que je prenais passait par ici. De mon compartiment, je voyais cette route et ce virage. Une fois, je les avais même parcourus à pied, un jour d'hiver où sous le poids de la neige, des arbres s'étaient couchés en travers de la voie, empêchant le train d'aller plus loin. D'ici à Saint-Calixte, surtout en pleine nuit, le chemin m'avait paru très long.

— Tu penses qu'ils le conduisent à Annecy ? questionna Augustin, à mi-voix.

— D'ici... C'est à peu près certain.

— Bien. Ils n'y arriveront pas.

— Pardon ?

— Ce train n'arrivera pas à destination. J'en fais mon affaire. Il n'y a pas que toi, mon lieutenant, qui maîtrises l'art du sabotage. Arrange-toi pour prévenir Cyrille à temps, qu'il ne valse pas à travers les vitres du wagon quand le convoi déraillera.

Je n'en croyais pas mes oreilles. Je pivotai sur mon siège pour dévisager Augustin, cherchant à deviner s'il était sérieux ou non.

— Monsieur et madame Puivallée, au revoir, fit-il, plus directif que cérémonieux, tandis qu'il repassait à l'avant du véhicule, me poussant plus ou moins dehors.

Mélaine avait déjà sauté au bas de la camionnette pour me rejoindre sur le trottoir qui menait à la salle des pas perdus. Sereine, elle glissa sa main dans la mienne tandis qu'Augustin lançait par la fenêtre ouverte :

— Après la gare de Saint-Flavin. Au virage en U. Veillez à vous cramponner à quelque chose de solide.

L'instant d'après, il n'était plus là, et je me retrouvai sur le quai, face à une locomotive à vapeur, parfaite antiquité pourtant familière. De nouveau, Mélaine m'entraîna, se chargeant d'acheter les billets au guichet tandis qu'un peu hébété, je balayais du regard la foule qui se pressait pour monter dans le train.

Cyrille était invisible.

La gare était en revanche envahie de militaires, les uniformes presque plus nombreux que les civils. Sans la détermination de Mélaine, je n'aurais peut-être pas trouvé le courage de franchir la vingtaine de mètres qui nous séparait de notre wagon.

Le chef de gare, arpentant le quai, annonçait d'une voix de stentor l'imminence du départ. Je songeai avec effarement que je venais de monter sciemment dans un train qui allait dérailler dans un peu moins d'une d'heure. J'eus une brève bouffée d'angoisse, qui s'éteignit d'elle-même au moment où le contrôleur surgissait. Soucieux de ne pas attirer l'attention, je me décidai à suivre Mélaine, la tête rentrée dans les épaules et veillant à garder les yeux baissés.

Je gagnai notre compartiment, habité par l'impression que tout le monde nous dévisageait et devinait nos desseins. Mélaine semblait étonnamment sereine, gaie comme si ce périple n'était que d'agrément. Au moment où nous nous installâmes à nos places, à côté d'un couple âgé, elle me dit même que c'était un peu comme si nous partions en voyage de noces.

Drôle de célébration, pensai-je en aparté.

Le chef de gare souffla comme un forcené dans son sifflet à roulettes pour annoncer le départ, la locomotive lui faisant aussitôt écho. Mes souvenirs s'entrechoquaient, lointains et confus, mêlant les images en noir et blanc des documentaires de Thibault à celles d'un passé dont j'aurais pu jurer qu'il était réel, tout comme l'étaient les événements que je vivais maintenant.

Si l'une de mes deux existences n'était qu'un rêve, je n'étais plus très sûr qu'il s'agisse de celle-là.

La vieille dame, à côté de Mélaine, me regardait par-dessus son tricot, ses doigts agiles formant les mailles sans le secours de ses yeux. Je risquai à tout hasard un sourire, auquel elle ne répondit pas. Son mari fumait la pipe, et l'odeur du tabac blond, un peu tourbée, réveillait là aussi une mémoire primitive et des souvenirs que j'étais incapable de fixer. Il ne me semblait pas, dans mon entourage, que qui que ce soit ait jamais fumé la pipe, mais je ne croyais plus vraiment à la fiabilité de mon esprit conscient. Le vieil homme était absorbé dans la lecture du journal censuré par Vichy, comme toute la presse officielle. Paupières plissées, je m'efforçai pendant un moment de lire les titres à l'envers, espérant vaguement que la mort de Tom y serait au moins mentionnée, mais je ne pus repérer son nom.

Le train finit par s'ébranler, puis prit de la vitesse, à travers la campagne que la neige rendait mélancolique.

Lorsque Mélaine se leva, je sursautai un peu.

— Je meurs de faim ! s'exclama-t-elle, d'un ton enjoué qui arracha à la vieille dame un sourire indulgent, quand je l'aurais crue incapable de la moindre gentillesse. Tâchons de trouver la voiture-restaurant ! Tu viens, chéri ?

Je mis quelques secondes à réagir, surpris de m'entendre appeler de cette manière par une autre femme que Sylvie. Je finis tout de même par me lever, la rejoignis dans le petit couloir qui longeait les compartiments, incertain.

Plusieurs passagers regardaient le paysage, debout devant les fenêtres entrouvertes, fumant pour la plupart. Des regards curieux nous enveloppèrent et je réduisis d'instinct ma voix au murmure :

— Mélaine, il n'y a pas de voiture-restaurant sur ce genre de ligne.

— Je le sais bien, répliqua-t-elle aussitôt, levant les yeux au ciel avant d'ajouter, mi-amusée mi-fâchée : Prendrais-tu ton épouse pour une parfaite ingénue ? Je t'ai pourtant dit que c'était un rôle de composition !

Elle avait déjà repris ma main et m'entraînait vers la tête du convoi. Lorsque je me rendis compte qu'elle s'apprêtait à ouvrir la porte du compartiment jouxtant le nôtre, j'ouvris des yeux ébahis mais elle ne me laissa pas le temps de l'en empêcher, clignant de l'œil dans ma direction tandis qu'elle déclarait, au moment de faire coulisser très brusquement le battant :

— Je t'assure que c'était bien Tante Clémence que j'ai vue monter en gare de Saint-Sixt... ! Madame, Messieurs, auriez-vous vu une dame d'âge mûr, avec un manteau de fourrure et un chapeau un peu daté ? Non ? Eh bien, merci, et faites excuse pour le dérangement !

Nouveau claquement de porte, plus bruyant encore que le précédent.

— Mélaine ! À quoi est-ce que tu joues, bon sang ?

— C'est pourtant évident, non ? Je cherche Tante Clémence ! lâcha-t-elle par-dessus son épaule, avant de recommencer son manège au compartiment suivant.

Elle répéta sa tâche sans impatience dans l'intégralité des trois wagons, s'attirant beaucoup de compassion et de bienveillance de la part des voyageurs, que son sourire et sa douceur ne pouvaient que charmer. Une grosse dame poussa même la bonne volonté jusqu'à se souvenir effectivement de la tante Clémence et de son manteau de fourrure, promettant sans faute si elle la croisait à nouveau de l'avertir que sa nièce la cherchait.

Puis il ne resta plus qu'un compartiment, à la tête du train.

Les clés, quelle que soit l'époque où on les cherchait, on ne mettait jamais la main dessus qu'en fouillant la dernière poche...

Mélaine, qui tout le temps qu'avait duré son jeu d'actrice ne m'avait pas vraiment prêté d'attention, me regarda cette fois, la main sur la poignée, avec dans les yeux un mélange de crainte et de doute. Je l'encourageai d'un mouvement de tête imperceptible.

D'un coup sec, elle fit coulisser la porte. Cyrille était derrière, poignets menottés et encadré par deux officiers du Reich, et bien que je m'y sois attendu, je dus me retenir à la paroi du wagon, pour ne pas chanceler. La tête appuyée en arrière contre le dossier de la banquette, il avait les yeux fermés, le droit orné d'un hématome volumineux qui s'étendait jusqu'au milieu de la joue et qui n'était, pensai-je dans un sursaut de rage, que le stigmate apparent du mal qu'ils avaient dû lui faire. Un bref instant, je fus saisi d'un accès de fureur vengeresse si intense que j'aurais sans doute sauté à la gorge des gardiens pour les étrangler à mains nues, si le doux timbre de Mélaine ne m'avait pas brusquement ramené à la raison.

En reconnaissant sa voix, Cyrille souleva les paupières dans un sursaut, son œil droit ne s'ouvrant qu'à demi. Son regard pâle passa sur Mélaine, puis dans son dos trouva le mien. Je sentis mon cœur ralentir dangereusement, craignant que sous l'effet de la stupeur il ne se trahisse, et que ses geôliers ne comprennent que nous n'étions là que pour lui. Mais c'était méconnaître le contrôle extrême que mon frère avait toujours eu sur ses émotions. Impassible, il écouta comme les trois SS la description de Tante Clémence, que cette fois Mélaine fit plus courte, précisant ensuite, évitant soigneusement de le regarder :

— ... Ma tante n'a plus toute sa tête, vous comprenez... De sa part, on peut s'attendre à tout, y compris à ce qu'elle saute en marche ou qu'elle tire le signal d'alarme... Vous imaginez, si le train venait à s'arrêter en urgence par sa faute ? Tous les passagers qui ne se seraient pas solidement tenus risqueraient la blessure grave, ou pire...

Avec un retard étrange, dû sans doute au saisissement ou tout simplement au fait qu'il ne souhaitait pas l'interrompre tout de suite car elle était jolie, l'officier principal se leva enfin. Il se composa un air sévère qui ne l'empêchait pas de détailler ses formes. Je me crispai, étonné de me découvrir jaloux.

— Keine Tante Clémence hier, *Mademoiselle*, fit-il, incongrûment cérémonieux, cependant qu'il la repoussait vers la porte.

Avec un dernier sourire, un peu égrillard, il lui referma le battant au nez. Nous échangeâmes un regard, peinant à respirer autant l'un que l'autre, puis Mélaine m'obligea à reculer tandis que pour donner le change, elle se lamentait à voix très forte de n'avoir pas retrouvé sa chère et fragile Tatan.

Je me contins, à grand peine, jusqu'à ce que nous ayons quitté le wagon, puis je la plaquai contre la paroi du compartiment et l'embrassai passionnément.

— Tu es merveilleuse...

— C'est sans doute pour cela que tu m'as épousée, s'amusa-t-elle. Je te l'ai dit, on a toujours besoin d'avoir des femmes avec soi. Tu crois que Cyrille aura compris l'avertissement ?

— J'en suis certain.

— Alors, nous ferions bien de suivre notre propre conseil et de nous préparer au choc.

Je hochai la tête, jetant par la fenêtre un regard réflexe tandis que je me remémorais le détail du parcours, me demandant si nous avions ou non passé la gare de Saint-Flavin.

La réponse vint bien plus rapidement que je l'aurais cru, et la violence avec laquelle le train, juste après l'explosion sur la voie, s'inclina sur le côté me surprit, me faisant lâcher le montant de la portière auquel je m'étais agrippé.

Pour être plus près du compartiment de tête, je n'avais pas voulu retourner jusqu'à nos places, ce qui aurait pu nous coûter la vie à tous les deux si le convoi avait versé du côté du couloir. Mais il devait y avoir un Dieu et il dérailla sur l'autre flanc, dans un hurlement strident de ferraille broyée.

Mélaine tomba sur moi et en réflexe je l'enlaçai à la taille, la serrant contre mon ventre tandis que je glissai sur le dos, emporté par mon élan. Puis l'épaisseur de la neige stoppa le train, rudement, et l'inertie nous fit de nouveau décoller dans les airs et partir en avant, pour atterrir trois mètres plus loin, contre la portière de communication entre les wagons, bloquée à l'horizontale.

Ma tête heurta un des montants, violemment, et un voile opaque occulta mon champ de vision en même temps qu'une voix familière résonnait.

Auberviliers.

— État de mal... Épilepsie irréductible...

Sans vigueur, je tentai de bouger ou d'ouvrir les yeux, mais mon corps était de plomb, mes sensations réduites au point que je ne sentais plus qu'à peine le poids de Mélaine allongée sur moi.

Je ne voulais pas repartir. Pas maintenant.

— Monsieur Messardier, comprenez que nous n'avons pas vraiment d'autre solution...

De nouveau, j'essayai d'ouvrir la bouche et de parler, sans plus de succès, puis Mélaine bougea pour se redresser, la sensation de son corps contre le mien à nouveau tangible.

— Ben... Tu n'es pas blessé ?

Au-dessous de nous, les passagers coincés dans les compartiments hurlaient à s'en casser la voix.

— Non, ça va, murmurai-je, tourneboulé par ce fugitif aller-retour dans le futur et surtout de ce que j'avais cru y entendre.

Je me mis debout, tant bien que mal, veillant à poser les pieds uniquement sur les montants intacts de la paroi, pour ne pas risquer de passer au travers et me retrouver moi aussi prisonnier. Encore étourdi, j'aidai Mélaine à se redresser, lui indiquant les surfaces solides où prendre appui. Dans ce qui restait du couloir, beaucoup de passagers gisaient immobiles, et je dus me dominer pour ne pas répondre immédiatement à mon instinct et leur porter secours.

Résolument, je m'arc-boutai sur la porte, basculant brutalement au travers lorsqu'elle s'ouvrit d'un coup. Je me relevai, étouffant un juron, puis me hissai à travers les débris de métal et de verre pour gagner le wagon de tête, où seul le compartiment de Cyrille était occupé.

Un silence de tombeau m'accueillit, et pour la première fois je songeai qu'il était possible qu'il soit mort, possible qu'aucun des occupants du wagon qui semblait nettement plus endommagé que le nôtre n'ait survécu à l'accident. Luttant contre la nausée je me forçai à avancer, tâtonnant en aveugle, me guidant de la main au sol du couloir devenu mur, progressant avec trop de lenteur mais terrifié soudainement par ce que je risquais de découvrir sous mes pieds.

L'estomac vrillé d'angoisse, je fus enfin à la verticale du compartiment, d'où aucun bruit ne s'échappait.

— Mélaine, soufflai-je sans me retourner, tu es là ?

— Je suis là, répliqua-t-elle immédiatement, le seul son de sa voix me donnant le courage qui me manquait.

Je pris le temps d'une dernière prière muette, puis je fis coulisser la porte de communication, scrutant l'obscurité comme un spéléologue évalue la profondeur d'un gouffre.

Je ne distinguai rien. Le déraillement du train avait éteint toutes les lampes, et la lumière du jour ne pénétrait plus que pauvrement par les fenêtres du couloir transformé en plafond.

Précautionneusement, Mélaine vint s'agenouiller en face de moi, écarquillant les yeux elle aussi pour essayer d'y voir quelque chose.

— Nom de Dieu, Cyrille, ne me dis pas que nous avons fait dérailler ce putain de train pour rien... Ne me dis pas que tu es mort..., jurai-je entre mes dents, sentant le désespoir s'insinuer.

Le silence qui suivit me parut durer une éternité, puis la voix de mon frère, plus éraillée encore que d'habitude, monta des profondeurs.

— Ne... blasphème pas... morveux...

De soulagement, je sentis des larmes me monter aux yeux.

— Cyrille ? Tu es blessé ?

Je perçus un mouvement sur la gauche, le bruit d'un corps qu'on repoussait.

— Qu'est-ce que tu fous ? lâchai-je, le ton précipité.

— Clés... des menottes, grommela-t-il, sa voix anormalement indistincte.

— Cyrille, répétai-je, m'obligeant au calme, dis-moi si tu es blessé.

J'attendis la réponse, penché au bord du vide, le cœur battant à tout rompre, devinant qu'il avait trouvé les clés et réussi à se libérer au cliquetis métallique des menottes qui s'ouvraient. Puis son visage apparut enfin dans l'ouverture béante de ce qui restait de la porte. Il était très pâle.

— Deux sont assommés... Le troisième est mort, enfin... Je crois...

Il parlait lentement, l'air hagard, visiblement encore sous le choc. Je mis quelques secondes à comprendre qu'il faisait allusion à ses gardiens, et réprimai un mouvement d'impatience. Les secours n'allaient pas tarder à arriver, et avec eux, la police et probablement la Gestapo. Nous n'avions pas de temps à perdre à nous inquiéter du sort des soldats du Reich qui s'apprêtaient à le conduire tout droit vers les chambres à gaz.

Avec prudence, je m'allongeai sur la paroi du compartiment, puis tendis la main vers lui.

— Je crois bien que je me suis cassé le bras, fit Cyrille, sans bouger du tout.

— Alors, donne l'autre. Secoue-toi, Cyrille, nom de... Bon sang !

L'injonction eut le mérite de le faire sourire, et il obéit, levant la main gauche avec une grimace de douleur. Je saisis son poignet à deux mains, puis aidé de Mélaine je le hissai hors du trou, l'agrippant comme je pouvais par la ceinture à travers sa soutane, lui arrachant un gémissement au moment où il reprenait pied entre nous deux.

Un grognement, en-dessous, m'indiqua qu'au moins un des cerbères était en train de reprendre connaissance. Je me remis sur pieds, aussi vite que je pouvais, imité par Mélaine puis par Cyrille, bon dernier, le visage crispé de douleur. Il ne semblait pas très loin de tourner de l'œil.

L'urgence de quitter les lieux commençait à se faire pressante. Dehors, des cris et des appels retentissaient, de plus en plus nombreux. Certains, j'en étais presque sûr, étaient en allemand. J'inspirai profondément, pour calmer le rythme trop rapide de ma respiration, puis je tendis les doigts vers le bras droit de Cyrille. Sa main, inerte, pendait le long de son corps comme un poids mort. Quand il me vit approcher il eut un mouvement brusque de recul, immédiatement suivi d'un nouveau hoquet douloureux.

— Laisse-moi voir, ordonnai-je.

— Ça va aller..., protesta-t-il, plutôt faiblement.

Indifférent à sa remarque, je palpai son bras avec précaution.

— Tu t'es luxé l'épaule, diagnostiquai-je presque aussitôt. Il faut que je te la remette en place. Assieds-toi.

— Ben... Il faut qu'on parte d'ici.

— Oui, et pour ça, il faut escalader jusqu'au plafond puis redescendre du train et cavaler à travers champ. On ne fait pas ce genre de choses avec une épaule démise. Assieds-toi.

Il me fixa, un peu hébété, puis contre toute attente il obéit, trop faible pour discuter.

En quelques secondes, j'enlevai ma veste, la roulai en un boudin épais que je calai sous son bras, m'efforçant de le remuer le moins possible.

— Mélaine, prends les deux extrémités, et quand je dirai trois, tire doucement vers le haut. Cyrille, enchaînai-je, parlant d'instinct un cran plus fort pour capter son attention, sentant que sa conscience s'étiolait, je vais compter jusqu'à trois, d'accord ?

— Il n'y a pas de quoi... s'en vanter, répliqua-t-il, visiblement en train de perdre pied.

Je saisis sa main fermement, négligeant de répondre.

— Un, deux, trois, lâchai-je très vite, puis je tirai son bras vers le bas, aussi fort que je pouvais.

Il me sembla que le claquement de l'articulation qui se remboîtait résonnait d'un bout à l'autre du train. Les yeux de Cyrille se révulsèrent et il s'affala contre moi, sous le regard effrayé de Mélaine. De la main, je m'assurai que la tête humérale était revenue à sa place, puis je redressai son corps inerte, obtenant contre toute attente un mouvement de protestation imprécis.

— Cyrille, tu m'entends ?

Il haletait encore de douleur, mais lorsqu'il redressa la tête et me regarda, il me sembla beaucoup plus lucide que je n'aurais pensé.

— Ben, balbutia-t-il, tu avais juré...

— J'ai fait ce que je devais. À l'heure qu'il est, Silverman est à Londres.

Il fronça les sourcils, comme s'il ne comprenait pas de quoi je parlais, puis il murmura, incertain :

— Comment est-ce que tu connais son nom ? Je ne te l'ai jamais dit.

— Ne pose pas de question idiote. En route.

Je tournai les talons quand une corde tomba devant moi, balancée par la fenêtre brisée de ce qui tenait désormais lieu de plafond. Avec ensemble, Mélaine, Cyrille et moi levâmes la tête, découvrant en surplomb la figure d'Augustin, qui semblait plutôt content de lui.

— Heureux de te revoir vivant, l'abbé, fit-il sobrement, lorsque dix minutes plus tard nous eûmes tous émergé à ses côtés.

La corde nous servit de nouveau à descendre les trois mètres qui nous séparaient du sol sans nous rompre le cou, et dès que nous fûmes en bas nous nous fondîmes dans l'ombre des wagons.

À l'arrière du train, l'agitation était intense, des dizaines de civils et de policiers s'affairant à extirper les victimes de l'amas de tôles. Évacués sur des brancards de fortune, les blessés étaient chargés sur de simples camions ou même sur des remorques de tracteurs. Ne voir ni Samu, ni hélicoptère, ni aucun des moyens de secours auxquels j'étais habitué dans ce genre de situation me déroutait.

— Dépêche-toi, mon lieutenant ! m'invectiva Augustin, mécontent de me voir traîner en arrière. La camionnette est garée à huit cents mètres, après la dernière maison du hameau.

Je me remis en route à contrecœur, partagé entre culpabilité et soulagement. Maintenant que la pression retombait, l'épuisement me terrassait et je perdais du terrain, me traînant encore dans le champ enneigé alors que Cyrille, soutenu par Mélaine d'un côté et Augustin de l'autre, avait déjà rejoint la route. Sans un regard en arrière, ils accélérèrent encore en reprenant pied sur le bitume et disparurent derrière le mur encerclant le premier jardin du petit hameau.

J'avais la tête lourde, mon équilibre devenait de plus en plus incertain. Une sorte de vibration, comme le battement d'ailes furieux d'une mouche prisonnière, enflait sous mon crâne, me donnant envie de vomir.

Soudain, mon champ de vision se troubla et je dus m'arrêter, le souffle raccourci. Je déglutis, plusieurs fois, essayant d'appeler mes compagnons à mon aide, assailli par le genre d'angoisse sourde que je m'étais souvent imaginé que j'éprouverais, au moment où Dieu me rappellerait à lui.

Presque sans m'en rendre compte, je tombai à genoux, insensible au froid et à la neige, tandis que la voix d'Auberviliers, anormalement forte, explosait à l'intérieur de ma tête.

— Vous n'avez aucun reproche à vous faire, David. Personne ne pouvait prévoir.

Comme dans un rêve, je vis une silhouette s'avancer et je crus d'abord que c'était elle, Auberviliers, surgie brusquement dans une réalité où jusqu'ici, j'avais pensé être le seul à pouvoir pénétrer. David était là aussi, juste derrière la neurologue, marchant vers moi au milieu du champ et je tendis les mains vers eux, implorant.

— David... S'il te plaît...

— Je pense que nous pouvons y aller, dit Auberviliers, comme en réponse.

La vibration s'amplifia d'un coup, jusqu'à une intensité à peine tolérable, et je fermai les yeux en réflexe, plaquant mes deux mains sur les oreilles. C'était inutile. Le son strident ne résonnait qu'à l'intérieur de ma tête. Au moment où il semblait avoir atteint son paroxysme, le bourdonnement aliénant qui me vrillait le cerveau cessa brutalement, et ma vision redevint normale.

Ce n'étaient ni Auberviliers, ni David, qui se tenaient devant moi.

— Je ne vais pas te tuer, dit l'officier allemand.

Les blessures infligées par les maquisards qui l'avaient séquestré avaient cicatrisé, seule une marque rouge, sur sa joue, les rappelant à qui savait. Fusil en main, il me tenait en joue, aussi blond et plein de morgue que dans mon souvenir, lorsque Mélaine et moi l'avions sorti de son trou.

— Rien n'est dû au hasard, continua-t-il, dans son français presque parfait. Tout a un sens, le passé accouche de l'avenir. Nos actes d'hier ressurgissent et nous tuent, ou parfois ils nous sauvent. Lève-toi.

Sans lâcher son regard, j'obéis, tandis qu'il baissait son arme. Étonné, je me rendis compte que je ne ressentais plus rien du malaise qui m'avait terrassé l'instant d'avant.

Nous restâmes quelques secondes, à nous dévisager en silence, puis sans ajouter un mot, il eut une façon de salut, un peu nonchalant, sa main montant jusqu'à son képi sans achever le geste. Et il rebroussa chemin.

Je restai seul, au milieu du champ, planté à trois mètres de la route. J'entendis sa voix, lorsqu'il ordonna à ses hommes, le ton dur, de faire demi-tour, leur expliquant dans un allemand châtié que les fuyards n'étaient pas ici.

Ensuite, il n'y eut que le silence.

Cyrille me trouva à la même place, fixant le vide. Il était aussi blanc que la neige, son bras blessé enroulé dans un morceau de tissu sombre qu'il avait dû trouver dans la camionnette. J'étais content que ce soit lui, et pas Augustin ni même Mélaine, qui soit revenu pour moi.

— Il s'est passé quelque chose ? demanda-t-il, très doucement.

Je tournai lentement la tête, scrutant ses traits comme si je le voyais pour la première fois.

— Je suis mort, je crois.

— Tu n'en as pas l'air.

— Là-bas. Je ne pourrai plus jamais partir.

Je m'attendais à ce qu'il s'étonne ou questionne davantage, mais ce ne fut pas le cas. Il se contenta de hocher la tête, un peu grave.

— Et tu en penses quoi ?

Je mis quelques secondes à répondre, observant le paysage autour de moi avec une curiosité nouvelle. C'était l'hiver, il faisait froid, nous étions en 1944 et mon seul univers, maintenant, était là.

— J'ai couché avec Mélaine, dis-je, abruptement.

Un fin sourire éclaira les lèvres de Cyrille.

— Je m'en doute un peu. C'est un péché grave, ajouta-t-il, l'air de ne pas vraiment le penser.

— Pas si je l'épouse.

— Disons que cela fait partie des compromissions que le Seigneur tolérerait sans doute, dans Son infinie miséricorde. Si j'intercède.

Je hochai la tête.

— C'est un minimum. Je t'ai sauvé la vie. Et puis, je suis ton frère.

Il sourit plus largement cette fois, et m'entoura les épaules de son bras valide, m'entraînant vers la route.

— Tu es mon frère, surtout, approuva-t-il.

Épilogue

L'église était fraîche, et l'air imprégné d'encens.

Il avait dû y avoir un mariage, peu de temps auparavant, car des pétales de roses jonchaient encore les dalles de la nef, et de petits bouquets de fleurs étaient noués à chaque extrémité des bancs.

Lorsque David s'avança dans l'allée centrale, la voûte de l'édifice répercuta l'écho de ses pas d'une manière qui lui sembla assourdissante. Il regarda à droite et à gauche, gêné comme on peut l'être de pénétrer sur une propriété privée quand les occupants n'y sont pas.

Jésus-Christ, là-haut sur la croix, ne le lâchait pas des yeux.

— Toi aussi, souffla David, tu te demandes ce que je fous chez toi ?

Nouveau regard circulaire.

Personne.

C'était une belle église, surtout un jour de soleil comme aujourd'hui. À travers les vitraux anciens, une lumière qui semblait divine éclairait l'autel et les travées en plein, comme une invite. David avait été pieux, à un certain moment de sa vie. Ça remontait à longtemps, à l'époque de l'adolescence où comme beaucoup de jeunes, il avait eu une crise mystique. Il servait la messe chaque dimanche, courait aux quatre coins de l'Europe aux immenses rassemblements de la jeunesse chrétienne et rêvait d'entrer dans les ordres et de n'aimer que Dieu. Puis il s'était découvert une sexualité qui n'était pas franchement conforme aux enseignements de l'Église, et par correction, comme on se retire de soi-même d'une réunion où on se sent indésirable, il avait tourné le dos à Jésus.

Bizarrement, celui-ci n'avait pas l'air de le lui reprocher. Ce n'était pas que David se soit réellement attendu, au moment où il poserait le pied sur le sol sacré, à voir le ciel s'obscurcir de ténèbres et la foudre tomber. Mais tout de même, il aurait pu y avoir un signe, un avertissement quelconque, et le silence bienveillant de Dieu le rassérénait, lui donnant le courage qui lui manquait.

Son pas, lorsqu'il se remit en marche, ne lui parut plus aussi bruyant.

Les yeux rivés sur la croix, il remonta jusqu'au chœur, enjambant sans cérémonie la petite barrière qui séparait l'autel des paroissiens.

Toujours pas de foudre divine pour s'abattre sur sa tête.

Malgré la fraîcheur du lieu, il transpirait à nouveau abondamment. De la manche, il essuya son front ruisselant tandis qu'il inspectait le mur, derrière l'autel. Les pierres étaient apparentes, taillées dans un granit clair où des minéraux incrustés scintillaient légèrement. Il les palpa, l'une après l'autre, cherchant à hauteur d'homme, sur la gauche, comme Benjamin l'avait dit.

Un an avait passé, mais son cœur continuait de se serrer dès qu'il pensait à lui. À cause de Thibault, il s'efforçait de ne pas trop le montrer et il n'en parlait presque jamais, mais chaque fois qu'il montait dans son ambulance, maintenant, il ressentait l'absence, physique, vertigineuse. Son nouveau binôme était une fille, une sorte de montagne aux cheveux courts et aux manières de camionneur, comme il y en avait beaucoup dans le métier. Lesbienne, sans surprise, si ça continuait, l'homosexualité allait passer pour un motif de recrutement... Au moins, comme ça, Thibault n'avait plus le moindre souci à se faire, lui qui depuis quinze ans qu'ils étaient ensemble, avait vécu dans l'angoisse que David l'abandonne un jour pour Ben...

Jamais David n'en avait dit un mot à Benjamin, parce qu'il savait que celui-ci aurait éclaté de rire et jugé l'idée ridicule. Il ne s'était probablement pas rendu compte que David l'avait aimé plus qu'il n'avait jamais aimé aucun homme.

Et plus, Dieu le lui pardonne, qu'il aimait Thibault.

C'était ainsi. Tout passait. Ben était mort, terrassé par l'effet du Xylophenolate autant sans doute que par la deuxième séance d'électrochocs, qui l'avait plongé dans un état de mal épileptique dont il n'était plus ressorti. David était resté près de lui jusqu'à la fin, et lorsque Auberviliers avait débranché les machines et que son cœur avait cessé de battre, il avait eu l'impression que le sien s'arrêtait aussi.

Un an, et il ne s'en était toujours pas remis. Il ne pensait pas réellement qu'il pourrait, ni accepter, ni surmonter le manque qui le foudroyait chaque matin, quand après une nuit passée à rêver de lui il ouvrait les yeux et se rappelait.

Les souvenirs et les regrets, voilà ce qu'était la malédiction des hommes qui osaient aimer.

Jamais il n'avait sérieusement cru à ce que Ben racontait, lorsqu'il revenait de ces espèces d'état de transe où le Xylophenolate le plongeait. Une vie sur Terre, c'était déjà bien assez de souffrances pour ne pas rempiler pour l'éternité. Jésus avait été clair là-dessus, vivre, mourir, ressusciter. Y revenir et ergoter sans fin n'avait aucun sens et David refusait de s'y essayer.

— Mais pourtant, tu es là... souffla-t-il entre ses dents.

Pourtant il était là. Il était venu quelques jours après l'enterrement, pour regarder le monument aux morts de ce village perdu de montagne, où des hommes courageux s'étaient battu pour libérer la France du joug de l'occupant. Il n'y avait aucun Sachetaz parmi les victimes de la guerre, mais cette constatation ne l'avait pas soulagé.

Lorsque Benjamin avait parlé de la cache, dans l'église, il était dans un état second, sous l'effet de drogues qui lui avaient fait croire, l'instant d'avant, qu'un patient mort depuis plusieurs jours était venu lui rendre visite. Auberviliers n'avait pas menti en lui disant qu'elle avait dépêché sur place son collègue, pour vérifier ses dires. David avait été témoin du coup de fil, et il ne s'étonna pas de trouver la pierre descellée, indétectable à l'œil mais bougeant nettement sous ses doigts.

Son cœur se mit à battre très vite, tandis qu'il se figeait.

Il n'y aurait rien. C'est ce que pensait Thibault, qui désapprouvait ouvertement ce périple et son objet insensé. Mais Thibault était jaloux. Il avait pleuré, bien sûr, mais c'était surtout le désespoir de David qui le peinait, la mort de Benjamin signifiant essentiellement pour lui la fin de la menace pour son couple.

Sans hésitation, David crocheta sur la pierre une anfractuosité, et lentement il la retira du mur.

Il ne vit rien, d'abord, qu'un trou sombre où il finit par introduire la main, fouillant à tâtons. Lorsque ses doigts butèrent sur quelque chose, il manqua crier.

En tremblant un peu, il sortit l'enveloppe du trou où elle reposait visiblement depuis de nombreuses années, à en juger par le papier jauni et la pellicule de poussière qui la recouvrait.

Il y avait juste un mot, tracé en lettres majuscules d'une encre que le temps avait pâlie.

DAVID

Il lui fallut quelques secondes, pour réussir à décoller les pieds du sol et aller s'asseoir, ou plutôt se laisser tomber, sur le premier des bancs. Le souffle court, il contempla un très long moment son prénom et l'écriture qu'il connaissait si bien, avant de se décider à l'ouvrir, et à déplier la lettre.

Saint-Calixte, le 13 mai 1964

Mon cher David,

Je savais que tu finirais par venir. Ton amitié, dans cette vie-là, est la seule chose que j'aie vraiment regrettée.
Tu sais probablement mieux que moi ce qui s'est passé, car tu étais là, je le sais, comme je sais que tu es resté près de moi jusqu'à ce que tout soit terminé. Les événements ont décidé pour moi, mais si j'avais pu choisir, c'est ici que j'aurais voulu rester.
Je voulais que tu saches que ma vie ici a été très belle, que j'ai été et suis encore, parfaitement heureux. Après la guerre, j'ai épousé Mélaine, la plus merveilleuse femme qu'il m'ait été donné de rencontrer, et ensemble nous avons eu quatre enfants. Nous avons toujours vécu à Saint-Calixte, dans une maison que si ça t'amuse tu pourras aller voir, tout au bout du chemin des Carrières, là où il y a un cèdre bleu...
Il est possible, alors, que te revienne à la mémoire le souvenir de ce que nous fûmes, quand tu étais mon frère et que tu t'appelais Cyrille.
Peut-être iras-tu... Peut-être, même si dans le fond ce n'est pas vraiment nécessaire, même si je suis persuadé que comme moi, tu as toujours su... Jamais tu ne serais venu chercher cette lettre, sinon.
David, mon ami, mon frère, ne me pleure pas. Tu ne m'as jamais perdu, et je t'en fais ici le serment : un jour, nous nous reverrons.
Sois heureux, et souviens-toi toujours que l'âme est éternelle.

Ton ami,
Ben.

Lorsque David sortit enfin de l'église, vingt minutes après, le soleil déclinait et la chaleur était moins étouffante, sans qu'il ait plu. La luminosité voilée du jour qui se mourait agressa pourtant ses yeux rougis et il cligna des paupières, regardant lentement le paysage autour de lui.

L'impression de familiarité était déstabilisante, et si évidente en même temps qu'il faillit se remettre à pleurer, de désarroi autant que de joie. Durant quelques secondes, il fixa l'ouest, où il savait que derrière le bistrot se trouvait la route des Carrières, et au-delà, une maison dont son cœur, si ce n'était sa raison, désormais se rappelait.

Pour l'heure, cela lui suffisait.

Pour la première fois depuis un an, David esquissa un vrai sourire, puis rejoignant sa voiture, sans regarder en arrière il démarra et reprit la route de Lyon.

De la même auteure

Romans :

Emma Paddington 3. Le talisman écarlate, BOD, 2022
Emma Paddington 2. Le fantôme hypocondriaque, BOD, 2022
Les Inexistants, Editions BSN Press, 2022 (Finaliste du Prix du Polar Romand 2022)
Emma Paddington 1. Le manoir de Dark Road End, BOD, 2021
La Dormeuse, Editions OKAMA, 2020
Sans lui, Editions Mon Village, 2016
La Solitude du Pianiste, Editions Les Passionnés de bouquins, 2016
Après l'estive, Editions Les Passionnés de bouquins, 2015
Ceux d'en haut, Editions les Passionnés de bouquins, 2014

Ouvrages collectifs :

Halloween en 13 nouvelles, Editions KADALINE, 2021
Nuits blanches en Oklahoma, Editions OKAMA, 2020
Léa, Editions OKAMA, 2020
L'étrange Nöel de Sir Thomas, Editions OKAMA, 2019

Pour suivre Catherine Rolland

https://www.catherine-rolland.com
contact@catherine-rolland.com

https://www.instagram.com/catherine_rolland

https://www.facebook.com/catherinerolland.ecrivain